精选潮语歌谣

《潮州文化丛书》编纂委员会 编

林朝虹 林伦伦 编著

国家社会科学基金教学一般课题：重建『乡土记忆』的方言童谣教育研究（批准号：BHA200157）

潮州文化丛书·第二辑

SPM 南方传媒 广东人民出版社
·广州·

图书在版编目（CIP）数据

精选潮语歌谣 / 林朝虹，林伦伦编著. —广州：广东人民出版社，2022.10
（潮州文化丛书・第二辑）
ISBN 978-7-218-15750-4

Ⅰ. ①精… Ⅱ. ①林… ②林… Ⅲ. ①闽南话—民间歌谣—作品集—中国 Ⅳ. ①I277.265.3

中国版本图书馆CIP数据核字（2022）第065111号

封面题字：汪德龙

JINGXUAN CHAOYU GEYAO
精选潮语歌谣
林朝虹　林伦伦　编著

出 版 人： 肖风华

出版统筹： 卢雪华
责任编辑： 卢雪华　李宜励
封面设计： 书窗设计工作室
版式设计： 友间文化
责任技编： 吴彦斌　周星奎

出版发行： 广东人民出版社
地　　址： 广州市越秀区大沙头四马路10号（邮政编码：510199）
电　　话：（020）85716809（总编室）
传　　真：（020）83289585
网　　址： http：//www.gdpph.com
印　　刷： 广州百思得彩印有限公司
开　　本： 787mm × 1092mm　1/16
印　　张： 17.75　　**字　　数：** 170千
版　　次： 2022年10月第1版
印　　次： 2022年10月第1次印刷
定　　价： 88.00元

如发现印装质量问题，影响阅读，请与出版社（020-85716849）联系调换。
售书热线：020-85716833

《潮州文化丛书》编纂委员会

总序

坚定文化自信 打造文化强市建设标杆

文化是民族的血脉，是人民的精神家园。潮州是国家历史文化名城，是潮文化的发祥地。千百年来，这座古城一直是历代郡、州、路、府治所，是古代海上丝绸之路的重要节点，是世界潮人根祖地和精神家园。它文化底蕴深厚，历史遗存众多，民间艺术灿烂多姿，古城风貌保留完整，虽历经岁月变迁、沧海桑田，至今仍浓缩凝聚历朝文脉而未绝，特别是以潮州府城为中心的众多文化印记，诉说着潮州悠久的历史文化，刻录下潮州的发展变迁，彰显了潮州的文明进步。

灿烂的岁月，伴随着古城潮州进入一个新的历史发展时期。改革大潮使历史的航船驶向一个更加辉煌的时代。习近平总书记强调，中华优秀传统文化是中华文明的智慧结晶和精华所在，是中华民族的根和魂，是我们在世界文化激荡中站稳脚跟的根基。潮州市认真贯彻落实习近平总书记视察广东视察潮州重要讲话重要指示精神，深入领会习近平总书记关于潮州文化是“中华文化的重要支脉”重要讲话精神的丰富内涵，紧紧围绕举旗帜、聚民心、育新人、兴文化、展形象使命任务，传承精华，守正创新，推进“潮州文化源头探究”等关键性命题的考据，努力在彰显文化自信上走在前列，为在更高起点打造沿海经济带上的特色精品城市、把潮州建设得更加美丽、谱写现代化潮州新篇章提供强有力的文化支撑。

万物有所生，而独知守其根。2020年开始，在中共潮州市委、市政府的高度重视下，中共潮州市委宣传部启动编撰《潮州文化丛书》，对潮州文化进行一次全方位的梳理和归集，旨在以推出系列丛书的方式来记录潮州重要的历史、人物、事件、建筑和优秀民间文化，让潮州沉甸甸的历史文化得到更好的传承和弘扬。继2021年成功出版《潮州文化丛书·第一辑》之后，潮州市紧锣密鼓推动《潮州文化丛书·第二辑》编撰出版。学术大家、非遗传承人、工艺美术大师等各界人士纷纷响应，积极参与这一大型文化工程。《潮州文化丛书·第二辑》是贯彻落实习近平新时代中国特色社会主义思想、以丰硕文化成果迎接党的二十大胜利召开的一个有力践行，也是持续推进岭南文化“双创”工程，潮州市实施潮州文化大传播工程和大发展工程、全面提升文化兴盛水平、打造文化强市建设标杆的一个重要举措。

文化定义着城市的未来。编撰出版《潮州文化丛书》是一项长期的文化工程，对促进潮州经济、政治、社会、文化、生态文明建设具有积极的现实意义和深远的历史意义。作为一部集思想性、科学性、资料性、可读性为一体的“百科全书”，丛书内容涵括潮州工艺美术、潮商文化、宗教信仰、饮食文

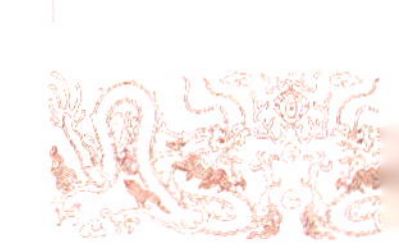

化、经济金融、民俗文化、文学风采和名胜风光等，可谓荟萃众美，雅俗共赏。而在《潮州文化丛书·第二辑》中，既有饶宗颐这样的学术大家论说潮州文化，又有潮州城市名片——牌坊街的介绍，还有潮州文化的瑰宝——潮剧的展示。可以说，《潮州文化丛书》的出版，既是潮州作为历史文化名城的生动缩影，又是潮州对外展现城市形象最直观的窗口。

千古文化留遗韵，延续才情展新风。潮州历史文化底蕴深厚，文化资源禀赋是潮州经济社会发展最突出的优势。《潮州文化丛书》的编撰出版，是对潮州文化的系统总结和大展示大检阅，是对潮州文化研究和传统文化教育的重要探索和贡献，更彰显了以潮州文化为代表的岭南风韵和中国精神。希望丛书能引发全社会对文化潮州的了解和认同，以此充分发掘潮州优秀传统文化的历史意义和现实价值，以高度的文化自信和文化自觉，推动潮州优秀传统文化创造性转化、创新性发展，把潮州文化这一中华文化的重要支脉保护好、传承好、发展好，把潮州这座历史文化名城研究好、呵护好、建设好，打造中华优秀传统文化展示窗口和世界潮人精神家园，让人民群众在体验潮州文化的过程中深刻感悟中华文化和中国精神、增强中华民族共同体意识，为坚定文化自信作出潮州贡献。

编　者

2022年5月31日

凡例

1. 本书在《全本潮汕方言歌谣评注》中精选近300首，按照原分类，根据歌谣主题，兼顾表达形式，除序曲和尾声之外，分为爱情之歌、时政之歌、生活之歌、过番之歌、仪式之歌、滑稽之歌、儿童之歌和风物之歌等8类。除数量较少的过番歌外，每一类再根据内容细分成2至5小类。本书正文之前有“歌谣分类细目”，与正文顺序相同。

2. 本书每一首歌谣下设解题、注释和押韵几个小栏目。歌谣用字遵循四项基本原则：首先从俗，如有老百姓已经知道的通用字就用通用字，包括训读字和土造的方言俗字；其次从古，用专家已经考证出来的大家能够接受的本字；再次造字，在字典上查找不到且不是群众已经通用的字，则大胆创新，自己造字；最后同音替代，以上三种办法都无法解决的，才使用同音或近音字替代的办法。

3. 本书注音只注单字音，且区分不同口音，如“障[ziê^{3}/zio^{3}]”，第一个为潮州口音，第二个为汕头、揭阳口音。“押韵”一栏，除了用潮州话拼音注音外，还加注《潮州话拼音方案》韵母表中的汉字，如“押[a]（亚）韵”。正文之后附有国际音标对照的《潮州话拼音方案》，读者可以查阅。

4. 本书“注释”一栏，只要是专家考证出来、歌谣涉及的方言词，如第一次出现，则作详细注释。如第3首中“鳊鱼无鳞正好食”中的“正”，注释为“正[zia^3]：才；《古今小说钩沉·裴子语林》：‘孔坦尔时正琐臣耳，何与国家事？’”。这类注释主要依据李新魁、林伦伦《潮汕方言词考释》以及林伦伦、陈伟武等人的相关著作。为节省篇幅，如在不同歌谣中再次出现该方言词，则作简单注释。如上述的“正[zia^3]：才。”

5. “押韵”一栏，由于潮汕歌谣押韵往往是鼻化与否不论，也即宽韵通押，因此注的是韵脚居多的那个韵。如“畲歌畲嘻嘻[i]，我有畲歌一簸箕[i]；一千八百哩来斗，一百八十勿磨边[in]”，“押韵”注为：“1、2、4句押[i]（衣）韵。”另外，除符合1、2、4句押韵的以外，其余的按标点分句，即一个标点算一句。

目录

目录

歌谣分类细目

序　曲

第一辑　爱情之歌

一　恋爱中

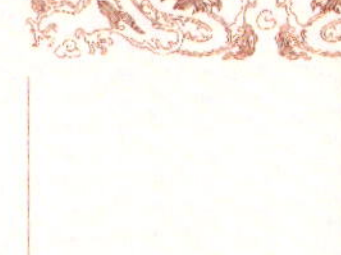

二　劳动生产

三　其他生活

第四辑　过番之歌

第五辑　仪式之歌

一　嫁娶歌

二　请神歌

二 物产

三 谜语

四 哲理

五 述戏

尾 声

绪论

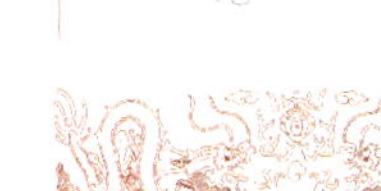

潮语歌谣又称潮汕方言歌谣，是指以潮汕方言为载体的一种流行于广东潮州、汕头、揭阳、汕尾海陆丰中部以及海外潮人社区的歌谣，不包括潮汕地区的畲族歌谣和客家山歌。源远流长的潮汕方言歌谣究竟源自哪里？早在新石器时代，潮汕大地就有人类进行渔猎活动，从逻辑上说，应该存在原始的歌谣，但无从考证。我国最早的诗歌总集《诗经》没有采集南方吴越等地的民歌，潮汕在当时属于越地。

吴显齐在讨论潮州歌谣的源流时谈到："古老的潮歌早就成为生活的化石，埋藏在历史的地层内，无法发掘了。欲问潮歌起源的详情，实在不易回答。"[①]在很长的一段历史时期，文献中没有潮汕一带民间歌谣产生和传播的记载。

① 吴显齐：《谈潮州歌谣》，《新中华》复刊1948年第六卷第二期，第51-56页。

到了宋代，潮汕“这片土地上存在着汉族歌谣、疍族歌谣、畲族歌谣同时并立的局面”[①]。萧遥天说：“潮州的土著，陆为畲民，水为疍民。畲歌本是潮音的老调，而疍歌却是最原始与最有影响的东西。畲歌、疍歌是最纯粹的地方性潮歌，也是潮歌的主流。今日的潮州民谣，犹有概称作畲歌的。”[②]

一 潮汕方志第一次记录的歌谣

到了明清时期，关于潮汕民歌的记载散见于各种文献中。百姓日常生活如邻里交往可能会唱歌谣，明·林大钦《吾乡》诗曰“粤歌鲁酒春相问”，蔡起贤先生注释“粤歌”为本地民歌。当时潮人插秧等大规模农事活动会有鼓声相伴的歌谣演唱，明末清初著名学者屈大均写道《广东新语》卷十二《粤歌》条：“潮人……农者每春时，妇子以数十计，往田插秧，一老挝大鼓，鼓声一通，群歌竞作，弥日不绝，是曰秧歌。”闹元宵等节日游乐活动，潮汕各地也会有鸣锣击鼓的歌谣演唱。清·乾隆廿九年即1764年金廷烈等纂修的《澄海县志》[③]卷之十九的《风俗·声歌》条一开始就说：“粤人尚歌，儿女子岁时聚会，每以歌唱相娱乐”，并指出“澄邑亦好之，共矜新调，名曰輋歌。郡故与漳泉接壤，音颇相近，特多有声无字且平仄互叶，俗谓潮音”，“輋”同“畲”，“輋歌”即所谓的“畲歌”，也就是潮汕方言歌谣。并且乾隆版《澄海县志》第一次以方志形式记录了8

① 杨方笙：《潮汕歌谣》，香港：艺苑出版社2001年版，第12页。

② 陈训先：《潮汕文化中的畲族文化》，《潮州日报》2010年5月5日，第A3版。

③ 金廷烈等纂修《澄海县志》乾隆廿九年（1764年）版，美国加利福尼亚大学伯克利分校图书馆藏，藏书号3230 3135.83 12v.

首潮州歌谣，按顺序分别是《钓鱼歌》《筒米落臼舂》《灶前燃火灶后薰》《日游官路西》《鸡啼鸡声嚎》《桃李青青照栏杆》《石头歌》《十二月牧童歌》；且在每首歌谣之后均作了简单注解：第一首“言不遂所求也”，第二首“反刺厌贫者也”，第三首“言能以义命自安也”，第四首“言非无因至前也”，第五首“诗鸡鸣遗意也”，第六首“既嫁而思在家之乐也”，第七首“贤妇不得于翁姑之词也”，第八首“不能尽录要，皆自伤孤独之意也”。（歌谣正文见下文嘉庆版《澄海县志》所录的8首）

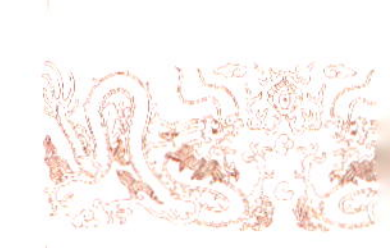

本卷最后还记录了“插秧”与“闹元宵”以及“辇歌”“情性之感”的功用和“委曲婉转”“自然相叶”的音韵：

当春农时，夫男于田插秧，妇子馌饷，挝鼓踏歌相劝慰，是为秧歌。今俗正月，鸣钲击鼓，演于灯月之下，又谓之闹元宵。一唱三叹无非儿女之辞，情性之感也。然天机所触，衬以土音俚言，弥觉委曲婉转，信口所出，莫不有自然相叶之韵焉。千古风雅，不以僻处海滨而有间，斯固采风者所不废也。

清·嘉庆1814年李书吉等纂修的《澄海县志》①也记录了8首潮州歌谣，据笔者比对，跟乾隆版《澄海县志》的完全一样，包括用字。以往乾隆版《澄海县志》在国内很少见，因此不少学者都以为嘉庆版是第一次以方志形式记录潮州歌谣。研究潮歌的专家学者都会引用这一文献记载，除了嘉庆版不是最早记录歌谣的方志外，学者们在引述时也出现其他一些偏差，甚至误读。这里结合对方志所记录歌谣的简要分析，顺便对本世纪以来的几处引述作一番梳理，以免以讹传讹。

① 广东省地方史志办公室辑《广东历代方志集成·潮州府部》，雍正本《澄海县志》、嘉庆本《澄海县志》，岭南美术出版社，嘉庆本《澄海县志》据广东省立中山图书馆藏本影印，第366页。

1．2001年，杨方笙在《潮汕歌谣》[①]中谈到：

嘉庆《澄海县志》卷之六《风俗·声歌》条第一次用方志的篇幅记录下七首畲歌。……这里说的畲歌有两种可能：一是地道的畲族歌谣，一是汉人吸收畲歌‘新声’的拟作。无论属于哪一种，最值得注意的，是这七首畲歌全是如《诗经·国风》般的往复重沓体。1929年出版的金天民所编《潮歌》将内容分为四大类：一谣谚，二讴歈，三畲歌，四附录。在畲歌这一部分约140首歌谣中，也全部都是往复重沓体。让我们随便举出两个例子。（例子与下文（3）中的例子相同）

2．2003年，蔡绍彬《潮汕歌谣集》[②]写道：

清仁宗嘉庆十九（1814）年修的《澄海县志·风俗》有潮州歌谣《钓鱼歌》共16首：

①悠悠溪水七丈深，七个鲤鱼头带金，七条丝线钓唔起，钓鱼哥儿空有心。

②悠悠溪水七丈浏，七个鲤鱼游过沟，七条丝线钓唔起，钓鱼哥儿枉自劳。

……

⑮二月饶（赶）牛出本乡，心头焦焦忆着娘，心头焦焦解孤结，孤结焦焦想返乡。

⑯四月饶牛到四洲，四洲溪水塘（长）悠悠，亦无铜针结内领，亦无夏葛代冬裘。

① 杨方笙：《潮汕歌谣》，香港：艺苑出版社2001年版，第16页。

② 蔡绍彬：《潮汕歌谣集》，香港东方文化中心2003年版，第11-13页。

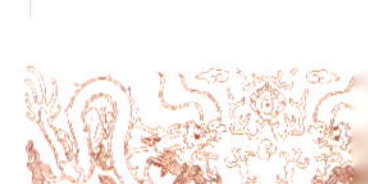

3．2010年，暨南大学欧俊勇硕士学位论文《潮汕歌谣的审美文化解析》[①]云：

最值得关注的是，嘉庆《澄海县志》卷六《风俗声歌》条第一次用方志的篇幅记录下七首畲歌。最值得留意的是这七首畲歌全是如《诗经·国风》般的往复重沓体，兹录二首如下：

“日游官路西，踏上松丛斫松栽；呼鸡亦须一把粟，无粟呼鸡不肯来。

日洲官路蹊，[②]踏上松丛斫松枝；呼鸡亦须一把粟，无粟呼鸡不到边。

茼蒿花，开黄黄，要好灶下来铺砖。昨夜阿兄共阿嫂，[③]喇叭鼓手送入门。

茼蒿花，开红红，要好灶下来铺枋。昨夜阿兄共阿嫂，喇叭鼓手送入房。

4．2012年，华南农业大学人文学院徐燕琳副教授发表于《汕头大学学报》的《潮州歌谣研究史述略》[④]谈到：

嘉庆《澄海县志》卷六《风俗》“声歌”一目谓：“粤人尚歌……澄邑好之，共矜新调，名曰畲歌。”“同时介绍元宵秧歌等习俗和《钓鱼歌》等7首歌谣。”

显然认为16首的蔡氏标记的第1、2首应合成一首，成为一首两章叠体歌谣。嘉庆版《澄海县志》是否如杨氏、欧氏和徐氏所说的，

---

① 欧俊勇：《潮汕歌谣的审美文化解析》，暨南大学硕士学位论文（2010年），第10页。

② “洲”，杨版为“游”，应为“游”，疑笔误。

③ “共”，杨版为“孚”，应这个字。

④ 徐燕琳：《潮州歌谣研究史述略》，《汕头大学学报（人文社会科学版）》2012年第28卷第4期，第29页。

方志记录了7首歌谣？其实也不是，据1986年12月澄海县县志编纂委员会办公室编印清·嘉庆《澄海县志》（语体文译本）记载，[①]应是记录了8首歌谣。据广东省立中山图书馆藏本影印的嘉庆本《澄海县志》所载，[②]也是如下8首，并非7首，跟乾隆版《澄海县志》的记录一样：

（一）

悠悠溪水七丈深，七个鲤鱼头带金，
七条丝线钓不起，钓鱼哥儿空有心。

悠悠溪水七丈流，七个鲤鱼游过沟，
七条丝线钓不起，钓鱼哥儿枉自劳。

（二）

筒米落臼舂，俭俭食到时清明；
有食无食共君忍，勿去外家说君贫。

筒米落臼搥，俭俭食到年岁开；
有食无食相忍耐，勿去外家啼喃泪。

（三）

灶前燃火灶后薰，不是姻缘不对君；
日来无食相忍去，夜间无被盖腰裙。

灶前燃火灶后烧，不是姻缘不对娘；
日来无食相忍去，夜间无被盖裙腰。

---

① 清·嘉庆《澄海县志》（语体文译本），第79-81页。

② 嘉庆本《澄海县志》，广东省立中山图书馆藏本影印，第365-366页。

（四）

日游官路西，踏上松丛斫松栽；
呼鸡也须一把粟，无粟呼鸡不肯来。

日游官路蹊，踏上松丛折松枝；
呼鸡也须一把粟，无粟呼鸡不到边。

（五）

鸡啼鸡声嚎，阿嫂叫姑起梳头；
油蜡放在姑几上，后园花开满树梢。

鸡啼鸡声长，阿嫂叫姑起梳妆；
油蜡放在姑几上，后园花开向天光。

（六）

桃李青青照栏干，桃花李花一样看；
一堂都是亲姊妹，一个无来心不安。

桃李青青映阶苔，桃花李花一样栽；
一堂都是亲姊妹，一个无来心不开。

（七）

石头湾湾湾上山，手子细细拜爹官；
蚶壳插米煮有饭，这贤娘，嫌谁般？

石头湾湾湾上坑，手子细细拜姑家；
蚶壳插米煮有饭，这贤娘，畏谁家？

（八）

二月赶牛出本乡，心头焦焦忆着娘；

心头焦焦解孤结，解这孤结细思量。

四月赶牛到四洲，四洲溪水长悠悠；
亦无铜针结内领，亦无夏葛代冬裘。

上面呈现的这8首歌谣，文字据影印的嘉庆《澄海县志》所载，有些用字不甚准确也不作修改，尽量保持原貌，标点符号则是笔者加上的。

从歌谣篇章结构看，是否如上述杨氏、欧氏所说的“全是如《诗经·国风》般的往复重沓体”，也一目了然。《诗经》“一唱三叹”，三章叠体，这里的“往复重沓体”指的是“一唱两叹”的两章叠体，即每首两章，第二章1、2、4句换了个别字词，两章韵脚是要变换的。前7首就是这种叠体结构的歌谣，而第8首则是十二月歌的表达方式。

欧先生提到的“兹录二首如下”中的第一首即是方志中的第四首，而第二首《茼蒿花》实在在嘉庆《澄海县志》中找不到。或许这篇完成于2010年的硕士论文是参考杨方笙2001年出版的《潮汕歌谣》。在杨先生文中也刚好引用了这两首歌谣，但他是在谈了方志之后，又谈了金天民所编《潮歌》，然后举例。按照这样的行文表述，这两个例子就不一定都出自嘉庆《澄海县志》，杨先生也说是“随便举出两个例子”。看来，论文作者有些误读。

至于屈大均《广东新语》中“潮音似闽，多有声而无字”，以及两个版本的方志提到“特多有声无字”，诚如杨先生所说“所谓‘有声而无字’不是说根本找不到一个同音或音近的汉字，而是找不到正字、本字”，[①]有时也用同义字或近义字。譬如方志中第8首“赶牛”的“赶”是同义字，在第（二）处中，蔡先生应该清楚潮汕

① 杨方笙：《潮汕歌谣》，香港：艺苑出版社2001年版，第9页。

话不说“赶牛”，便用了一个音近词“饶牛”，其实也没找到本字。我们在《全本潮汕方言歌谣评注》（下称“《全本》”）中用了“趭牛”，①并标音注释：“趭[riao7]②：追赶，古义为跑；《汉书·司马相如传》：‘腾而狂趭。’”又譬如“这贤娘，畏谁家”中：“这”应为“只”，[zi2]，这，近指代词，如宋·朱熹《寄籍溪胡丈及刘恭父》诗二首之二：“浮云一任闲舒卷，万古青山只么青”；“贤”应为“僗”，[ghao5]，聪明能干，《广韵》平声豪韵：“僗，俊健”，牛刀切；“谁”应为“底”，[di7]，疑问代词，什么，何，如唐·杜荀鹤《钓叟》诗：“渠将底物为香饵，一度抬竿一个鱼”。为解决方言歌谣“有声无字”问题，我们提出并遵循了用字四大原则，使《全本》1003首歌谣统一了用字，并整理出古字词表、部分方言字表、外来字表等。另外，蔡先生将“七条丝线钓不起”等中的“不”改为“唔”，更符合方音实际；但把“四洲溪水长悠悠”中的“长”改为“塘”，“悠悠溪水七丈流”中的“流”改为“浏”，从改成的字来看，蔡先生追求符合方音。但“长”字白读为[deng5]，“流”字白读为[lao5]，真的把对的改成错的了，我们在整理时把它们改回方志的记录。由此可见，方言文艺作品的用字是个大问题！

二 潮语歌谣文献的用字问题

方言文艺作品多数在用字上不甚讲究，同一方言字（词）或用方

① 林朝虹、林伦伦：《全本潮汕方言歌谣评注》，广州：花城出版社2012年版，第194页。

② 林伦伦：《新编潮州音字典》，汕头大学出版社1995年第1版，1997年修订。（本文注音据此版）

言同音字、近音字代替，或用方言近义字代替，或用普通话近义字代替，甚至是同一版本的不同篇章中还有不同的用字。以潮语歌谣文献为例，自20世纪20年代第一部潮汕地区方言歌谣集出版以来，近百年了，潮人对自己民系歌谣的收集整理热情不断，这期间有两个高潮期：

第一个高潮期是20世纪20年代，我国出现了一次民间收集和研究民间歌谣活动的高潮。1923年3月《歌谣》第11号第一次发表了潮汕歌谣《渡头溪水七丈深》。此后，一大批潮汕歌谣被收集起来并通过《歌谣》杂志被介绍到全国各地。比较早收集、研究潮汕民谣的有黄昌祚、林德侯、林培庐、金天民等前辈。1927年，中山大学民俗学会创办的《民俗》周刊第48、49、50、65期中，就先后发表了黄昌祚搜集的潮汕歌谣81首。毕业于燕京大学的潮人丘玉麟出版了第一部《潮州歌谣》（下称丘本1）[①]，称得上是筚路蓝缕的开山之作。同时代的金天民也于1929年秋出版《潮歌》。1945年林德侯编写《潮州歌谣》。1958年丘玉麟选注的较为完善准确的《潮汕歌谣集》（下称丘本2）[②]，由广东人民出版社正式出版。这一时期是潮汕歌谣的初步整理阶段，作了许多属于比较筛选、正音正字等研究的前期工作。

第二个高潮期是20世纪八九十年代，国家发起的自上而下的民间文学采风时期。80年代国家编撰《中国歌谣集成》，当时潮汕各县市编辑了潮汕歌谣资料本，共采录了上千首歌谣。八九十年代还陆续出版了几本歌谣集，如王云昌、孙淑彦《潮汕歌谣选注》（下称王本）[③]，马风、洪潮《潮州歌谣选》（下称马本）[④]，陈亿琇、陈放《潮州民歌新

---

① 丘玉麟：《潮州歌谣（第一集）》，汕头开明出版部1929年版。

② 丘玉麟：《潮汕歌谣集》，广州：广东人民出版社1958年版。

③ 王云昌，孙淑彦：《潮汕歌谣选注》，揭阳县民间文学研究会1987年版。

④ 马风、洪潮：《潮州歌谣选》，新加坡潮州八邑会馆1988年版。

集》（下称陈本）[①]，黄正经《音释潮州儿歌撷萃》（下称黄本）[②]，林伦伦主编《潮汕歌谣新注》（下称林本）[③]。这一时期是潮汕歌谣收集的鼎盛时期，对歌谣的分类和表现手法作了初步探究。

本世纪以来，编选歌谣集的人少了，除了我们编著的歌谣作品外：蔡绍彬于2003年编辑出版了《潮汕歌谣集》（下称蔡本）[④]，很是难得；杨景文于2010年以“歌册”之名出版了《短篇潮州歌册选（下称杨本）[⑤]，但其中多为歌谣，也可视为歌谣选集本；杨先生于2012年11月在香港天马出版社出版《潮汕歌谣选》。另外，2003年，广东金山中学潮州校友会在香江出版社再版丘玉麟前辈的歌谣集，易名《潮州歌谣集》。

歌谣编著者为自己民系歌谣的传承作出了贡献，都是值得记取的。但用字上的问题也很突出，一些材料有失真现象，如陈本、王本等版本记录潮人在冬至搓汤圆的习俗叫“舂圆”或“舂丸”，实际上潮人不说“舂[zêng^1]圆”，而说“挲[so^1]圆”（林伦伦《汕头方言词汇（二）》第十二“饮食起居”，记为“挲[so^1]圆”，解释为“用两个手掌搓汤圆”）；又如表示“怎么”的方言词，丘本、陈本、王本、普宁资料本都记为“怎呢”，王本甚至在一处还写成“如何”，林本、南澳资料本则前后不同，有的记成“怎呢”，有的写成“做呢”，按照方言词读音辨析，“怎呢”是读为“[za^3]呢”，而潮人往往不说成“[za^3]呢”，而说“[zo^3]呢”，因此记录为“做呢”更容易为百姓所接受。

---

① 陈亿琇、陈放：《潮州民歌新集》，香港：南粤出版社1985年版。

② 黄正经：《音释潮州儿歌撷萃》，新加坡潮州八邑会馆1995年版。

③ 林伦伦：《潮汕俗文化丛书——潮汕歌谣新注》，广州：广东高等教育出版社1997年版。

④ 蔡绍彬：《潮汕歌谣集》，香港东方文化中心2003年版。

⑤ 杨景文：《短篇潮州歌册选》，香港：天马出版有限公司2010年版。

譬如经常唱到的“晏殗”，晏：白读为[uan^{3}]，迟；《礼记·内则》：“孺子早寝晏起”。殗[enh^{8}]：睡觉；《说文·夕部》：“殗，转卧也”，都是本字（词）。而各版本记录是暗睡（丘本2^{p34}、王本^{p8}）、暗睏（蔡本^{p71}）、晏戫（陈本^{p46}）、暗殗（林本^{p52}）等。显然，用“睡”代替“殗”，是用普通话同义词替代的方法；用“戫[ug^{8}]”则是方言俗字；用“睏（困）”是方言近义字替代。而“暗殗”和“晏殗”，潮汕方言都有这两种说法，但“晏”与“暗”不同音，前者不闭口，收-ng，后者收-m尾。“晏”是迟、晚，“暗”是黑暗，所以用“晏”更准确，更具潮汕俚俗味，但好几个版本却用了“暗”字。

在以往歌谣集中，用方言同音或近音字代替是个较普遍的现象，譬如“经布”记成“耕布”，“底个”记成“地个”，“蛇蚤”记成“胶蚤”等等。而据《潮汕方言词考释》考证，经[gen^{1}]，《说文·糸部》：“经，织也。”底[di^{7}]：疑问代词，什么，何；唐·杜荀鹤《钓叟》诗：“渠将底物为香饵，一度抬竿一个鱼。”蛇蚤[ga^{1}zao^{2}]：跳蚤；《元曲选·桃花女》：“哈叭狗儿咬蛇蚤，也有咬着时，也有咬不着时。”不少版本都把“坫瓦槽”中的“坫”记成同音字“店”。

三　方言歌谣作品的用字原则

2012年我们出版了《全本潮汕方言歌谣评注》，该书搜集、整理、注释的潮汕方言歌谣1003首，收集的文献资料包括从1929年丘玉麟选编的第一部《潮州歌谣》至2010年出版的有关书籍共17种歌谣集、资料本及其他书籍上的潮汕歌谣，也包括网络上最新的流行歌谣。我们在收集整理时，尽量还原一些失真材料，使之更接近原生态。我们创新性地提出并遵循下面四项用字基本原则，解决了方言歌谣“特多有声无字”的难题。这四项用字原则是在整理上千首方言歌谣的实践中总结概括的，对潮汕民系其他方言文艺作品以及其他民系方言歌谣的收集整理都具有借鉴和参考意义。遵循四项用字基本原则，使千首方言歌谣统一了用字，也使《全本潮汕方言歌谣评注》获得中国民间文学最高奖“山花奖”。

（一）从俗原则

即如有老百姓已经知道的通用字就用通用字，包括训读字和土造的方言俗字，群众普遍使用的方言字，一般予以保留。譬如“嘴”，训读为[cui³]，本字“喙”，嘴巴，如《庄子·徐无鬼》：“丘愿有喙三尺”；歌谣“开嘴大声掰喉”等，统一用“嘴”不用“喙”，从俗。

又如“脚”，训读为[ka¹]，本字“骹”，骹：原指胫部，《说文·骨部》：“骹，胫也”，今潮汕话“骹”之所指范围已大于古汉语，歌谣“双脚踏尽风尘路”等，用“脚”不用“骹”。

还如用“畔”不用“爿”，训读为[boin⁵]；用“孵”不用“伏”，训读为[bu⁷]；用“穿”不用“衬”，训读为[cêng⁷]；用“腥”不用“臊”，训读为[co¹]；用“圈”不用“箍”，训读为[kou¹]；用“夜”不用“暝”，训读为[mên⁵]；用“看”不用“睇”，训读为[toin²]；用“赚”不用“趁”，训读为[tang³]，诸如此类，都采用老百姓知道的训读字，不用本字。

另外潮汕百姓常用的方言字如“呾（说）”“唔（不）”等，也首先采用。譬如“识[bag⁴]”，认识，懂、会的意思，本字“别”，唐·顾况《山中赠客》诗“山中好处无人别，涧梅伪作山中雪”，而歌谣用字我们统一用老百姓常用的字。

（二）从古原则

即用专家已经考证出来的大家能够接受的本字。譬如歌谣“三顿二碗淖糜花”的“淖[cioh⁴]糜”指很稀的粥；宋·陆游《龟堂独坐遣闷》诗：“食有淖糜犹足饱。”又如“一群娘囝穿红袄”的“袄”指棉袄或袄，唐·裴铏《传奇·周邯》：“有一老人，身衣褐袄，貌甚古朴。”这些歌谣用字都采用本字，从古从雅。千首歌谣用专家已经考证出来且大家能够接受的本字共260多个，并整理成表。

潮汕古语词的层次非常明显：第一层次是先秦时代的词语，第二个层次是汉魏六朝时语，第三个层次的古语词，则是唐宋以降的近代汉语词。[①]《全本潮汕方言歌谣评注》1003首歌谣中共有包括覆盖这三个历史层次在内的古语词260多个。上述古语词中历史久远、为先秦时语的有近30个；古语词频频出现在方言歌谣中，高频出现的有50余个。

潮语歌谣不仅古语词多，且部分古语词高频重现，频频入歌。有51个（约占20%）古语词在歌谣中重现频率较高，大致可分为三类：第一类是最高频重现的古语词，出现在30首以上歌谣，共12个。即，囝[gian²]，作为根词，139首；着[dioh⁸]，作情态动词，60首；厝[cu³]，作名词，51首；共[gang⁷]，作介词，45首；合[gah⁴]，作介词，45首；芳[pang¹]，作形容词，45首；底[di⁷]，作疑问代词，41首；转[deng²]，作动词，37首；正[zian³]，作副词，36首；目汁[mag⁸⁽⁴⁾ zab⁴]，作名词，34首；行[gian⁵]，作动词，33首；恁[ning²]，作人称代词，32首。第二类是较高频重现的古语词，出现在20~30首歌谣，共10个；第三类是一般高频重现的古语词，出现在10~20首歌谣，共29个。

诚如林伦伦所说，“潮人讲话时口吐莲花、字字珠玑而不自知，一不小心就把来自《诗经》《左传》《战国策》的词语当成口语土话

① 林伦伦：《潮汕方言：潮人的精神家园》，广州：暨南大学出版社2012年版，第2页。

给使用了”①。潮汕方言歌谣保留了大量的古语词，它们对于古汉语词汇的研究、汉语词汇史的研究以及辞书的编撰都具有重要价值，能让我们更进一步了解古汉语词汇面貌。古语词高频重现，使潮语歌谣形成了古朴典雅的风格，典雅之古语词乃潮汕方言词汇之精髓。这从民间歌谣的视角有力地印证了潮汕方言古语词涵盖了先秦、汉魏六朝、唐宋以降等几个历史时期的学术观点。

（三）造字原则

即在字典上查找不到且不是群众已经通用的字，则大胆创新，自己造字。譬如歌谣“潮州出名鸭母稔”中的“鸭母稔”指一种有馅儿的汤圆，是潮州有名的小吃，“稔”是自造字。千首歌谣自造字40多个。

自造字多是土语词中的用字。潮汕地处东南海隅，以前交通不便，不少潮汕人所见也极为有限，很容易局限于跟前、眼前，这种与外界的较少接触，也使本地特有的物产用本地的土语来表达，形成了富有地方特色的物产名称词。潮语歌谣中不少动植物称谓也是用本民系的土语词，如歌谣《潮汕特产歌》出现的物产土语词就有二十几个。大量土语词入歌，使潮汕歌谣这种民间口头文学显示了地域性强、韵味独特的语言风格。

（四）替代原则

即以上三种办法都无法解决的，才使用同音或近音字替代的办法。譬如表示“表扬、夸奖”的“呵恼[o^{1}lo^{2}]”的“恼”是近音字；“知了，蝉”在潮汕有多种叫法，其中一种叫“[ong$^{6(7)}$ ên^{1}]”，记录

① 林伦伦：《方言古语词：浸育潮人文雅气质之精髓》，《羊城晚报（粤东版）》2012年1月5日。

为“唪嘎”，也非本字，诸如此类，都用到同音替代法。

至于“不同版本，面目有异”，甚至同一版本有不同记录的问题，在整理时可以通过不同版本用字的比较，从音、形、义方面进行辨析，从而统一用字，一以贯之，以避免因不同记录而造成阅读难度的增大。如表示[tig$^{4(8)}$ to^{5}]，丘本记成“敕桃”，南澳资料本记为“秃桃”，孙本、陈本皆记为“踢跎”，有的版本前后不一致，有时用“踧跎”，有时用“踢跎”，笔者统一记录为“逷迌”。

遵循用字原则，使方言歌谣更原汁原味。潮汕歌谣中使用频率最高的表动作的方言词是“呾[dan^{3}]”，千首歌谣中出现了100来次，它表示“说、谈、讲”等几种意思，因此频频入歌。“逷迌[tig$^{4(8)}$ to^{5}]”也是一个高频动作土语词，主要是“游玩，玩耍”的意思，如“丈夫逷迌大树下，娘囝逷迌好花丛”；它还有“玩儿”的意思，如“灵前灵后哭逷迌”“恁个猪囝一只分阮饲逷迌”“番葛保长挈去食逷迌”；“逷迌”还可作起兴用，如“逷迌官路西”“逷迌官路司”“逷迌官路东”等，因此它在50多首歌谣中反复出现。潮汕民系的动作形态土语词，如把它们改为普通话词语，则地域色彩顿失，韵味全无。其实有些也很难在普通话中找到对应的词语。唯有造字或借用同音字，加注读音，进行注释，方使歌谣文本更真实、更原汁原味、更接近原生态，更具有研究价值。

《全本潮汕方言歌谣评注》和这本《精选潮语歌谣》，借鉴吴显齐先生1948年发《新中华》“潮歌选”的做法，每首歌谣设解题、注释和押韵三个小栏目。这里向本书所列参考文献的所有作者表示衷心的感谢！

序曲

OVERTURE

1. 畲歌畲嘻嘻

畲歌畲嘻嘻①，我有畲歌一簸箕；一千八百哩来斗②，一百八十勿磨边③。

畲歌畲嗨嗨④，我有畲歌一米筛；一千八百哩来斗，一百八十勿磨来⑤。

【解题】这是斗歌的序幕，显示了满腹是歌、充满信心的民间歌手的自信形象。

【注释】①畲歌：潮人称潮汕方言歌谣为畲歌，可能跟潮州有畲民居住有关。嘻嘻：衬字，无义。②哩：连词，表示承接关系，意同“就”。斗：斗歌。③勿[mai^3]：不要。本是“唔爱[$m^{6(7)}ain^3$]”两字的合音，“勿”是同义训读字。磨边：走近来。④嗨嗨：衬字，无义。⑤磨来：走近来。

【押韵】第一章1、2、4句押[i]（衣）韵；第二章1、2、4句押[ai]（哀）韵。

第一辑
爱情之歌

CHAPTER 1

一 恋爱中

2. 阮爱相会到天时

一头担鸡一头啼[1]，生死兄妹唔甘离[2]；兄妹好比鹦哥鸟，阮爱相会到天时[3]？

【解题】歌谣运用比喻、反问等手法，表达了对爱情忠贞的信念，也透露了相会时难的苦楚。

【注释】①一头……一头……：一边……一边……，用作连词；《清平山堂话本·陈巡检梅岭失妻记》：“巡检一头行，一头哭。”担：白读为[dan^1]，挑。②唔：不。③爱：要。天[diang^1]时：什么时候。

【押韵】1、2、4句押[i]（衣）韵。

3. 一条江水白涟涟

一条江水白涟涟[1]，两条鳊鱼在两边；鳊鱼无鳞正好食[2]，小弟单身正可怜。

【解题】歌谣运用比喻手法，表达了单身男子的孤独之苦以及想娶妻子的强烈愿望。

【注释】①白涟涟：白茫茫。②无：没有。正[zia^3]：才；《古今小说钩沉·裴子语林》：“孔坦尔时正琐臣耳，何与国家事？”食：吃。

【押韵】1、2、4句潮州口音押[iêng]（焉）韵，汕头、揭阳口音押[iang]（央）韵。

4. 东风透来拍滴丢

东风透来拍滴丢[①]，糜饭奚食头奚梳[②]；十二精神缀兄去[③]，情愿缀兄去漂流。

【解题】歌谣运用夸张手法，描写了一个执着追求所爱之人的姑娘。

【注释】①透：刮、吹。拍滴丢：形容刮风的样子。②糜饭：稀饭和干饭，泛指饭。糜[muê5]：稀饭；《释名·释饮食》：“糜，煮米使糜烂也。”奚[bhoi6]：不会、不能，是“无会”的合音字。奚食：吃不了。奚梳：梳不了。③十二精神：表示整个心思、全身心。缀[duê3]：跟着；《聊斋志异·狼》：“途中两狼，缀行甚远。”

【押韵】1、2、4句押[iu]（忧）韵。

5. 蜜柑跋落古井心

蜜柑跋落古井心[①]，一橛浮来一橛沉[②]；你爱沉来沉到底[③]，橛浮橛沉伤人心。

【解题】这首歌谣以“半浮半沉”的蜜柑为喻，表达了当爱恋双方关系总未明朗时，当事人极为纠结苦恼的心绪。

【注释】①跋落：这里用拟人手法，掉下去的意思。跋[buah8]：摔倒；《说文·足部》：“跋，蹎跋也。”古井心：古井中。②橛[guêh8]：一半儿；宋·黄庭坚《跋白兆语后》：“伏维烂木一橛，佛与众生不别。”③爱：要。

【押韵】1、2、4句押[im]（音）韵。

6. 莉囝花，白披披

莉囝花，白披披[1]，秀才行过拗一枝[2]；人人问伊拗乜事[3]，拗乞娘囝插鬓边[4]。

【解题】歌谣唱的是潮汕版的玫瑰赠佳人。

【注释】①莉囝花：野玫瑰。白披披：白晶晶。②行：走路；《墨子·公输》："行十日十夜而至于郢。"拗[a²]：弯曲使断，折。③伊：他。拗乜事：摘花做什么。乜[mih⁴]：什么，疑问助词。④乞[keh⁴]：给，送给；《汉书·朱买臣传》："妻自经死，买臣乞其夫钱，令葬。"娘囝：娘子。

【押韵】1、2、4句押[i]（衣）韵。

7. 一只船囝挨呀挨

一只船囝挨呀挨[1]，娘囝船内绣花鞋[2]；花鞋绣凤鸟，凤鸟教飞胶落溪[3]。

一只船囝撑呀撑，娘囝船内绣鞋踭[4]；鞋踭绣凤鸟，凤鸟教飞胶落坑。

【解题】这首歌谣运用比喻手法，写得很含蓄，表面说的是鞋子上的"凤鸟"落入水中，实际上暗写着一对恋人的偷情。

【注释】①船囝：小船。囝[gian²]：事物的小者。挨[oi¹]：这里指慢慢前行，原义是"推"，《广韵》平声皆韵："挨，推也"，乙谐切。②娘囝：小娘子。囝[gian²]：指年纪小的人。③胶落[ga¹laoh⁸]：掉下。④踭[dên¹]：脚跟。

【押韵】第一章1、2、4句押[oi]（鞋）韵；第二章1、2、4句押[ên]（楹）韵。

8. 一群娘团穿红袠

一群娘团穿红袠①，恁呀未嫁好风流②；恁呀未嫁嫁给阮③，待阮抱布来做袠④。

一群娘团穿红衫⑤，恁呀未嫁留到呠⑥；恁呀未嫁嫁给阮，待阮抱布多做衫。

【解题】歌谣描写了男子大胆向姑娘求爱，非常直白。

【注释】①娘团：姑娘。袠：白读为[hiun5]，指棉袄，唐·裴铏《传奇·周邯》："有一老人，身衣褐袠，貌甚古朴。"②恁[ning2]：你们；元曲《墙头马上》第四折："恁母亲从来狠毒，恁父亲偏生嫉妒。"③阮：我。④抱布：抱着（买来的）大量布匹。⑤衫：衣服。⑥留[lao5]到呠[dan1]：留到现在。

【押韵】第一章1、2、4句押[iu]（忧）韵；第二章1、2、4句押[an]（嗳）韵。

9. 龙眼龙眼枝

龙眼龙眼枝，阮爱龙眼做媒姨①；阮爱桃花做阮姾②，情愿唔赚三日钱③。

龙眼龙眼花，阮爱龙眼做阮媒；阮爱桃花做阮姾，情愿唔食三日糜④。

【解题】歌谣唱的是小伙子看上了一姑娘，急着找媒人求婚，并信誓旦旦。

【注释】①阮：我。爱：要。媒姨：媒婆。②姾[bhou2]：俗称妻子。③赚：俗读为[tang3]。④糜[muê5]：稀饭。

【押韵】第一章1、2、4句押[i]（衣）韵；第二章1、2、4句押[uê]（锅）韵。

10. 欹山欹

欹山欹①，欹山发草闹萋萋②；君今十八娘十七③，有如好米拍糖枝④。

东山东，东山发草闹哈哈；君今十八娘十七，有如好米拍糖方⑤。

【解题】这是一首恋爱歌。小伙子十八，姑娘十七，在旧时代正是谈婚论嫁的妙龄时期。

【注释】①欹[ki1]：倾斜；《荀子·宥坐》："孔子观于鲁桓公之庙，有欹器焉。"②发草：长草。③君：丈夫。娘：妻子。④拍[pah4]：《广韵》入声陌韵："拍，打也。"糖枝：一种用爆米花和糖做成的糖果，切成指头大小条状。⑤糖方：切成方形的糖米花块。

【押韵】第一章1、2、3、4句押[i]（衣）韵，排韵；第二章1、2、4句押[ang]（按）韵。

11. 门脚开莲池

门脚开莲池①，莲池开花廿四枝；人人行过唔敢拗②，单单秀才拗一枝③。

门脚种膀投④，膀投开花廿四抛⑤；人人行过唔敢拗，单单秀才拗一抛。

【解题】歌谣运用对比手法，更衬托了秀才折花赠美人的痴情。

【注释】①门脚：门口。脚，训读为[ka1]，本字"骹"。骹：原指胫部，《说文·骨部》："骹，胫也。"今潮汕话"骹"之所指范围已大于古汉语。②行：走路。唔敢：不敢。拗[a2]：弯曲使断，折。③单单：仅仅。④膀[la5]投：属剑麻，芦荟的一种，有黏性，切成薄片浸水，黏液滑润，旧时潮汕妇女用以代发油。⑤抛[pao1]：朵。

【押韵】第一章1、2、4句押[i]（衣）韵；第二章1、2、4句押

[ao]（欧）韵。

12. 瓶叠瓶

瓶叠瓶[①]，瓶底养花是芝兰；借问芝兰几时嫁？请你十五来看人[②]。

盅叠盅，盅里养花是秀英；借问秀英几时嫁？请你十五来看灯。

【解题】这首情歌以花喻人，采用问答体，问者婉转，答者干脆。

【注释】①瓶：潮音[bang5]。②看：训读为[toin2]，本字“睇”，《说文·目部》：“睇，目小视也。”

【押韵】第一章1、2、4句押[ang]（按）韵；第二章1、2、4句押[êng]（英）韵。

13. 红花红

青花青，青花开花青花棚；青花雅雅摘来插[①]，娘囝雅雅嫁别家[②]。

红花红，红花开花红花丛；红花雅雅摘来插，娘囝雅雅嫁别人。

【解题】美丽的姑娘要出嫁了，可惜嫁的是别人，歌谣表达了遗憾惋惜之情。

【注释】①雅雅：漂亮、美丽。插：戴。②娘囝：娘子，姑娘。

【押韵】第一章1、2、4句押[ên]（楹）韵；第二章1、2、4句押[ang]（按）韵。

14. 门脚一块石

门脚一块石[①]，娘囝脚细踏唔着[②]；恁呠老伙行开去[③]，还阮花心对花叶[④]。

门脚一块枋[⑤]，娘囝脚细踏唔红[⑥]；恁咊老伙行开去，还阮花心对花丛。

【解题】青年人总有自由表达和追求理想的时候，不喜欢受到过多的束缚。歌谣表达了青年人希望摆脱封建束缚，争取自由的心理。

【注释】①门脚：门口。②娘囝：娘子。踏唔着：靠不着。③恁[ning2]：你们。咊[da1]：语助词。老伙：老人们。行：走。④还：让。阮[en2/uang2]：我们。⑤枋[bang1]：木板。⑥踏唔红：踏不实。

【押韵】第一章1、2、4句押[iêh/ioh]（约）韵；第二章1、2、4句押[ang]（按）韵。

15. 一粒橄榄双头红

一粒橄榄双头红，只畔掷过许畔田[①]；底人敢取只粒金橄榄[②]？合你战到日头红[③]。

一粒橄榄双头青，只畔掷过许畔坑；底人敢取只粒金橄榄？合伊战到日头平[④]。

【解题】歌中称橄榄为“金橄榄”，且主人发出誓言，将与一切接近它的人作战到底，可见不是一般的橄榄，应该是情人之信物。

【注释】①只[zi2]：这，近指代词；宋・朱熹《寄籍溪胡丈及刘恭父》诗二首之二：“浮云一任闲舒卷，万古青山只么青。”畔：训读为[boin5]，边。许：远指代词，那。②底人：谁人。底[di7]：疑问代词，谁，什么，何；唐・杜荀鹤《钓叟》诗：“渠将底物为香饵，一度抬竿一个鱼。”③合[gah4]：与、跟、同，作介词；唐・李白《月夜江行寄崔员外宗之》：“月随碧山转，水合青天流。”日头：太阳。战到日头红：意思是誓死作战到底。日头红，日头升起来；日头平，日头落下去。④伊：他。

【押韵】第一章1、2、4句押[ang]（按）韵；第二章1、2、4句押[ên]（楹）韵。

16. 一船丈夫好风流

一船丈夫好风流[①]，麦秆草帽挂绣球；飞花衫头绿绸裤[②]，红红槟袋二撇须[③]。

一船姿娘好遢迌[④]，花生脚裤绿屐桃[⑤]；三面胭脂四面粉，耳钩老鼠拖葡萄[⑥]。

【解题】歌谣讽刺了喜好风流的男女无所事事及其夸张华丽的打扮。

【注释】①丈夫[$da^{2(6)}$ bou^{1}]：泛指男人；《战国策·赵策》："太后曰：'丈夫亦爱怜其少子乎？'"②绸：一种丝织品。③槟袋：盛槟榔的袋子。须：胡子，繁体字作"鬚"。④姿娘[ze^{1} $niên^{5}$/$nion^{5}$]：女人，本作"珠娘"；南朝·梁·任昉《述异记》："越俗以珠为上宝，生女谓之珠娘，生男谓之珠儿。"遢迌[$tig^{4(8)}$ to^{5}]：游玩，玩耍。⑤屐桃：缠脚妇女所穿的木屐。因其短小，前后为弧线形，故称"屐桃"。屐：木拖鞋；唐·李白《梦游天姥吟留别》诗："脚著谢公屐，身登青云梯。"⑥耳钩：耳环、耳坠。

【押韵】第一章1、2、4句押[iu]（忧）韵；第二章1、2、4句押[o]（窝）韵。

17. 四角庭团好铺枋

四角庭团好铺枋[①]，铺分阮娘看花丛；眠起看花花含蕊[③]，夜昏看花花变红[④]。

四角庭团好铺砖，铺分阮娘看花园；眠起看花花含蕊，夜昏看花花变黄。

【解题】歌谣以花喻人，表达了渴望与心上人朝夕相处的强烈愿望。

【注释】①庭囝：小平地。庭[dian5]：灰、石铺成的平地。枋[bang1]：木板。②分[bung1]：给，作介词，原为动词，如《左传·昭公十四年》："分贫赈穷。"阮[en2/uang2]：我的。娘：小娘子。③眠起：早上，上午。④夜昏：傍晚，晚上。夜：训读为[mên5]，本字"暝"；《原化记·陆生》："老人取水一口噀之，黑雾数里，白昼如暝。"

【押韵】第一章1、2、4句押[ang]（按）韵，第二章1、2、4句押[en]（秧）韵。

18. 目汁双双挂念郎

目汁双双挂念郎①，想来想去到天光②；烧茶愈食喉愈渴③，心内愈想夜愈长。

旧年前日已想伊④，想来想去病相思⑤；想来想去唔到手⑥，想到死来也想伊。

【解题】歌谣反映了潮汕妇女追求自由恋爱的坚定信念。姑娘思念意中人，求之不得，辗转难眠，但至死不悔，矢志不渝。

【注释】①目汁：眼泪。《释名·释形体》："汁，涕也。"涕，眼泪；《广韵》、《集韵》平声支韵"眵"字条下均释为"目汁凝"。②天光[geng1]：天亮。③烧茶：热茶。愈食喉愈渴：越喝口越渴。④伊：他。⑤病相思[si1]：患了相思病。⑥唔到手：到不了手，这里指没有得到所追求的意中人。

【押韵】第一章1、2、4句押[eng]（恩）韵；第二章1、2、4句押[i]（衣）韵。

19. 恋情

八月十五看月光[①]，看见鲤鱼顺水上；鲤鱼唔怕长江水[②]，恋情唔怕路途长[③]。

八月十五看月华，阿哥出饼妹出茶[④]；食了哥饼甜落肚[⑤]，食了妹茶开心花。

情哥情妹做一堆[⑥]，恋到两人心花开；恋到鸡毛沉落水，恋到石团浮起来[⑦]。

高山顶上种“布凉”[⑧]，唔使淋水也会生；只要两人感情好，唔使媒人也会成[⑨]。

有缘不怕路途远，无缘不怕合檐边[⑩]；食杯厚茶甘落肚[⑪]，一心想妹唔敢声。

【解题】这首情歌描写的是情哥情妹的卿卿我我、鱼水情深，有缘千里来相会，无缘咫尺成天涯，只要两人感情好，不用媒人亲事也会定下来。

【注释】①光：白读为[geng¹]，亮。②唔：不。③长：白读为[deng⁵]。④出：拿出。⑤落肚：下肚，意即吃进东西；《金瓶梅词话》第一回：“那妇人也有三杯酒落肚，烘动春心。”⑥做一堆：在一起。⑦石团：石了儿。⑧“布凉”：一种树。⑨唔使：不用。成[zian⁵]：成了，指亲事成了；《醒世恒言·张孝基陈留认舅》：“这畜生到底不成人的了。”⑩合[gah⁴]：与、跟、同，作介词。檐[zin⁵]：屋檐。⑪厚茶：浓茶。

【押韵】1、4句押[eng]（恩）韵；6、8句押[ê]（哑）韵；10、12句押[ai]（哀）韵；13、17句押[iang]（央）韵；16、20句押[ian]（营）韵。

20. 怨情

妹子住在对面山，阿哥爱去路又弯①；想变黄蜂飞过去，蜘蛛结网又来拦。

苦瓜无油苦啾啾，秋瓜无油滑溜溜；两人诐起亲情事②，目汁双双似水流③。

梁上燕子成双飞，朝朝同出晚同归；阿哥出门无信转④，偷偷流泪自家悲。

夫你不该心神迷，不该学赌害自己；失足就成千古恨，样般面目见你妻。

路旁落松跨中间，阿哥今日去潮安；年头做到年尾转⑤，再好人情也会断⑥。

【解题】这首题为“怨情”的情歌，运用比喻手法，暗示恋情受阻，阿哥学赌、长年外出应该是爱之阻力。

【注释】①爱：要。②诐[puêh8]：谈，聊天。亲情[zian5]：亲事，这里指做夫妻。《醒世恒言·钱秀才错占凤凰俦》：“大尹道：‘你既为亲情而往，就不该与那女儿结亲了。’”③目汁：眼泪。④转[deng2]：回来；《初刻拍案惊奇》卷一：“有的不带钱在身边，老大懊悔，急忙取了钱转来，文若虚已所剩不多了。”⑤年尾：年底。⑥人情[nang5(7) zian5]：情分、情意；元·王实甫《西厢记》第一本第二折：“量着穷秀才人情只是半张纸，又没甚七青八黄。”

【押韵】1、2、4句押[ang]（按）韵；5、6、8句押[iu]（忧）韵；9、10、12句押[ui]（威）韵；13、14、16句押[i]（衣）韵；17、18、20句押[ang]（按）韵。

二 结婚后

21. 月娘月昽昽

月娘月昽昽[①]，共君去搭船[②]；船头二只鸳鸯鸟，头又乌，尾又红，劝君匆笑人；

人无千日好，花无百日红。

【解题】歌谣描写细心的新婚妻子劝诫丈夫要对今后生活可能遇到的困难有所准备。

【注释】①月昽昽：月亮在云朵里穿行时不太亮的样子。昽[hung^5]：看不大清楚的样子；《集韵》平声文韵："昽，眩昽，视不明也"；玉芬切。②共：作连词，作用与普通话"和""与"等并列连词作用相同；宋·辛弃疾《鹧鸪天·黄沙道中即事》词："松共竹，翠成堆。"搭船：乘船。

【押韵】1、2句押[ung]（温）韵，5、6、8句押[ang]（按）韵。

22. 蛸蛟娘，歇在墙

蛸蛟娘[①]，歇在墙；翁扒船[②]，姈烧香[③]；烧香烧做呢[④]？保护儿婿抢头标[⑤]。

【解题】歌谣写的是潮俗五月初五赛龙舟，丈夫出赛，妻子为其烧香祈祷，希望丈夫所在的龙舟能夺得金标。

【注释】①蛸蛟[sua^{1}mên^1]娘：小蜻蜓。②翁[ang^1]：丈夫。扒[pê^6]船：即扒龙船，赛龙舟。③姈[bhou^2]：俗称妻子。④做[zo^3]呢：为什么。⑤保护[ho^7]：保佑。抢头标：夺冠军。

【押韵】1、2、4、6句押[iên/ion]（羊）韵。

23. 井底一个球

井底一个球，君呔打水给娘揂[①]；问娘会轻呀会重[②]，悉轻悉重正好揂[③]。

井底一个柑，君呔打水给娘担；问娘会轻呀会重，悉轻悉重正好担。

【解题】这是一首问答体的歌谣，表现了夫妻间在劳动中互相体贴的心情。

【注释】①呔[da¹]：语助词。揂[ciu⁵]：用手拉引绳索使聚拢；《集韵》平声尤韵：“揂，捊聚也”；字秋切。②呀[a¹]：这里有“还是”的意思。③悉[bhoi⁶]：不会。正[zia³]好：刚刚好。

【押韵】第一章1、2、4句押[iu]（忧）韵；第二章1、2、4句押[an]（嗳）韵。

24. 中秋夜

中秋夜，月娘娘[①]；深深拜，团团圆。好夫婿，结良缘。

今年团圆，明年团圆，年年团圆！

【解题】歌谣描写了一对夫妇在中秋节朝着月亮，深深一拜，喜结良缘，并祈祷能年年团圆。

【注释】①月娘娘：月亮娘娘。

【押韵】歌谣中4个“圆”字为韵，押[in]（丸）韵。

25. 十指尖尖擎一杯

十指尖尖擎一杯[①]，不知君去何时回；路边野花君勿采[②]，家中自有一枝梅。

十指尖尖擎一盅，问君何时转回程[3]；路边野花君勿采，家中自有金秀英。

【解题】歌谣写的是妻子为远行的丈夫饯行，嘱咐丈夫不采野花，记得家中妻子。

【注释】①擎：拿；端；《世说新语·纰漏》："婢擎金澡盘盛水，玻璃盛澡豆。"②勿[mai[3]]：不要。③转[deng[2]]：回，回来。程：读[têng[5]]。

【押韵】第一章1、2、4句押[uê]（锅）韵，第二章1、2、4句押[êng]（英）韵。

26. 同心共伞

一座花园四点金[1]，夫妻看花坐花荫；眠起看花花含蕊[2]，夜昏看花花同心[3]。

东畔落雨白啧啧[4]，娘囝挈伞去等君[5]；二人相共一支伞[6]，四目相看笑吧哎[7]。

【解题】歌谣描写的是恩爱夫妻朝夕相处、同心共伞的甜蜜生活，说不尽的恩爱尽在微笑中。

【注释】①四点金：潮汕民居的一种建筑样式，类似北京的四合院，中轴线是前厅、天井、后厅，前厅后厅东西两旁各一房，占据整座建筑的四个角，故称"四点金"。②眠起：早上，上午。③夜昏：傍晚，晚上。夜：训读为[mên[5]]，本字"暝"。④白啧啧：白茫茫。⑤娘囝：娘子。挈：拿。君：丈夫。⑥相共：共用。相：白读为[siê[1]/sio[1]]。⑦笑吧哎[bhung[1]]：微笑。

【押韵】第一章1、2、4句押[im]（音）韵；第二章1、2、4句押[ung]（温）韵。

27. 臼头舂米伤着腰

白头舂米伤着腰[①]，夫婿听知冲冲潮[②]；觅无乌鸡来补腹[③]，觅无杉板来押腰[④]。

白头舂米伤着脚[⑤]，夫婿听知走来哈[⑥]；觅无乌鸡来补腹，觅无杉板来押脚。

【解题】歌谣描写的是丈夫对妻子的疼爱，运用夸张手法，使歌谣带上讽刺意味。

【注释】①臼头：石臼。②夫婿：丈夫。冲冲潮：着急奔忙的样子。③觅：训读为[cuê⁷]，找。乌鸡：鸡的一种，肉为黑色，据说十分补养。补腹：补养。④杉板：杉木板。⑤脚：训读为[ka¹]，本字"骹"。⑥哈：吹气使之不痛。

【押韵】第一章1、2、4句押[iê/io]（腰）韵；第二章1、2、4句押[a]（亚）韵。

28. 一只白马挂白鞍

一只白马挂白鞍，乞君骑去海南山[①]；路上野花哩勿摘[②]，同宫同厝有牡丹[③]。

一只白马挂白须，乞君骑去海南洲；路上野花哩勿摘，同宫同厝有石榴。

【解题】歌谣写的是妻子送丈夫远行，临行叮咛，嘱咐丈夫不要寻花问柳。

【注释】①乞[keh⁴]：被，介词。乞：送给，引申用作助动词或介词，意为"被"，如《水浒传》第五十二回："李逵乞宋江逼住了。"②哩：语气词，用在主谓语之间，表示语气舒缓，并补足音节。勿[mai³]：不要。哩勿摘：请不要摘。③同宫同厝：指家里。厝

[cu³]：房屋；清·黄叔敬《台海使槎录·赋饷》："瓦厝、草厝共征银一千二百四两零。"

【押韵】第一章1、2、4句押[uan]（鞍）韵；第二章1、2、4句押[iu]（忧）韵。

29. 月光月梭萄

月光月梭萄①，照篱照壁照瓦槽；照着眠床脚踏板②，照着蠓帐绣双鹅③。

月光月烟尘④，照篱照壁照瓦亭⑤；照着眠床脚踏板，照着蠓帐绣双龙。

【解题】歌谣描写了一幅清幽优美的月光农舍图。

【注释】①梭萄：潮汕民间传说，月宫里面有梭萄枝，是济困扶贫的宝贝。②眠床：睡觉的床；《南史·鱼弘传》："有眠床一张，皆是蹙柏。"脚踏板：眠床下面的垫脚板。③蠓帐：蚊帐。双鹅：指鸳鸯，俗谓之"双鹅"。④烟尘[êng¹dêng⁵]：尘埃。⑤瓦亭：瓦脊。

【押韵】第一章1、2、4句押[o]（窝）韵；第二章1、2、4句押[êng]（英）韵。

30. 逷迌官路东

逷迌官路东①，新开井水淹井栏②；君呀掼水去磨墨③，娘呀掼水沃花丛④。

逷迌官路西，新开井水淹井楣；君呀掼水去磨墨，娘呀掼水沃花栽⑤。

【解题】歌谣描写了一对夫妻提水劳动，其乐融融。

【注释】①逷迌[tig⁴⁽⁸⁾to⁵]：游玩，玩耍。②淹井栏：井水满满的，浸到井栏。③呀：语助词，无义。掼[guan[6]]水：提水。④沃[ag[4]]：浇灌；《玉篇·水部》："沃，於酷切；浇灌也。"⑤花栽：花苗。栽：植物的小苗；唐·杜甫《萧八明府实处觅桃栽》诗："奉乞桃栽一百根，春前马送浣花村。"

【押韵】第一章1、2、4句押[ang]（按）韵；第二章1、2、4句押[ai]（哀）韵。

31. 湯迱官路司

湯迱官路司，红纱蠓帐绿纱边[①]；红红枕头双人枕，嘴含槟榔笑唠唏[②]。

湯迱官路西，红纱蠓帐绿纱眉[③]；红红枕头双人枕，嘴含槟榔笑唠咳[④]。

【解题】歌谣描写了夫妻的恩爱之情。

【注释】①蠓[mang[2]]帐：蚊帐。②④笑唠唏、笑唠咳：均指欢乐之笑。嘴：训读为[cui[3]]，本字"喙"。含：白读为[gam[5]]。③绿纱眉：指旧式蚊帐上部的装饰物，潮汕方言叫"蠓帐眉"。

【押韵】第一章1、2、4句押[i]（衣）韵；第二章1、2、4句押[ai]（哀）韵。

32. 正月点灯笼

正月点灯笼，上炉烧香下炉芳[①]；君今烧香娘插烛，保护阿伯大轻松[②]。

二月君行舟，君今叫娘买芳油；是加是减合君买[③]，是好是孬合君收[④]。

三月君行山，君今行紧娘行宽[⑤]；君今衫长娘衫短，衫长衫短来相慢[⑥]。

四月簪花围[7]，一头簪花二头开；有缘阿姑哩来插，无缘阿姑花含蕊。

五月人扒船[8]，溪中锣鼓闹纷纷[9]；船头拍鼓别人婿[10]，船尾掠舵是我君[11]。

六月热毒时[12]，五娘楼顶掷荔枝；陈三骑马楼下过，五娘看见掷乞伊[13]。

七月跳粉船[14]，一跳二跳不见君；我君离远我也诩[15]，我君离近板逢春。

八月跳粉墙，一跳二跳不见娘；我娘离远我也诩，我娘行磨芳哩芳[16]。

九月担酒祝我兄[17]，我兄主意嫁潮城；人呾潮城一块好，人呾潮城大名声。

十月担酒祝我姨，我姨主意嫁海墘；人呾海墘一块好[18]，人呾海墘大鱼鲜。

十一月担酒祝我姑，我姑主意嫁棉湖；人呾棉湖一块好，人呾棉湖口口粗。

十二月北风寒，开箱开囊挈被单[19]；有缘阿姑哩来盖[20]，无缘阿姑被外寒。

【解题】这首歌谣以十二月歌的形式铺排，表达了男女相悦的主题。

【注释】①芳：白读为[pang^1]，香；《楚辞·离骚》："兰芷变而不芳兮……"。②保护[ho^7]：保佑。轻松：康健。松：白读为[sang^1]。③加[gê^1]：多；《礼记·少仪》："加于一双。"减：少；《世说新语·假谲》："王右军年减十岁时，大将军甚爱之。" 合[gah^4]：与、跟、同，作介词。④孬[mo^2]：不好。⑤行：走路。宽[kuan^1]：慢，舒缓，与急、快相对；《史记·匈奴列传》："急则人习骑射，宽则人乐无事。”⑥相幔：相互遮盖。相：白读为[siê1/sio1]。幔[muan1]：用巾或衣物披在人身上或东西上；《广雅·释诂》：“幔，覆也。”⑦簪[zam1]：插、戴。⑧扒[pê6]船：即扒龙船，赛龙舟。⑨闹纷纷：很热闹的样子。⑩拍[pah4]：打。⑪掠[liah8]舵：掌舵。⑫热毒时：大暑天。⑬乞[keh4]：给，送给。伊：他。⑭跳粉船、跳粉墙：七、八月农村女孩的户外游戏活动。⑮訠[bag4]：认识；懂、会。本字“别”；唐·顾况《山中赠客》诗：“山中好处无人别，涧梅伪作山中雪。”⑯行磨：走近。芳哩芳[pang1]：香啊香。⑰担：白读为[dan1]，挑。⑱呾：说，讲。海墘：海边。⑲开：白读为[kui1]。挈[kiêh8/kioh8]：拿，这里指拿出来。⑳盖[gah4]：由上向下覆盖被子。

【押韵】第一章1、2、4句押[ang]（按）韵；第二章1、2、4句押[iu]（忧）韵；第三章1、2、4句押[uan]（鞍）韵；第四章1、2、4句押[ui]（威）韵；第五章1、2、4句押[ung]（温）韵；第六章1、2、4句押[i]（衣）韵；第七章1、2、4句押[ung]（温）韵；第八章1、2句押[iêh/ion]（羊）韵；第九章1、2、4句押[ian]（营）韵；第十章1、2、4句押[in]（丸）韵；第十一章1、2、4句押[ou]（乌）韵；第十二章1、4句押[ang]（按）韵。

33. 正月思君在外方

正月思君在外方，自君去后心头酸；自君去后相思病，相思病重委落床[1]。

二月初二三，日日思君床头伴；自君去后相思病，相思病重委洗衫[2]。

三月清明雨纷纷，路上行人成大群；人人扫墓上山去，唔见君家来拜坟[3]。

四月日头长，单身娘囝鼻头酸[4]；思父思母有时候[5]，思君思婿割断肠。

五月扒龙船[6]，溪中锣鼓闹纷纷[7]；船头拍鼓别人婿[8]，船尾掠舵别人君[9]。

六月热毒天，手擎莲房立路边[10]；头毛唔梳也唔攏[11]，姑囝看着笑嘻嘻[12]。

“阿姑你勿笑，等你嫁后去思君；你兄早来你早好，你兄早来你早抱孙[13]！”

七月秋风转凉哩[14]，爱寄衣衫去乞伊[15]；爱寄凝个又咆早[16]，爱寄热个又过时[17]。

八月初九二十夜，月上月落二三更；一日三餐等三过[18]，弓鞋踏破君唔回[19]。

九月寒又寒，开开箱囝挈被单[20]；有缘夫君被底暖，无缘夫君被外寒。

十月人收冬[21]，园中青青是芳葱；树上鸟声成双对，笑娘无君不成双。

十一月对节时[22]，家家处处人挲圆[23]；头毛蓬松惰走起[24]，手托下颏靠床边[25]。

十二月是年边[26]，收拾房舍来过年；廿九夜昏君就到[27]，围炉食酒来过年。

天光起来是新年[28]，朋友相招去赚钱[29]；衫裾揲紧无君去[30]，忆得去年相思时。

【解题】这是一首描写闺怨的歌谣。丈夫出门赚钱谋生，妻子在家苦苦等待了十二个月。通过十二个月的反复吟唱，把闺中少妇的悲怨描写得淋漓尽致。

【注释】①秃[bhoi^6]落床：起不了床，指病重。②秃[bhoi^6]洗衫：洗不了衣服。③拜坟：扫墓。④娘囝：小娘子。鼻头酸：要哭的样子。⑤有时候：指偶尔。⑥扒龙船：赛龙舟。⑦闹纷纷：很热闹的样子。⑧拍[pah4]：打。⑨掠舵：掌舵。⑩莲房：莲蓬。⑪头毛：头发。擸[luah8]：指梳理头发。《广韵》入声葉韵："擸，《说文》曰：理持也；"良涉切。⑫姑囝：小姑子。⑬孙：侄子。⑭转：读为[deng2]。凉哩：凉快。⑮爱：要。衣衫：衣服。乞[keh4]伊：给他。⑯凝[ngang5]个：寒冷的，冬季的。㖞[kah4]：过、太。⑰热个：夏天的。热：白读为[ruah8]。⑱三过：三遍。⑲弓鞋：妇女的小鞋。⑳箱囝：箱子。挈：拿。㉑收冬：收获季节；《后汉书·张纯传》："冬者五谷成熟，物备礼成。"㉒对节时：正是节日，这里指冬至。㉓挲[so1]圆：用两个手掌搓糯米粉末儿做汤圆。潮俗在冬至吃汤圆。挲：搓，抚摸；《古乐府·琅琊王歌辞》："新买五尺刀，悬著中梁柱；一日三摩挲，剧于十五女。"㉔惰走起：懒得下床。㉕下颏：下巴；唐·韩愈《记梦》诗："我手承颏肘拄座。"㉖年边：已近年底。㉗夜昏：傍晚。夜：训读为[mên5]，本字"暝"。㉘天光：天亮。光：白读为[geng1]。㉙赚：训读为[tang3]，本字作"趁"。㉚衫裾[ge1]：衣服的大襟，或衣服的前后部分。搇[kin5]紧：拉住。搇：用手拉住；《广韵》平声侵韵："搇，急持"，巨金切。

【押韵】第一章1、2、4句押 [eng]（恩）韵；第二章1、2、4句押[an]（嗳）韵；第三章1、2、4句押[ung]（温）韵；第四章1、2、4句押[eng]（恩）韵；第五章1、2、4句押[ung]（温）韵；第六章1、2、4句押[in]（丸）韵，6、8句押[ung]（温）韵；第七章1、2、4句押[i]（衣）韵；第八章1、2句押[ê]（哑）韵，3、4句押[uê]（锅）韵；第九章1、4句押[ang]（按）韵；第十章1、2、4句押[ang]（按）韵；第十一章1、2、4句押[in]（丸）韵；第十二章1、2、4、5、6、8句押[in]（丸）韵。

三 婚姻价值观

34. 愿郎勿做灯笼样

送郎送到小桥东，小妹提盏红灯笼；愿郎勿做灯笼样[①]，外边好看内边空[②]。

【解题】歌谣以阿妹口吻吟唱，希望自己的心上人不要像灯笼一样，外表好看而里面是空的，不做“金玉其外败絮其中”之人。

【注释】①勿[mai³]：不要。②内：训读为[lai⁶]，里面，本字是“里”。空[kang¹]：（里面）没有东西。

【押韵】1、2、4句押[ang]（按）韵。

35. 穷汉孬娶富家女

上缸叠下缸，穷汉孬娶富家女[①]；粗衫不可搡银纽[②]，粗帐不可绣丝黄。

【解题】歌谣运用两个富有生活气息的喻体作比，表达了穷人不可娶富家女，以免家庭不和谐的婚姻观。

【注释】①娶：[cua⁷]。②这句话的意思是不能把银纽缝在粗布衣服上，以免不协调。衫：衣服。搡[zai¹]：缝缀；《金瓶梅词话》第六十七回：“一溜搡五道金三川纽扣儿。”

【押韵】1、2、4句押[en]（秧）、[eng]（恩）韵，鼻化韵与后鼻韵通押。

36. 一双银箸插落河

“一双银箸插落河[①]，八幅罗裙水上波；新科状元你唔嫁，情愿嫁乞作田哥[②]？”

"状元头戴是乌纱③，只顾朝廷不顾家；情愿嫁给田家婿，日来耕种夜回家。

做官做府名声芳④，不如农夫来做翁⑤；夫唱妇随同见面，算将起来有主张！"

【解题】歌谣反映潮汕姑娘的婚姻价值观：宁愿嫁个能厮守在一起的种田郎，也不愿意嫁个徒有名声的状元郎。

【注释】①银箸：银筷子。②乞[keh4]：给，送给。作田哥：种田的小伙子。作[zoh4]：耕作；晋·陶渊明《桃花源记》："其中往来种作，男女衣着，悉如外人。"③乌纱：乌纱帽，即官帽，指当了官。④芳：白读为[pang1]，香。⑤翁[ang1]：丈夫。

【押韵】第1、2、4句押[o]（窝）韵；5、6、8句押[ê]（哑）韵；9、10、12押[ang]（按）韵。

CHAPTER 2

第二辑 时政之歌

一 新中国成立前

（一）讽刺时政

37. 食哩三春米

食哩三春米[1]，配哩鹦哥鲤[2]，烧哩烧绞枳[3]；感谢忠恕伯，食到欢欢喜喜。

【解题】清末，受太平军的影响，潮汕爆发了农民起义，特别是吴忠恕领导的农民起义影响尤大，给当地统治者以沉重打击，人民群众无不拍手称快。这首歌谣就是表达了劳动人民满意的喜悦心情。

【注释】①三春米：指好米。②配[puê³]：用菜送饭。元·孟汉卿《虎头牌》："将那暖热的酒快酾，将那配酒的羔快宰。"鹦哥鲤：一种好鱼的鱼名。③绞枳：也叫"绞枳炭"，一种好炭，一经点燃，室中可闻隐隐炭香。

【押韵】1、2、3、5句押[i]（衣）韵。

38. 天下纷纷

天下纷纷，民国无君[1]；女子择婿，自由结婚。

【解题】这首歌谣20世纪二三十年代流行于潮安一带，反映了民国时期的某些社会现实。

【注释】①君：皇帝。

【押韵】1、2、4句押[ung]（温）韵。

39. 毫子无人爱

文明世界，薰团食派[①]；女子解放，自由择婿；龙银纸字[②]，毫子无人爱[③]！

【解题】这首歌谣描写了民国时期人们以抽烟为时髦、女子可以自由恋爱、旧时钞票不能流通等社会现象。还有一版本最后两句曰：“你合我嫌，我爱你勿。”

【注释】①薰：香烟；原指香草；《说文·艸部》：“薰，香艸也。” 食派：抽烟有派头。在民国初期，妇女抽烟的还不多，显得时髦。②纸字：钞票。③毫子[zi²]：硬币零钞。爱：要。

【押韵】1、2、4、6句押[ai]（哀）韵。

40. 天顶一条虹

天顶一条虹[①]，地下浮革命[②]；革命铰掉辫[③]，娘囝放脚缠[④]；脚缠放来真架势[⑤]，插枝花囝冻冻戏[⑥]。

【解题】这是一首反映孙中山国民革命的歌谣，作者选择了老百姓印象最深刻的剪辫子和不再裹小脚这两件事来写。

【注释】①虹[kêng⁶]：彩虹。②浮：闹、发生。③铰[ga¹]：剪，这里用作动词。④娘囝：娘子，姑娘，女人。脚缠：裹脚布。⑤来：结构助词，得；唐·杜甫《送长孙九侍御赴武威判官》：“银鞍被来好。”架势：漂亮，对头。⑥冻冻戏：摇曳的样子。

【押韵】第1、2句押[êng]（英）韵，第3、4、5、6句押[in]（丸）、[i]（衣）韵。

（二）穷苦饥荒

41. 月娘弯弯星斗光

月娘弯弯星斗光，山埔山草是我个好眠床①；九月秋风凉入骨，唱起山歌唔消我心头恨②。

自从有了赤叶河，百姓年年受饥饿；受饥饿来开山坡，开了山坡，我好像挂了个大铁锁！

【解题】这是潮州方言剧《赤叶河》的一段歌词。

【注释】①个：的。眠床：睡觉的床。②唔：不。

【押韵】1、2、4句押[eng]（恩）韵；5、6、7、8、9句押[o]（窝）韵。

42. 凄惨凄惨凄

凄惨凄惨凄，春荒又到边！厝内无米又无钱①，有个无好食②，想着激激死③！

阿爸烦恼田无粮④，阿妈烦恼瓮无米⑤，阮奴囝无穿无食面变变⑥。

豪绅地主班奥牙，唔肯赊借半个钱⑦，白匪日日来强迫⑧，迫阮建筑炮楼合后备⑨。

【解题】歌谣写的是国共内战时期春荒到，地主不肯赊借，国民党军队还时时强迫百姓修筑炮楼和其他军事建筑，真是民不聊生。

【注释】①厝[cu^3]内：家里。房屋，家；清·俞樾平议：“纳诸内者，纳诸房也。古谓房室曰内。”②有个：有的。个[gai^7]：结构助词，同“的”。③激激死：极度生气、郁闷。④烦恼[huêng^5/huang^{5}lo^2]：担心、担忧。《古今小说·陈从善梅岭失浑家》：“如春酒也不吃，食也不吃，只是烦恼。”⑤瓮：米缸。⑥阮[en^2/uang^2]：“我”的复数，即“我们”。奴囝：孩子。无穿无食：没有穿没有吃。穿：训读为[cêng7]。面：脸。变变：生气的样子。⑦唔肯：不肯。⑧日日：每天。⑨合[gah4]：和、跟，作连词；《广韵》入声合韵一音“古沓切”；《红楼梦》第八十一回：“今日你合太太在我们这边吃了晚饭再过去罢。”

【押韵】1、2、3、5、7、8、10、12句押[in]（丸）韵。

43. 土木耳

土木耳，像青苔，一九四三许一年①，农民饿到爱断气②，刻苦挈来堵肚饥，一时堵过又一时。

【解题】歌谣写的是1943年饥荒年广大潮汕农民为维持生命，只好以野生木耳充饥，苦不堪言。

【注释】①许：远指代词，那。②爱：将要。气[kui3]：气息。

【押韵】1、2、4、5句押[i]（衣）韵。

44. 弓蕉头

弓蕉头，泥流流①，涩沥涩沥难落喉；奴哙刻苦食②，母囝头食又头哭③。

【解题】这首歌谣描写的是饥荒年，农民饥饿难熬，一对母子吃起了难以下咽的香蕉树头。

【注释】①弓蕉：香蕉。泥：植物之汁，潮汕话叫“泥”，如“树泥”等。流：白读为[lao5]。②奴：孩子。哙[oi6]：用在称谓词语后面，表示感叹语气。刻苦：艰难。③囝[gian2]：古闽语词，孩子。头……头……：一边……一边……，用作连词。

【押韵】1、2、4句押[ao]（欧）韵。

45. 食无一顿番薯羹

日出鸡卵影，雨落摆钵团①；一夜夗落屈做虾②，破厝卖了拆厝桁③；

换来几张臭纸字④，食无一顿番薯羹⑤。

【解题】歌谣描写饥荒年，老百姓卖了自家的破房子，换来几张纸币，但纸币贬值，卖房子的钱还够不上吃一顿红薯粥。

【注释】①日出鸡卵影，雨落摆钵团：由于房顶破漏，太阳出来照着漏顶，就有了鸡蛋大小的影子，下雨天只好摆出陶钵等接盛雨水。②夜：训读为[mên5]，本字“瞑”。夗[enh8]：睡觉；《说文·夕部》：“夗，转卧也。”③厝[cu3]：房屋。桁[ên5]：檩子、屋梁；《文选·景福殿赋》：“桁梧复叠，势合形离。”李善注：“桁，梁上所施也。”④纸字：纸币。⑤番薯[huêng1/huang1ze5]：甘薯，地瓜；明·徐光启《甘薯疏》：“闽广藷有二种：……一名番薯，有人自海外得此种。”

【押韵】1、2句押[ian]（营）韵；3、4、6句押[ên]（楹）韵。

46. 手持纸字

手持纸字哭哀呵①，纸字孬使无奈何②；昨日正卖一个囝③，今日囝无钱也无。

手持纸字哭哀呵，纸字孬使无奈何；昨日正卖一间厝④，今日厝无钱也无。

【解题】歌谣反映的是1943年的饥荒年，饥荒是天灾，而纸币贬值更是人祸。歌谣叙述了老百姓卖儿卖房换来纸币，结果纸币却不能用，贫穷百姓真是哭天天不灵，叫地地不应。

【注释】①纸字：纸币。哭哀呵[ai1o1]：啼哭诉说。②纸字孬使：纸币不能用，即纸币作废，或者所值无几。孬[mo²]：不可。使钱：花钱；元·石君宝《曲江池》第三折："你当初有钱在刘桃花家使，须不曾我家使。" 孬使：花不了，或者所值甚少。③正[zia³]：才。囝[gian²]：古闽语词，孩子。④厝[cu³]：房屋。

【押韵】第一章1、2、4句，第二章1、2、4句均押[o]（窝）韵。

47. 硗囝苦

硗囝苦①，苦！苦！苦！骨头劳到散②，四十还无妚③；欠钱无能还，厝囝乞人估④。

硗囝苦，苦！苦！苦！正月人闹热⑤，阮哩抱屎肚⑥；呾久无米食⑦，肥在脚肠肚⑧。

硗囝苦，苦！苦！苦！夜哩宛塗下⑨，无床共无铺⑩；凝哩无被盖⑪，终夜听更鼓。

硗囝苦，苦！苦！苦！尻脊曝到裂⑫，衫裤件件补⑬；死落脚翘翘⑭，无衫无裤见公祖⑮。

【解题】穷人一生劳累，仍娶不到老婆，守不住房子，无衣无食，潦倒一生，到死也没有一件像样的衣服，这是一首穷人自述的悲苦歌。

【注释】①硗[kiao¹]囝：穷人。②劳：白读为[le⁵]，劳作，劳苦。③妚[bhou²]：俗称妻子。④厝囝：小房子。厝[cu³]：房屋。乞[keh⁴]：被，介词。估：估价抵押。⑤闹热[lao⁷riêg⁸/riag⁸]：热闹。唐·白居易《雪中晏起偶咏所怀》诗："红尘闹热白云冷，好于冷热中间安置身。"⑥阮[en²/uang²]："我"的复数，即"我们"。哩：语气词，用在主谓语之间，表示语气舒缓，并补足音节。抱屎肚：这里指抱住肚子挨饿。屎肚：肚子。⑦呾[kah⁴]：过、太。⑧肥在脚肠肚：因水肿致小腿肿胀。脚：训读为[ka¹]，本字"骹"。⑨夜：训读为[mêu⁵]，本字“暝”。死[enh[8]]：睡觉。塗[tou[5]]下：泥土地；《韩非子·外储说左上》：“以尘为饭，以塗为羹。”⑩共：作连词，作用与普通话“和”“与”等并列连词作用相同。⑪凝[ngang[5]]：寒冷。⑫尻脊[ga[1]ziah[4]]：脊背。尻，原指臀部，《广雅》卷六：“尻，臀也”，脊背是背与臀连接的部位，故合称为‘尻脊’。曝[pag[8]]：晒，古字作“暴”；《孟子·告子上》：“一日暴之，十日寒之。”⑬衫裤：衣服；《敦煌变文集·不知名变文》：“初定之时无衫裤，大归娘子没沿房。”件件：泛指各种，每一种；《二刻拍案惊奇》卷二十一：“一心猜是那个人了，更觉语言行动件件可疑，越辩越像。”⑭死落：死了。⑮公祖：祖宗。

【押韵】共4章，每章1、2、4、6句均押[ou]（乌）韵。

48. 饿荒泪

青黄不接四月天，塔后烟筒存三支[①]；田园无收番批断[②]，求神拜佛难张治[③]。

父鬻子[④]，夫卖妻；后生逃亡他乡去[⑤]，老弱饿死免收尸[⑥]！

从此塔后村，变作奈何池；犬吞吠，鸡吞啼，三年无嫁娶[⑦]，五年无生儿；客厅发草三尺长，外庭鬼火烁烁熠[⑧]。

落日挽塔影，夜空乌鸦啼。目汁流满深河水[⑨]，几人幸存命如丝！

惨真惨！韩江两岸堆白骨，最惨塔后饥荒年！

【解题】歌谣描写的是磷溪镇塔后村饥荒年的惨象。1943年饥荒年，塔后村的饥荒最为严重，歌谣如实描述了当年惨不忍睹的社会现象。

【注释】①烟筒存三支：全村只有三支烟囱冒烟。烟筒：烟囱。“三”是约数，极言其少。②番批：从海外寄来的侨汇。③张治：张罗、安排。治：读[di[5]]，阳平。④鬻[iog[8]]：卖。⑤后生：年轻人；

《论语·子罕》：“后生可畏，焉知来者之不如今也。”⑥免收尸：尸体无人收埋。⑦𡚸[bhoi6]：“无会”的合音字。娶：[cua7]。⑧庭[dian5]：灰、石铺成的平地。烁烁熠：闪烁发亮。⑨目汁：眼泪。

【押韵】第一章1、2、4句，第二章2、4句，第三章2、4、6、8句，第四章2、4句，第五章3句均押[i]（衣）韵。

49. 生细卖大惨万分

正月是立春，迎神赛会闹纷纷；无银还爱做丁桌①，生细卖大惨万分②。

二月惊蛰来，地主老婆成十个③；穿衫抹粉去看戏④，笑阮硗团无钱财⑤。

三月人布田⑥，东村西村忙又忙；富人牛牯二三只⑦，硗团拖犁泪双行。

四月是夏天，终年快活无一时；担粗踏草落肥粪⑧，风吹日曝底人知⑨。

五月是夏至，风吹树叶尖哩哩；富人缚粽年年有⑩，硗团缚粽是底时。

六月是暑天，豪绅讨债无离时；一日三顿无顿饱⑪，想着起来情惨凄！

七月秋风转凉哩⑫，无食无穿卖团儿⑬；团儿是阮心头肉，心头肉来折分离。

八月是中秋，无钱过节泪双流；土豪劣绅尽压迫，又得跪下去哀求。

九月寒露随，收拾镰刀共竹槌⑭；上山去割担山草，饥饿一日晚回归。

十月收大冬⑮，地主讨债似豺狼，富人讨债粟箪满⑯，硗团还债米瓮空⑰。

十一月，天时凝[18]，冒死牵牛去落田[19]；破裘无补裂碎了[20]，脚手冻到肿通通。

十二月，爱过年[21]，富人个个来讨钱[22]；卖个细囝还唔够[23]，老婆哭到归阴司。

【解题】歌谣以十二月歌形式叙述了旧时代农民的悲惨命运：生了小男孩，为了在正月游神做“丁桌”，只好卖掉大孩子；尽管辛苦劳作，还是忍饥挨饿；到了年底地主富商催债，一年辛苦不算，卖掉小儿子还不够还债，妻子伤心得一命归西。歌谣是对无法生存的旧时代的血泪控诉。

【注释】①无银：没有钱。爱：想要。丁桌：生了男孩请客吃饭。旧俗以生男孩为“出丁”。②细：小的。③成[zian5]：近。④衫：衣服。⑤阮[en2/uang2]：“我”的复数，即“我们”。硗[kiao1]囝：穷人。囝[gian2]：词缀，有轻蔑的附加意义。⑥布田：插秧。⑦牛牯[gou2]：指公牛；唐・陆龟蒙《祝牛宫辞》：“四牸三牯，中一去乳。”⑧担粗：挑粪。落：下。⑨曝[pag8]：晒，古字作“暴”。底人：谁人。底[di7]：疑问代词，什么，何。⑩缚粽：包粽子。⑪三顿：三餐。⑫转：白读为[deng2]，回。凉哩：凉爽。⑬团儿：孩子。囝[gian2]：古闽语词，孩子。⑭共：作连词，作用与普通话“和”“与”等并列连词作用相同。⑮收冬：收获季节。⑯粟簟：放稻谷的竹席。⑰米瓮：米缸。⑱天时：天气。凝[ngang5]：寒冷。⑲落田：下田。⑳裘：白读为[hiun5]，指棉袄或袄。无补：没有缝补。㉑爱：将要。㉒讨钱：要债。㉓细囝：小儿子。

【押韵】第一章1、2、4句押[ung]（温）韵；第二章1、2、4句押[ai]（哀）韵；第三章1、2、4句押[ang]（按）韵；第四章、第五章、第六章、第七章1、2、4句均押[i]（衣）韵；第八章1、2、4句押[iu]（忧）韵；第九章1、2、4句押[ui]（威）韵；第十章、

第十一章1、2、4句均押[ang]（按）韵；第十二章1、2、4句押[i]（衣）韵。

50. 胡琏胡琏

胡琏胡琏，剃头免钱[①]；剃刀真厉害，剃到无目眉[②]。

唔知预[③]，出妈屿[④]；唔知观，到台湾！

【解题】这首歌谣写的是1949年国民党军胡琏兵团溃逃到台湾时，经过潮汕，大抓壮丁补充兵源，被抓到的壮丁都被剃光头。

【注释】①免钱：不用钱。“钱”这里读为[ciang5]。②无目眉：没有眉毛。③唔知预、唔知观：一不留神儿。④妈[ma2]屿：即妈屿岛，位于汕头港出海口处，是汕头港的门户。

【押韵】1、2句押[iang]（央）韵；3、4句押[ai]（哀）韵；5、6句押[e]（余）韵；7、8句押[uang]（汪）韵。汕头、澄海等地口音。

51. 天生人唔平

天生人唔平[①]：有人无齿，有人重牙；有人无囝[②]，有人双生[③]；

有人无米食，有人粟发芽；有人出门坐大轿，有人扛到浮浮瘦[④]；

有人钱银使唔了[⑤]，有人一生硗过虾[⑥]；有人一日饿三顿[⑦]，有人食酒食肉食鱼生；

有人无间厝囝耳[⑧]，有人阔阔住大厦[⑨]。大家想一想，做会障唔平[⑩]？

【解题】这首歌谣描写了社会种种贫富悬殊的不公平现象，并引发人们思考。

【注释】①唔：不。②囝[gian2]：古闽语词，孩子。③双生：双胞胎。④扛[geng1]：抬东西；《说文·手部》：“扛，横关对举也。”段玉裁注：“两人以横木对举一物，亦曰扛。”浮浮瘕[hê[1]]：累得气喘吁吁。瘕：《集韵》平声麻韵：“瘕，喉病”；虚加切；引申为劳累而气喘不息。⑤使唔了：花不完。⑥硗[kiao[1]]：贫穷。⑦顿[deng[3]]：次、餐。⑧厝团耳：很小很小的房子。⑨住[diu[7]]：居住；《广韵》去声遇韵，“持遇切”。⑩做[zo[3]]：怎么。障[ziê[3]/zio[3]]：这样、这么；《荔镜记》第五出：“阮母无分晓，生我一鼻障大。”

【押韵】1、3、5、7、9、11、13、15、17句押[ê]（哑）、[ên]（楹）韵。

（三）革命斗争

A. 抗战时期

52. 倭寇侵华许天时

倭寇侵华许天时[①]，无端起兵将俺欺，烧杀抢掠恶做尽，老幼会知都气死[②]；

兄弟姐妹快起来，出钱出力合伊刣，拍死凶残日本团[③]，猛猛参加勿迟待[④]。

【解题】这首歌谣叙述了当年日本入侵的野蛮行径，号召兄弟姐妹起来战斗，消灭日本鬼子。

【注释】①许天[diang[1]]时：那时候。②会：白读为[oi[6]]。③拍[pah[4]]：打。日本团：日本鬼子。④猛猛：赶紧。勿[mai[3]]：不要。

【押韵】1、2、4句押[i]（衣）韵；5、6、8句押[ai]（哀）韵。

53. 纵输也爱拼到赢

我来呾你听[①]，你一听后着大惊[②]：中日九一八事件，日寇借故起重兵，侵占我国东三省，杀我人民一大坪[3]，奸淫抢掠恶做尽，你看用免合伊拼[4]？

倭团日寇心肝大[5]，占我国土占我城；现在还爱攻华南[6]，死虎着做活虎拼。

男女老少齐动员，团结一致合伊干[7]，誓死除灭日本团[8]，纵输也爱拼到赢[9]。

【解题】这首歌谣从1931年日本制造的震惊中外的九一八事变开始，叙述了日本侵占东三省，杀戮我同胞，占领中华大地，还想攻打华南地区等野蛮行径，呼吁男女老少团结一致、誓死消灭日本侵略者。

【注释】①咀：说，讲。②着[diêh^8/dioh^8]：要，得，情态动词；元·高明《琵琶记》第四折："你真个没饭吃，便着饿死；没衣穿，便着冻死。"③一大坪[pian^5]：一大堆，很多。④用免：用不用。合[gah^4]：与、跟、同，作介词。伊：他。⑤倭团日寇：指倭寇日本鬼子。心肝大：比喻贪得无厌。⑥爱：将要。⑦干：指战斗、斗争。⑧日本团：日本鬼子。⑨纵输：纵使输了。爱：要。

【押韵】1、2、4、6、8、10、12、15、16句押[ian]（营）韵。13、14句押[ang]（按）韵。

54. 誓与南澳共存亡

兄弟姐妹听我言，望恁记得在心中[1]：现在只有两条路，不抵抗，就投降。

谁人愿做亡国奴，谁人愿去做汉奸？除非无知个猪狗[2]，除非无耻个臭人。

肉模模，血红红[3]，誓与南澳共存亡！

【解题】这首抗战歌谣号召人们不能做猪狗不如的汉奸，要奋起抵抗，誓死与南澳共存亡。

【注释】①恁[ning²]：你们。②个：结构助词，同“的”。③这一句比喻坚忍不拔，经受苦难。樌[doin⁷]：坚实；《集韵》去声霰韵：“樌，木理坚密”，堂练切。

【押韵】1、2、4、6、8、9、10押[ang]（按）韵。

55. 一八贼，预备输

一八贼，预备输[1]，饭桶合蠢猪[2]，见着日本囝[3]，坫死在新墟[4]。

新墟浮战争[5]，一舍到汤坑[6]；汤坑一下吼，一退到水口；

水口唔太平[7]，拼命上兴宁[8]。

【解题】歌谣对国民党186师和预备第六师在抗日战争中的懦弱胆怯、一退再退的无能行径进行了辛辣的讽刺。

【注释】①一八贼：指国民党186师和预备第六师。②合[gah⁴]：和、跟，作连词。③日本囝：日本鬼子。囝[gian²]：词缀，有轻蔑的附加意义。④坫死：躲藏起来不吭声。坫[diam³]：躲藏。⑤浮：闹、发生。⑥舍：舍弃，逃跑。如说“舍到支辫直”。⑦唔：不。⑧拼命：这里指急着逃跑。

【押韵】1、2、4句押[e]（余）韵；5、6句押[ên]（楹）韵；7、8句押[ao]（欧）韵；9、10句押[êng]（英）韵。

56. 杀敌歌

月娘光光好开枪[1]，刣到倭奴叫阿娘[2]；倭奴害俺无好日[3]，杀尽倭奴转回乡[4]。

月娘光光好冲锋，刣到倭奴叫阿公；倭奴害俺无好日，杀尽倭奴勿放松[5]！

月娘光光好驶车[6]，刣到倭奴叫阿爹；倭奴害俺无好日，杀尽倭奴正回营。

月娘光光好相刣，刣到倭奴叫阿娘[7]；倭奴害俺无好日，杀尽倭奴方归来。

【解题】歌谣呼吁民众与日本侵略者战斗到底，把日本鬼子杀个片甲不留。

【注释】①月娘光光：月亮皎洁。光：白读为[geng1]，亮。②刣[tai5]：宰，杀，本字为“治”。倭奴：倭寇。③俺：训读为[nang2]，咱们。④转[deng2]：回，回来。⑤勿[mai3]：不要。详见序曲之一。⑥驶车：驾车。⑦娘[ai5]：俗称母亲，本字为“姨”。

【押韵】第一章1、2、4句押[iên/ion]（羊）韵；第二章1、2、4句押[ong]（翁）韵；第三章1、2、4句押[ia]（呀）韵；第四章1、2、4句押[ai]（哀）韵。

57. 抗敌歌

春天已到花蕊开[1]，东北同胞哭哀哀；东北还了未讨转[2]，华北又变别人个[3]！

夏天来了雨纷纷，英勇抗战廿九军；芦沟桥头硬死守，杀得敌人无个存[4]。

秋天一到风哩哩[5]，亡国之人真惨凄；潮汕虽离华北远，救国事情不可迟！

冬天一到雪纷纷，参加抗日义勇军；卫国保土来抗敌，唔做亡国个子孙[6]！

【解题】歌谣采用四季歌形式，号召潮汕民众起来与英勇抗敌的廿九军一起抗日，坚决不做亡国奴。

【注释】①奞 [bhoi6]：不会、不能，是“无会”的合音字。②还了未：还没有。③个：的。④无个存：不剩一个。⑤风哩哩：微风习习。⑥唔：不。

【押韵】第一章1、2、4句押[ai]（哀）韵；第二章1、2、4句押[ung]（温）韵；第三章1、2、4句押[i]（衣）韵；第四章1、2、4句押[ung]（温）韵。

58. 五更鼓

一更鼓，勿悲哀①，舍身为国理应该；夫你速速前方去，敌人杀尽始转来。

二更鼓，勿悲啼，叫声阿嫲听因依②：儿子前方去杀敌，为国为民好男儿！

三更鼓，半夜天，叫声阿奴勿悲啼③：阿爸去拍日本团④，转来分你一支旗⑤。

四更鼓，气冲天，消灭敌人在此时；冲锋陷阵杀上去，定掠敌人来碎尸⑥！

五更鼓，天将明，我夫胜利转回程；受伤流血英雄事，只爱中华会复兴⑦！

中华会复兴，黑暗消灭见光明；见光明，见光明，光明世界俺造成⑧！

【解题】歌谣采用五更歌形式铺排，表达了当年潮汕妇女送丈夫上前线痛打日本侵略者复兴中华的决心。

【注释】①勿[mai3]：不要。②阿嫲[ma2]：婆婆。因依：原因。③阿奴：孩子；儿子；《世说新语·容止》：“王敬豫有美形，问讯王公。王公抚其肩曰：‘阿奴恨才不称。’”④拍[pah4]：打。日本团：日本鬼子。⑤转[deng²]：回，回来。分[bung¹]：给。一支：一面。⑥掠[liah⁸]：抓。⑦只爱：只要。⑧俺：训读为[nang²]，咱们。

【押韵】第一章1、2、4句押[ai]（哀）韵；第二章1、2、4句押[i]（衣）韵；第三章1、2、4句押[i]（衣）韵；第四章1、2、4句押[i]（衣）韵；第五章1、2、4、5、6、7、8句押[êng]（英）韵。

59. 救国十二月歌

正月百花做不开[1]？倭奴无理起兵来[2]：各地同胞遭屠杀，遍街满地尽尸骸！

二月里来百花残，倭奴手段真疯狂：到处杀掠又烧毁[3]，城池屋宇一旦空。

三月里来是清明，兽兵前闯不留停：银行工厂被伊占，无辜工农白牺牲！

四月里来黄梅天，学校商店都倒闭：千万学生无书读，店员失业实惨凄！

五月里来是端阳，逃难同胞真凄怜：怆惶奔逃何处去？哀鸿遍野路渺茫。

六月里来热毒天，倭奴日日放飞机[4]：掷下炸弹如雨落，田野到处有死尸。

七月里来是秋阳，倭奴残暴似虎狂：芦沟桥头起兵衅，同胞命丧家又倾。

八月里来是中秋，天阴雨湿声啾啾：千万同胞冤魂叫，滚滚江河变血流！

九月里来是秋凉，痛恨奸贼太不良：甘心通敌去卖国，千万同胞遭祸殃。

十月里来是立冬，兽兵凶暴情难堪：华北占领还未已，又来飞机炸华南。

十一月里天时凝[5]，前方抗敌莫放松；后方同胞大支援，消灭敌人正平安[6]！

十二月里是寒冬，热血沸腾满天红；大家急起救国难，杀尽倭奴共汉奸[7]！

【解题】歌谣采用十二月歌形式，叙述了卢沟桥事变日本侵华的野蛮行径，歌谣呼吁广大同胞抗日救国，消灭汉奸，保家卫国。

【注释】①做：怎么。②倭奴：倭寇。③掠[liah8]：抓。④放飞机：指空袭轰炸。⑤天时：天气。凝[ngang5]：寒冷。⑥正[zia3]：才。⑦共：作连词，作用与普通话“和”“与”等并列连词作用相同。

【押韵】第一章1、2、4句押[ai]（哀）韵；第二章1、2、4句押[ang]（按）韵；第三章1、2、4句押[êng]（英）韵；第四章1、2、4句押[i]（衣）韵；第五章1、2、4句押[ang]（按）韵；第六章1、2、4句押[i]（衣）韵；第七章1、2、4句押[ang]（按）韵；第八章1、2、4句押[iu]（忧）韵；第九章1、2、4句押[iang]（央）韵；第十章1、2、4句押[ang]（按）韵；第十一章1、2、4句押[ang]（按）韵；第十二章1、2、3、4句押[ang]（按）韵。

60. 九月十八秋风凉

九月十八秋风凉，日本起兵拍沈阳；只因当年不抵抗，东北三省就沧亡。

沧亡到今已六年，东北飘着日本旗；奸淫掳掠无时歇[1]，杀人放火受惨凄。

受惨凄来受惨凄，同心合力免惊伊[2]；有钱出钱有力出力，来合伊干定胜利[3]。

【解题】歌谣写于抗日战争时期，号召广大同胞吸取不抵抗的沦亡教训，誓死与侵略者抗战到底。

【注释】①无时歇：没有停歇。②免惊伊：不要害怕他。惊[gian^{1}]：害怕，作及物动词用。伊：他。③合[gah^{4}]：与、跟、同，作介词。干：战斗。

【押韵】1、2、4句押[ang]（按）韵，5、6、8、9、10、12句押[i]（衣）韵。

B. 土地革命战争时期

61. 八乡农民快起身[1]

亲亲亲，八乡农民快起身[2]；消灭反动派，土地才平均。

和平对待总不行，应该与它宣战，作坚决的斗争！

【解题】这首歌谣作于土地革命战争期间，流行于普宁洪阳八乡一带，歌谣号召八乡农民起来斗争。

【注释】①作者：邓宝珍。邓为贺叶军炮兵连连长，1927年9月，贺龙、叶挺带领南昌起义军入潮汕，农兵攻打普宁城时受伤，为八乡农民掩护，留住八乡养伤。这首歌谣是他在八乡时所作。邓后任普宁地方团队参谋长，1928年4月在攻打陇头反动派据点时牺牲。②起身：起来。

【押韵】1、2、4、5句押[êng]（英）韵，为当地口音。

62. 五更鼓响歌

一更鼓响声咚咚，灶脚洗碗心朦胧[1]；今日虽是刻苦过，明日米瓮又敲空[2]。

二更鼓响目爱眯，北风吹来带雨丝；可恨白党者绝种[3]，烧俺厝屋受淋漓[4]。

三更鼓响是半夜，想起儿夫心头青[5]；儿子无食做得大[6]？丈夫流亡放掉家[7]！

四更鼓响月色斜，一心挂着父共兄；父今年老黍种作，兄欠捐饷掠上城！

五更落擂天瞳昽，想起诸事惨难当；今生若不除白党，势必冤死在阴间！

五更鼓歌已唱完，婶姆姐妹爱知端；快帮男子来革命，许时正好倡女权[8]。

【解题】这首歌谣流行于普宁市大南山一带，歌谣运用时间铺排形式，描写了土地革命战争期间国民党军队烧抢行径，老百姓对“白党”即国民党军队的痛恨，并号召妇女起来与男人一同革命。

【注释】①灶脚：灶边。②米瓮：米缸。敲：读为[ka^{3}]。③者[zia^{2}]：近指代词，这；唐·齐己《道林寓居》诗：“青嶂者边来已熟，红尘那畔去应疏。”④俺：训读为[nang^{2}]，咱们。⑤心头青：心里慌。⑥做[zo^{3}]得大：怎么能长大。⑦放掉：舍下。放：白读为[bang^{3}]。⑧许：远指代词，那。倡：提倡。

【押韵】第一章1、2、4句押[ong]（翁）韵；第二章1、2、4句押[i]（衣）韵；第三章1、2、4句押[ên]（楹）韵；第四章1、2、4句押[ian]（营）韵；第五章1、2、4句押[ang]（按）韵；第六章1、2、4句押[uang]（汪）韵。

63. 四季歌

春季里来是新年，奴家夫妇已团圆；写信儿孙早回转[1]，分好田地笑嘻嘻。

夏季里来热难当，白派日夜拍村庄[2]；大家出银买枪炮，兄弟姐妹来武装。

秋季里来桂花香，买卖婚姻太不良；从今拍破旧礼教，自由相爱乐洋洋。

冬季里来雪花飘，大家姐妹心勿焦；努力工作做下去，白派已经无久长。

【解题】歌谣写于土地革命战争期间，以四季歌形式铺排，号召兄弟姐妹起来武装革命，与欺压百姓的国民党抗争到底。

【注释】①转[deng²]：回，回来。②白派：指国民党。拍[pah⁴]：打。③勿[mai³]：不要。

【押韵】1、2、4句押[in]（丸）韵；5、6、8句押[ang]（按）韵；9、10、12、16句押[iang]（央）韵；13、14句押[iao]（夭）韵。

64. 革乞大家分田地

天顶一条虹，地下浮革命①；革命革做呢②？革乞大家分田地③。

田地一下分，硗团有米炆④，细伙有书读⑤，老伙笑吧哎⑥。

【解题】在中国以“分田地”为目的的革命往往深得人心，土地革命战争期间，共产党提出“分田地闹革命”，得到了广大百姓的大力支持，歌谣唱的就是这段历史。

【注释】①虹：读为[kêng⁶]。浮：闹、发生。②做[zo³]呢：怎么。③乞[keh⁴]：给。④硗团[gian²]：贫穷的人。硗[kiao¹]：穷。炆[bhung¹]：煮。⑤细伙：年纪小的人。“伙”读轻声[huê⁷]。⑥老伙：年纪大的人。笑吧哎[bhung¹]：微笑。

【押韵】1、2句押[êng]（英）韵；3、4句押[i]（衣）韵；5、6、8句押[ung]（温）韵。

65. 妇女革命歌

正月点灯笼，点呀点灯笼，封建制度真荒唐；男女事事不平等，生做姿娘不如人[①]。

二月君行舟，君呀君行舟，婚姻大事不自由；跟着丈夫合唔落[②]，苦楚难言目汁流[③]。

三月君行山，君呀君行山，妇女一年苦万般；贫穷家计难理论，翁姑责骂无日安[④]。

四月簪花围，簪呀簪花围，看阮妇女无能为[⑤]；政治经济共教育[⑥]，妇女无份实可悲。

五月人扒船[⑦]，人呀人扒船，奸淫掳掠白派军[⑧]；奸淫抢杀无天理，生雅姿娘掠去轮[⑨]。

六月热毒天，热呀热毒天，白派害人真惨凄；丈夫活活被拍死，少年守寡无可依。

七月跳粉船[⑩]，跳呀跳粉船，拥护工农是红军；为着革命奋斗死，死去做鬼人钦尊。

八月跳粉墙[⑪]，跳呀跳粉墙，穷苦兄弟到战场；大家艰苦同一样，大家合作来缴枪。

九月秋风凉，秋呀秋风凉，妇女一齐团结紧；努力革命求解放，参加暴力勿放松[⑫]。

十月人收冬，人呀人收冬，妇女革命不输人；组织交通宣传队，宣传白兵来投降。

十一月去探亲，去呀去探亲，剥削乡邻个豪绅[⑬]；一年三百六十日，作田作去饲仇人[⑭]。

十二月年已终，年呀年已终，英雄妇女做先锋；组织交通宣传队，杀敌报仇勿放松。

十三月天顶响雷公，暴动胜利真威风；妇女解放万万岁，自由平等乐融融。

【解题】这首歌谣以十二月歌的形式铺陈，面对国民党奸淫掳掠，歌谣号召妇女们起来武装抗争。

【注释】①姿娘[ze^{1}niên^5/nion^5]：女人，本作“珠娘”。②合唔落：两个人不相配，合不来。③目汁：眼泪。流：读[liu^5]。④翁姑：公公和婆婆。无日：没有一天。⑤阮[en^2/uang^2]：“我”的复数，即“我们”。⑥共：作连词，作用与普通话“和”“与”等并列连词作用相同。⑦五月人扒[pê^6]船：指五月赛龙舟。⑧白派军：国民党军队。⑨生雅：长得漂亮。⑩跳粉船。⑪跳粉墙：七、八月农村女孩的户外游戏活动。⑫勿[mai^3]：不要。⑬个[gai^7]：结构助词，同“的”。⑭饲：养。

【押韵】第一章1、2、3、5句押[ang]（按）韵；第二章1、2、3、5句押[iu]（忧）韵；第三章1、2、3、5句押[uan]（鞍）韵；第四章1、2、3、5句押[ui]（威）韵；第五章1、2、3、5句押[ung]（温）韵；第六章1、2、3、5句押[i]（衣）、[in]（丸）韵；第七章1、2、3、5句押[ung]（温）韵；第八章1、2、3、5句押[iên/ion]（羊）韵；第九章1、2、4、5句押[ang]（按）韵；第十章1、2、3、5句押[ang]（按）韵；第十一章1、2、3、5句押[ing]（因）韵；第十二章1、2、3、5句押[ong]（翁）韵；第十三章1、2、4句押[ong]（翁）韵。

66. 十劝郎

一劝我郎心莫慌，莫怕斗争出外洋；革命人人都有份，解除痛苦爱相帮①。

二劝我郎心莫忧，男女爱报阶级仇；反动不是铁拍个②，慢慢杀除总会秋③。

三劝我郎心莫灰，你爱听我一句话；革命成功无难事，总爱农会恢复来。

四劝我郎莫为难，天下穷苦是一般；总爱工农会团结，有食有穿把身翻。

五劝我郎爱知详，下定主意莫迟延④；救人就是救家己，无贫无苦得春光。

六劝我郎有主张，大家姐妹爱知详；总爱人人团结起，人人团结理应当。

七劝我郎七月秋，豪绅地主想谷收；行到乡中来收谷，谷箩装了一球球⑤。

八劝我郎心莫愁，坚定信心看前头；总爱革命会成功，破厝烧了起洋楼⑥。

九劝我郎看久长，收拾行李转回乡⑦；鼓吹大家来革命，抗租抗税抗饷粮。

十劝我郎十支歌，郎擎尖串妹擎刀⑧；工农来杀反动派，杀净白派唱凯歌⑨。

【解题】这首歌谣以铺排形式叙述，号召工农起来革命，团结一心，救人救己，杀尽国民党反动派。作者为古大存等，歌谣流行于揭阳等地。

【注释】①爱：要。②个：的。③秋：尽。④定[dian7]：助词，用于动词之后表示动作的持续；宋·赵汝鐩《断肠曲》："蜀罗一段茸五色，看定鸳鸯绣不成。"⑤一球球：一串串，这里指一筐筐。球：原指成串的水果等的量词，字也作"梂"；《说文·木部》："梂，栎实。"⑥厝[cu3]：房屋。起：建。⑦收拾[siu1sib8]：整理，收聚；汉·王充《论衡·别通》："萧何入秦，收拾文书。"转[deng2]：回。⑧擎：拿、端。尖串：一种土制长矛，也叫"竹篙串"，通常以竹杆为矛柄。⑨白派：指国民党。

【押韵】第一章1、2、4句押[ang]（按）韵；第二章1、2、4句押[iu]（忧）韵；第三章1、2句押[uê]（锅）韵；第四章1、4句押[ang]（按）韵；第五章1、2、4句押[ang]（按）韵；第六章1、2、4句押[ang]（按）韵；第七章1、2、4句押[iu]（忧）韵；第八章2、4句押[ao]（欧）韵；第九章2、4句押[iên/ion]（羊）韵；第十章1、2、4句押[o]（窝）韵。

67. 十三月歌

正月点灯笼，点呀点灯笼，城市乡村起农工；大家穷苦一般样，有作无食受饥寒，侻了侻[①]，受饥寒。

二月君行舟，君呀君行舟，屠杀工农是白派[②]；联防、保安、警卫队，都是工农戴天仇，侻了侻，戴天仇！

三月君行山[③]，君呀君行山，铲除白派贪污官；苛捐杂税件件有[④]，狗饷人厘都增加[⑤]，侻了侻，都增加！

四月簪花围[⑥]，簪呀簪花围，反对保甲警卫队；人丁生死着报告[⑦]，无去报告着受亏，侻了侻，着受亏！

五月扒龙船[⑧]，扒呀扒龙船，扑灭奸淫白派军；屠杀掳掠犹不足，生好姿娘掠去轮[⑨]，侻了侻，掠去轮！

六月热毒天[⑩]，热呀热毒天，白派落乡催饷厘[⑪]，唔管三七二十一[⑫]；脚皮紧过死人钱[⑬]，侻了侻，死人钱。

七月跳粉墙[⑭]，跳呀跳粉墙，工农兵士上战场；为着自身除痛苦，同心合力去缴枪，侻了侻，去缴枪！

八月跳粉船，跳呀跳粉船，保护工农是红军；宁为革命奋战死，纵然死去人钦尊，侻了侻，人钦尊！

九月秋风寒，秋呀秋风寒，硗囝觅无破被单[⑮]；富人顶毡共下褥[⑯]，哭冻哭凝无心肝[⑰]，侻了侻，无心肝！

十月人收冬，人呀人收冬，讨租迫债是富人；富人收到粟簟满⑱，硗团被讨米瓮空⑲，倪了倪，米瓮空！

十一月去探亲，去呀去探亲，剥削农民是豪绅；一年三百六十日，作了唔够饲仇人⑳，倪了倪，饲仇人。

十二月年又完，年呀年又完，富人硗团真不同；富人𫠡得年到来㉑，硗团过年过劫关，倪了倪，过劫关。

十三月天顶营雷公，营呀营雷公，同心合作是工农；杀尽豪绅共地主，夺取政权归工农，倪了倪，归工农。

【解题】这首歌谣以十二月歌的形式铺陈，叙述了国民党对工农的剥削，揭示了贫富悬殊的原因，号召工农大众齐心协力，夺取政权。

【注释】①作[zoh4]：耕作。倪[ghoi7]了倪：语助词，无义。②白派：指国民党。③行：走路。④件件：泛指各种，每一种。⑤狗饷：指军警的薪给。⑥簪[zam1]：插、戴。⑦着[diêh8/dioh8]：要，得，情态动词。⑧扒[pê6]龙船：赛龙舟。⑨生好：长得漂亮。轮：轮奸。⑩热毒天：大热天。⑪落乡：下乡。⑫唔管：不管。⑬脚皮：即脚皮钱，要主人给费用以作为走路的补偿。死人钱：给死人送的钱，也称“纸仪”。⑭跳粉墙、跳粉船：七、八月农村女孩的户外游戏活动。⑮硗团：穷人。觅：训读为[cuê7]，找。⑯顶：上面。共：作连词，作用与普通话“和”“与”等并列连词作用相同。⑰凝[ngang5]：寒冷。⑱粟簟：放稻谷的竹席。簟[diam6]：竹席。⑲米瓮：米缸。空[kang1]：不包含什么，里面没有东西。⑳唔够饲仇人：意思是“不够被仇人剥削”。㉑𫠡得：恨不得。𫠡[bhoi6]：不会、不能，是“无会”的合音字。

【押韵】第一章1、2、3、5、6句押[ang]（按）韵；第二章1、2、5、6句押[iu]（忧）韵；第三章1、2、3、5、6句押[a]（亚）、[an]

（嗳）韵；第四章1、2、3、5、6句押[ui]（威）韵；第五章1、2、3、5、6句押[ung]（温）韵；第六章1、2、4、5、6句押[in]（丸）韵；第七章1、2、3、5、6句押[iên/ion]（羊）韵；第八章1、2、3、5、6句押[ung]（温）韵；第九章1、2句押[ang]（按）韵，3、5、6句押[uan]（鞍）韵；第十章1、2、3、5、6句押[ang]（按）韵；第十一章1、2、3、5、6句押[ing]（因）韵；第十二章1、2、3、5、6句押[ang]（按）韵；第十三章1、2、3、5、6句押[ong]（翁）韵。

二 新中国成立后

68. 生产发展笑颜开

别年此刻人迎神，别年此刻人走亲[1]；花篮担来又担去[2]，路上尽是担馃人。

今年此刻人平埔[4]，今年此刻人积土；畚箕来往人相接，担担满来担担乌[5]。

年年求神无兴采[6]，年年走亲费钱财；不迷信来不浪费，生产发展笑颜开。

【解题】歌谣采用对比手法，以今年大家的积极劳作、积肥垦荒与往年的走亲访友、求神拜佛相比较，鼓励大家靠生产求发展。

【注释】①走亲：探亲。②担：白读为[dan^1]，挑。③馃[guê^2]：用米粉末儿做的各种饼食点心；《玉篇·食部》：“馃，古火切；饼子。”④平埔：平整山地。⑤担担：每一担子。⑥兴采：兴旺发达。无兴采：没有好彩头。

【押韵】第一章1、2、4句押[ing]（因）韵；第二章1、2、4句押[ou]（乌）韵；第三章1、2、4句押[ai]（哀）韵。

69. 韩江流水波连波

韩江流水波连波，俺个村内副业多：阔阔山埔鸡跳舞①，静静水面漂白鹅；大猪鸭群满村走，村前厝后树婆娑②。

韩江流水波连波，俺个收入大增多，老姆笑到面皱皱③，老伯须团挲啊挲④，奴团欢喜卟卟跳⑤，后生行磨来斗歌⑥。

【解题】这首歌谣描写了农村合作社时期农副业的发展，村民们的喜悦。

【注释】①阔阔：宽阔。山埔：山地。②厝[cu3]：房屋。③面皱皱：脸上皱纹很多。此处形容笑得很开心。④须团：胡须。须，繁体字作“鬚”。挲[so1]：搓，抚摸。⑤奴团：孩子。⑥后生：年轻人。行磨：走近，走到一起。

【押韵】第一章1、2、4、6句，第二章1、2、4、6句均押[o]（窝）韵。

70. 今比旧

旧时田地长猫毛①，今日田禾似竹篙②；旧时下田珠泪滴③，今日田里欢笑多。

旧时瘖地今变宝④，天公不能奈人何；天变地变人亦变，请看农村喜事多。

【解题】歌谣采用对比手法，把旧时田地的贫瘠和耕者的苦楚与今日田园的肥沃和人们的欢乐进行对比，在叙说中表达了丰收的喜悦。

【注释】①长猫毛：长草。②田禾：禾苗。竹篙[go1]：竹竿。指撑船用的竹竿，也叫“船篙”；唐・李白《涩滩》诗：“渔人与舟子，撑折万张篙。”③下[ê6]：进去。④瘖[sang2]：瘦；《广韵》上声梗韵："瘖，瘦瘖"，所景切。

【押韵】第一章和第二章1、2、4句均押[o]（窝）韵。

71. 人民公社办食堂

人民公社办食堂，大摆椅来大摆床[①]；三顿二碗淖糜花[②]，配的只有菜脯根[③]。

【解题】歌谣唱的是人民公社时期集体吃食堂，随着经济的衰退，大家吃的只能是如歌谣所唱的"淖糜花"和"菜脯根"。

【注释】①床：饭桌。②三顿：三餐。淖糜花：很稀很稀的粥。淖糜[ciêh^{4}/cioh$^{4(8)}$ muê^{5}]：很稀的粥；宋·陆游《龟堂独坐遣闷》诗："食有淖糜犹足饱。"③配[puê^{3}]：用菜送饭。菜脯根：小条的咸萝卜干。

【押韵】1、2、4句押[eng]（恩）韵。

72. 徛啊徛

徛啊徛，食公社[①]；堵啊堵[②]，食政府；累啊累[③]，食大队；行啊行[④]，食联营。

【解题】歌谣用戏谑口吻，反映了当年人民公社时期农村"大锅饭"养懒汉的弊端。

【注释】①徛啊徛：站一站。徛[kia^{6}]：站立；《广韵》上声纸韵："徛，立也"，渠绮切。食公社：吃公社粮。②堵：应付。堵啊堵：应付应付。③累：累及，依赖。④行啊行：走一走。行：走路。

【押韵】1、2句押[ia]（呀）韵；3、4句押[u]（污）韵；5、6句押[ui]（威）韵；7、8句押[ian]（营）韵。

73. 糜哩滒

糜哩滒，菜脯哩冇②，粗桶哩大担③，爱挈工钱着斗诬④。

【解题】歌谣唱的是人民公社时期单一的公社所有制和分配制，农民积极性受挫，农民吃不好、干不好。

【注释】①糜[muê^5]：稀饭。哩：语气词，用在主谓语之间，表示语气舒缓，并补足音节。滒[ga^3]：稀；《说文·水部》："滒，多汁也。"②菜脯：咸萝卜干。冇[pan^3]：不坚实，本字"奅"。③粗桶：指挑粪肥用的木桶。大担：指桶很大。④爱：想要。挈[kiêh^8/kioh^8]：拿。着[diêh^8/dioh^8]：要，得，情态动词。斗诬：争辩。诬[a^3]：互相争辩，本字"訜"，《集韵》去声效韵："诬，言逆也。"

【押韵】1、2、3、4句押[a]（亚）、[an]（嗳）韵。

74. 公厅账目①

字哩写微微②，贴哩贴危危③；爱看哩着担梯④，爱算哩着请雷⑤。

【解题】歌谣讽刺的是人民公社时期所谓账目公开。

【注释】①公厅：祠堂。②哩：语气词，用在主谓语之间，表示语气舒缓，并补足音节。③危[guin^5]：高；《国语·晋语八》："拱木不生危，松柏不生埤。"④担：搬。⑤请雷：得请雷公帮忙，意谓很难办到的事。

【押韵】1、2、3、4句押[ui]（威）韵。

75. 公社食堂

房脚大大[1]，一亩报万外；食堂哩爱散[2]，头食头咒誓[3]。

【解题】歌谣嘲讽了人民公社时期的虚假浮夸之风。

【注释】①房脚大大：原指宗族人多势大，此处比喻指人民公社大家吃大锅饭。②爱：要。③头……头……：一边……一边……，用作连词。咒誓[ziu$^{3(5)}$ zua^{7}]：发誓。

【押韵】1、2、3、4句押[ua]（蛙）韵。

76. 因公受伤

因公受伤，工资照常，早顿牛奶，晏顿豆浆，腊饼配药[2]，老婆捶腰。

【解题】歌谣运用戏谑口吻，唱出了人民公社时期人们消极怠工的现象。

【注释】①晏顿：晚餐。晏：白读为[uan^{3}]，迟；《礼记·内则》：“孺子早寝晏起。”②朥[la^{5}]饼：潮式月饼。朥：动物的油脂，本字“膋”；《诗·小雅·信南山》：“执其鸾刀，以启其毛，取其血膋。”

【押韵】1、2、4、5、6句押[iên/ion]（羊）、[iêh/ioh]（约）韵。

CHAPTER 3

第三辑 生活之歌

一 家庭生活

（一）婆媳

77. 四角天井好铺枋

四角天井好铺枋①，门内染绿又染红；阿嬷喜欢娶新妇②，的禾鼓手送入房③。

【解题】这首诗体歌谣描述了潮汕民间娶媳妇的热闹场面。

【注释】①枋[bang^1]：木板。②阿嬷[ma^2]：指婆婆。娶：[cua^7]。新妇[bu^6]：儿媳妇。③的禾鼓手[siu^2]：泛指乐队。的禾：唢呐。

【押韵】1、2、4句押[ang]（按）韵。

78. 鸡鸟团

鸡鸟团，跳上椅，伶俐新妇会早起①；入客厅，摆床椅②；入灶下③，洗碗碟；入房内，用针黹④。父母会教示⑤，翁姑有福气⑥。

【解题】歌谣采用白描手法描写了一位勤快灵巧的好媳妇。

【注释】①早起[zao$^{2(6)}$ ki^2]：起床；《古今小说·新桥市韩五卖春情》："次日早起，换身好衣服，打扮齐整。"②床椅：泛指桌椅板凳。③灶下：厨房；晋·陶潜《搜神后记》卷五："（端）于篱外窃窥其家中，见一少女从瓮中出，至灶下燃火。"④针黹[zi^2]：针线活。⑤教示：管教，培养。⑥翁姑：公公和婆婆。

【押韵】2、3、5、7、9、10、11句押[i]（衣）、[ih]（裂）韵。

79. 爱去南山礼血盆

一丛松柏倒落坑，行孝新妇敬大家；挈起银瓶温烧酒[①]，挈起牙箸挟虾生[②]。

挟起虾生答答吞，掊衫掊裤落渡船[③]；渡公问伊爱去底[④]？爱去南山礼血盆[⑤]。

【解题】歌谣描写了一个很有孝心的媳妇：孝敬婆婆，祭拜祖宗。反映了潮汕妇女敬重长辈的传统美德。

【注释】①挈[kiêh^8/kioh^8]：拿。②牙箸：象牙筷子。虾生：生的虾片。③掊[buê^2]：用手扒开；《史记·封禅书》：“见地如钩状，掊视得鼎。”衫裤：衣服。④伊：她。爱：想要。底[di^7]：疑问代词，什么，何，这里指哪里。⑤礼血盆：子女为已逝母亲做的一种追思仪式。在法师诵读之前，盛一盆水，染成红色，法师诵唱已逝者对孩子的抚养，尤其是十月怀胎的艰辛，教育生者要尊重母亲，往往亲人听了都会潸然泪下。

【押韵】1、2、4句押[ên]（楹）韵；5、6、8句押[ung]（温）韵。

80. 行孝新妇敬公嬷

一盆芝兰在天中，日日落水日日芳[①]；行孝新妇敬公嬷[②]，不孝新妇敬别人。

一盆芝兰蓬蓬青[③]，日日灌水日日加[④]；行孝新妇敬公嬷，不孝新妇敬别家。

【解题】歌谣通过起兴、对比等手法，告诫为人新妇的要孝敬自家的公公婆婆。

【注释】①落水：浇水。芳：白读为[pang^1]，香。②新妇：儿媳妇；《后汉书·周郁妻传》："郁骄淫轻躁，多行无礼。郁父伟谓（郁妻赵）阿曰：'新妇贤者女，当以道匡夫。'"行孝：孝顺。公嬷[ma^{2}]：公公婆婆。③蓬蓬青：青翠。④灌水：浇水。加[gê^{1}]：多。

【押韵】第一章1、2、4句押[ang]（按）韵；第二章1、2、4句押[ê]（哑）韵。

81. 新妇唔闲去娘家[①]

正月爱去日头长[②]，二月爱去人下秧[③]，三月爱去人布早[④]，四月爱去早又长；

五月爱去五节时[⑤]，六月爱去又半年，七月爱去人施孤[⑥]，八月爱去人食芋；

九月爱去已重阳，十月爱去又收冬[⑦]，十一月爱去逢冬节[⑧]，十二月爱去年到边[⑨]。

做人新妇无时歇[⑩]，一夜烦恼到天光[⑪]。

【解题】歌谣采用十二月歌形式，叙述了家庭主妇每个月农活家务活接连不断，一年四季忙个不停，找不到一个合适的空闲的时间到娘家。歌谣表现了潮汕媳妇的勤快与辛劳。

【注释】①唔闲：没有空闲。②爱：要。长：白读为[deng^{5}]。③下秧[hê$^{6(7)}$ en^{1}]：种下秧苗。④布：插秧。早：早稻。⑤五节时：指五月端午节。⑥施孤：中元节盂兰盛会。⑦收冬：收获季节。⑧冬节：即冬至。⑨年到边：年关将至。⑩无时歇：没有时间可以歇息。⑪夜：训读为[mên^{5}]，本字"暝"。烦恼[huêng^{5}/huang$^{5(7)}$ lo^{2}]：担心、担忧。光：文读为[guang^{1}]，亮。

【押韵】1、2、4句押[eng]（恩）韵；5、6句押[i]（衣）韵；7、8句押[ou]（乌）韵；9、10、12、14句押[ang]（按）、[iang]（央）、[uang]（汪）韵。

（二）姑嫂

82. 好姑嫂

阿嫂教姑学针工，花样日日唔相同①；人哩姑嫂好冤孽②，阮个姑嫂手相牵③。

阿嫂教姑学书诗，花厅夜夜磨砚池；人哩姑嫂好冤孽，阮个姑嫂影唔离。

【解题】歌谣描写了嫂子教小姑子识字、做针线活儿，两人形影不离，表达了姑嫂间的一片真情。

【注释】①唔：不。②哩：连词，表示转折关系，与普通话的“虽然”语法意义相近。好[haon3]：爱，喜欢。③阮个：我们的。

【押韵】第一章1、2、4句押[ang]（按）韵；第二章1、2、4句押[i]（衣）韵。

83. 一块青砖叠瓮头

一块青砖叠瓮头，姑嫂呾话勿相投①；后头种有菠薐菜②，菠薐开花在叶头。

一块青砖叠瓮墘③，姑嫂呾话勿相缠④；后头种有菠薐菜，菠薐开花在叶边。

【解题】家庭和睦是至关重要的，歌谣告诫姑嫂要和睦相处。

【注释】①勿[mai3]：不要。详见序曲之一。相投：向别人诉说。相：白读为[siê1/sio1]。②菠薐[buê1lêng5]：菠菜。古代译音词。词源来自尼泊尔之古名Palinga，即菠薐国。③墘[gin5]：边。④相缠：纠缠吵架。

【押韵】第一章1、2、4句押[ao]（欧）韵；第二章1、2、4句押[in]（丸）韵。

84. 阿嫂教你诗

阿嫂教你诗，教你穿鞋套脚缠[①]；教你穿衫见人客[②]，教你煮饭勿咄糜[③]。

阿嫂教你歌，教你穿鞋套鞋拖[④]；教你穿衫见人客，教你煮饭勿生沙[⑤]。

【解题】歌谣唱的是伶俐善操家务的嫂子对未谙世事的小姑子予以教导和照料。

【注释】①穿：训读为[cêng7]。脚缠：缠脚布。②衫：衣服。人客：客人；唐·杜甫《遣兴》诗："骥子好男儿，前年学语时。问知人客姓，诵得老夫诗。"③勿咄糜[min5]：不要把稀饭煮得过烂。勿[mai3]：不要。咄[kah4]：过、太。糜：烂；《孟子·尽心下》："梁惠王以土地之故，糜烂其民而战之，大败。"④鞋拖：拖鞋。⑤生沙：夹着沙子。

【押韵】第一章1、2、4句押[in]（丸）韵；第二章1、2、4句押[ua]（蛙）韵。

85. 唔是二嫂随嫁来

月娘月眃眃[①]，昨夜阿兄去搭船[②]；唔曾合兄送上路[③]，唔曾合兄讨红裙。

红裙铰来十八腰[④]，打扮细妹做新娘；新娘嫁在陇头西，三年四年唔曾来。

大兄骑马去叫妹，二兄骑马等妹来；大嫂托茶笑嘻嘻，二嫂托茶嘴向天[⑤]。

"向天待伊去向天[⑥]，阿嫂来无二三年。后园菜团我父栽[⑦]，大厅栗箪我父个[⑧]，

十二咸瓮我母做[⑨]，唔是二嫂随嫁来。"

【解题】歌谣描写了小妹备嫁妆、出嫁、回娘家，尤其是回娘家时的场面，大哥大嫂、二哥热情相待，二嫂端茶却脸朝天，小姑子马上“回敬”了二嫂，即罗列了家中财产是父母亲劳动所得，不是二嫂随嫁来的。歌谣生活气息浓郁。

【注释】①月娘：月亮。月眃眃：这里指月亮不很皎洁。眃[hung5]：看不大清楚的样子。②搭船：乘船。③唔：不。合[gah4]：与、跟、同，作介词。④铰[ga1]：剪，这里用作动词。腰[iê1/io1]：裙子的量词；《旧唐书·五行志》：“安乐公主造百鸟毛裙两腰。”⑤嘴：训读为[cui3]，本字“喙”。向天：朝天。⑥伊：她。⑦菜团：指菜。⑧粟簟[diam6]：存放稻谷的竹席。粟：稻谷。个[gai7]：结构助词，同“的”。⑨咸瓮：装着咸菜的瓮。

【押韵】1、2、4句押[ung]（温）韵；5、6句押[iê/io]（腰）韵；7、8、10、15、16、18句押[ai]（哀）韵；11、12、13、14押[in]（丸）、[i]（衣）韵。

86. 教姑十二月歌

正月教姑织青麻[1]，手织青麻口唱歌[2]；踏入君门君讨布，并无龙裙代畲歌[3]。

二月送姑出门篱，双手搭在姑肩墘；姑你宽食紧去作[4]，不比先时在嫂边。

三月送姑出门楼[5]，双手搭在姑肩头；姑你宽食紧去作，不比先时叫嫂奴。

四月教姑去采莲，十分艰苦也强闲[6]；十二件裙乞姑拣，只要阿姑出人前。

五月教姑炊咸粽，姑你委炊免哀叹[7]；只要姑你慢慢学，炊好咸粽敬客人。

六月教姑挨砻筛[8]，姑你穿衣要拣个；姑你擎茶接人客[9]，人客未行勿进前[10]。

七月教姑挨砻舂，姑你穿衣着拣重；姑你擎茶接人客，人客未行勿进庭。

八月教姑敬家官[11]，要敬家官心放宽；公嬷食无千百岁[12]，唔比春草满四山。

九月教姑敬大家，要敬大家趁后生；公嬷食无千百岁，唔比青草年年青。

十月教姑敬郎君，要敬郎君笑吧哎；白头舂米软软饭，慢油猛火美三分。

十一教姑对婢奴，养婢相帮心无愁；伊是穷苦人家囝[13]，是非分明勿含糊。

十二教姑对婢儿，不可苦逐勿拍伊；伊是穷苦人家囝，俺今有福相扶持。

【解题】这首歌谣以十二月歌形式铺排，铺写了嫂嫂如何教育小姑子耕织，劳作，做家务活儿，善待公公婆婆、丈夫和家中婢女，其实也是潮汕妇女传统美德的传承。

【注释】①姑：小姑子。②唱歌：白读为[ciê^{3}/cio^{3}gua^{1}]。③畲歌：潮人称潮汕歌谣为畲歌，可能跟潮州有畲民居住有关。④宽[kuan^{1}]：慢。紧：赶紧。作[zoh^{4}]：耕作。⑤门楼：潮式建筑院落的大门，上有瓦顶，左右有“门楼房”，实际上是有门无楼。⑥强[gion^{5}]：好，胜过。⑦袤 [bhoi^{6}]：不会、不能，是“无会”的合音字。⑧挨砻：碾米。挨[oi^{1}]：推。砻[lang^{5}]：磨稻谷去壳的工具；《玉篇·石部》：“砻，磨砻也。”⑨擎：白读为[kia^{5}]，端、捧。人客：客人。⑩行：走路。勿[mai^{3}]：不要。⑪家官：公公，家公。⑫公嬷[ma^{2}]：公公婆婆。⑬伊：她。囝[gian^{2}]：古闽语词，孩子。

【押韵】第一章1、2、4句押[ua]（蛙）韵；第二章1、2、4句押[in]（丸）韵；第三章1、2、4句押[ao]（欧）韵，潮阳话读“奴”为[nao5]，也押此韵；第四章1、2、4句押[oin]（闲）韵；第五章1、2、4句押[ang]（按）韵；第六章1、2、4句押[ai]（哀）韵；第七章1、2、4句押[êng]（英）韵；第八章1、2、4句押[uan]（鞍）韵；第九章1、2、4句押[ên]（楹）韵；第十章1、2、4句押[ung]（温）韵；第十一章1、2、4句押[ou]（乌）韵；第十二章1、2、4句押[i]（衣）韵。

（三）夫妇

87. 指甲长长好捻葱

指甲长长好捻葱，捻得三百六十丛[1]；无好园地种唔起，无好郎君耽误人。

指甲长长好捻姜，捻得三百六十厢[2]；无好园地种唔起，无好郎君耽误娘[3]。

【解题】歌谣反映了潮汕妇女希望嫁给一个好丈夫的美好善良的愿望。

【注释】①丛：根，量词。②厢：畦。③娘：这里指姑娘。

【押韵】第一章1、2、4句押[ang]（按）韵；第二章1、2、4句押[iên/ion]（羊）韵。

88. 君去海南载白纱

君去海南载白纱，吩咐娘囝着理家[1]；千田万地交你管，眉头张弯面张青[2]。

君去海南载糖方[3]，吩咐娘囝勿看人[4]；千田万地交你管，眉头张弯面张红。

【解题】这首歌谣叙述了丈夫要到远方做生意，吩咐妻子要看管好整个家。在丈夫看来，妻子还少了几分威严，因此叮嘱妻子言行脸色要有威严，这一细节性的叮嘱很有意思。

【注释】①纱：读[sê^{1}]。着[diêh^{8}/dioh^{8}]：要，得，情态动词。理家：操持家务。②张：白读为[diên^{1}/dion^{1}]：这里指眉毛、脸部等的张开动作；《史记·廉颇蔺相如列传》："相如张目叱之。" 眉头张弯：眉毛皱起来。面张青：脸色涨青起来。面：脸。③糖方：切成方形的糖米花块。④勿[mai^{3}]：不要。

【押韵】第一章1、2、4句押[ên]（楹）韵、[ê]（哑）；第二章1、2、4句押[ang]（按）韵。

89. 接君入内到绣楼

接君入内到绣楼①，见君消瘦目汁流②；劝君落第再苦读，下科黉门得第高③。

接君入内到闺房，见君愁眉心唔松④；劝君落第再苦读，大海也会捞着针⑤。

【解题】歌谣唱的是妻子安慰落第丈夫振作精神，继续苦读，下科再考。

【注释】①内：训读为[lai^{6}]，房屋、家，本字"里"。②目汁：眼泪。③黉[huang^{5}]门：学校的雅称。④唔：不。松：白读为[sang^{1}]，放宽。⑤捞着：捞到。

【押韵】第一章 1、2、4句押[ao]（欧）韵；第二章1、2、4句押[ang]（按)、[am]（庵）韵。

90. 后底人卖蚝

后底人卖蚝[①]，君今爱食娘喊无[②]；后底种有菠薐菜[③]，菠薐韭菜食赢蚝。

后底人卖蚶，君今爱食娘唔甘[④]；后底种有菠薐菜，菠薐韭菜食赢蚶。

【解题】蚝和蚶都是价格较贵的海鲜，一般百姓是舍不得花钱买来吃的，歌谣反映了潮汕百姓勤俭持家的美德。

【注释】①后底：后面。蚝[o⁵]：牡蛎。②爱：要。③菠薐[buê¹l ê ng⁵]：菠菜。古代译音词。词源来自尼泊尔之古名Palinga，即菠薐国。④唔甘：舍不得。

【押韵】第一章1、2、4句押[o]（窝）韵；第二章1、2、4句押[am]（庵）韵。

91. 买苎爱买苎头青

买苎爱买苎头青[①]，乞娘好织又好经[②]；乞君穿去人呵恼[③]，乞囝穿去入书斋[④]。

买苎爱买苎头黄，乞娘好织又好摁[⑤]；乞君穿去人呵恼，乞囝穿去入学堂。

【解题】潮汕妇女勤家计，善纺织，歌谣描写了妇女以纺织得好为荣的心理。

【注释】①爱：要。苎[diu⁶]：苎麻。②乞[keh⁴]：给，送给。经[gên¹]布：织布；《说文·糸部》：“经，织也。”③穿：训读为[cêng⁷]。呵恼[o¹ lo²]：夸奖、称赞。④囝[gian²]：古闽语词，孩子。书斋：学堂、学校。⑤摁[en¹]：这里指用竹筒卷成纱团。

【押韵】第一章1、2、4句押[ên]（楹）韵；第二章1、2、4句押

[en]（秧）、[eng]（恩）韵，鼻化韵与鼻尾韵通押。

92. 门脚一丛梨

门脚一丛梨[①]，数来数去三百个；阮厝阿兄会择姾[②]，择着个姾无下颏[③]。

门脚一丛柑，数来数去三百三；阮厝阿兄会择姾，择着个姾长短脚。

【解题】歌谣嘲笑一些男人过分挑剔苛求对象，反而得不到好结果。这是一首很有意思的戏谑歌。

【注释】①门脚：门口。脚：训读为[ka¹]，本字“骹”。②阮[en²/uang²]：“我”的复数，即“我们”。择姾[bhou²]：挑选老婆。姾：俗称妻子。③下颏：下巴。

【押韵】第一章1、2、4句押[ai]（哀）韵；第二章1、2、4句押[an]（嗳）韵。

93. 一臼糙米落臼舂

一臼糙米落臼舂[①]，俭俭食到人营灯[②]；有食无食相忍耐，勿去外家说君穷[③]。

一臼糙米落臼捶[④]，俭俭食到年头开[⑤]；有食无食相忍耐，勿去外家啼喃泪[⑥]。

【解题】歌谣反映的是潮汕劳动妇女勤苦持家的优良品德。

【注释】①臼：石臼，用来舂米。②俭俭：形容节省。营灯：游灯，这里指元宵。③勿[mai³]：不要。外家[ghua⁷gê¹]：娘家；金·刘瞻《春郊》诗：“寒食归宁红袖女，外家纸上看蚕生。”穷：音[gêng⁵]。④捶[dui⁵]：舂的意思；《说文新附·石部》：“硾，擣也”，硾，通作捶。⑤年头开：新年年初。⑥啼喃泪：哭哭啼啼。

【押韵】第一章1、2、4句押[êng]（英）韵；第二章1、2、4句押[ui]（威）韵。

94. 嫁谁翁

嫁乞作田翁[1]，早双晏双[2]；嫁乞做官翁，半世守空房；嫁乞掠鱼翁[3]，半夜烧半夜凝[4]；嫁乞行船翁[5]，好像半夜来托梦。

【解题】整首歌谣将作田翁、做官翁、掠鱼翁、行船翁四类“老公”进行比较，比出了高低：歌者认为最好是嫁给“作田翁”，可以成双成对；其次是“掠鱼翁”，晚上至少还有一半时间在一起；再次是“行船翁”，尽管夫妻俩见面时间难定，见面犹如“半夜来托梦”，但总算可以见着；最糟糕的是嫁给做官的，那是“半世守空房”，半辈子守活寡。老百姓认定的道理就是这样的朴素：这里面既有潮汕民众的田园情结，也有滨海百姓对出海的既爱又恨，还有对当官的极其不认同的态度。

【注释】①乞[keh⁴]：给。作田：种田。作[zoh⁴]：耕作。翁[ang¹]：丈夫。②晏：白读为[uan³]，迟，这里指晚上。③掠鱼：捕鱼。④烧[siê¹/sio¹]：热的，暖的。凝[ngang⁵]：寒冷。⑤行船：以航运为生的。

【押韵】1、2、3、4、5、6、7、8句押[ang]（按）韵。

95. 唪嘎呀唪嘎

唪嘎呀唪嘎[1]，阿兄去卖茶；吩咐娘囝着经布[2]，吩咐细妹着纺纱。

厝哩近路边[3]，狗囝着知饲[4]；咸菜卤到够，卤唔够，着买鱼囝虾囝来相添[5]。

【解题】歌谣描写的是丈夫要出外卖茶，对妻子、小妹的家务、生活谆谆嘱咐。

【注释】①哖嘎[ong^{6}ên^{1}]：知了，蝉。②娘囝：妻子。着：必须、应该。经[gên^{1}]布：织布。③厝[cu^{3}]：房屋。哩：语气词，用在主谓语之间，表示语气舒缓，并补足音节。④狗囝：小狗。着[diêh^{8}/dioh^{8}]：要，得，情态动词。⑤鱼囝：小鱼。虾囝：小虾。相添：添加一些。相：白读为[siê^{1}/sio^{1}]。

【押韵】1、2、4句押[ê]（哑）韵，5、6、9押[i]（衣）、[in]（丸）韵。

96. 雨淋漓

雨淋漓，无姼阿兄树下啼①；衫裙破裂无人补，紧紧娶姼来张治②。

娶个姼来大破家③，十日纺无一粒纱④，七八个月经块布，卖掉块布换沙虾⑤。

【解题】大龄青年为娶不上老婆苦恼，娶上了老婆又是另一番苦恼。

【注释】①无姼：没有老婆。姼[bhou^{2}]：俗称妻子。啼：哭哭啼啼。②紧紧：赶快。娶[cua^{7}]姼：娶老婆。张治[di^{5}]：持家。③大破家：大败家，弄得倾家荡产；汉·王符《潜夫论·忠贵》：“或以背叛横逆不道，或以德薄不称其贵，僵尸破家，覆宗灭族者，皆无功于民氓者也。”④一粒：一团。⑤沙虾：一种比较贵的海虾。

【押韵】1、2、4句押[i]（衣）韵；5、6、8句押[ê]（哑）韵。

97. 娘囝你勿愁

娘囝你勿愁①，想着有门路；正二缚柑皮，三四卖杨梅，五六卖草粿[2]，七月去抢孤[3]，八月去碾芋[4]，九十卖筲箕[5]，十一十二卖大钱[6]，艰艰苦苦又过年。

【解题】这是一首贫穷夫妻安排一年生计的叙事歌。为了生活，将因时而异，做点小买卖度日，虽然竭尽其能，但也只能换来“艰艰苦苦”的生活。

【注释】①娘囝：娘子。勿[mai³]：不要。②草粿：用凉粉草和薯粉熬成的凉粉。凉粉草，潮汕一带称“草粿草”，陆丰叫“仙人草”。③抢孤：乘人超度孤魂时去抢人家的供品。潮人有七月施孤的习俗。④碾芋：用脚踏的方法脱去芋皮。⑤筲[sa¹]箕：淘米用的竹器。⑥大钱：冥钱，泛指迷信用品。

【押韵】1、2句押[ou]（乌）韵，3、4、5句押[uê]（锅）韵，6、7句押[ou]（乌）韵，8、9、10句押[i]（衣）韵。

98. 正月剪春萝

正月剪春萝，四娘爱嫁乜物无：也无铰刀也无尺，也无梳囝𢹂鬃毛[1]。

紧紧寄信分大哥[2]，大哥赠妹金皮箱，二哥赠妹猪共羊，三哥赠妹金交椅[3]，

四哥赠妹买梅香；大嫂赠姑头上钗，二嫂赠姑脚下鞋，三嫂赠姑龙凤髻，

四嫂赠姑髻脚钗；外公外嬷赠耳钩，内公内嬷赠枕头；同寅姐妹赠凉伞[4]，

凉伞撑起遮娘头；七个走鬼七脚箱[5]，七个梅香随阿娘；十人扛，八人随[6]，

金轿顶，银轿帏；扛到林家大祠堂，大堂二堂都拜好，拜存大伯共小郎[7]。

大伯出来语呛呛[8]，借问小姆底块人[9]？我是苏州人小姐，今日行嫁七千人[10]。

上州做官是我兄，下州做官是我爹，北京皇帝我亲情[11]，威风凛凛得人惊[12]。

【解题】潮汕旧俗，女儿出嫁需要嫁妆，从四娘娘家赠送嫁妆，及到夫家之后四娘的一番夸饰，可以看出嫁妆的丰厚及其家庭背景对于出嫁女人是何等重要！

【注释】①攋[luah8]：指梳理头发。毛：头发。②紧紧：赶紧。分[bung1]：给。③交椅：有靠背的椅子。④同寅：同辈。⑤走鬼：奴婢。七脚箱：七只箱子。⑥扛[geng1]：抬东西。⑦存：剩下。小郎[siê2/sio2（6）neng5]：小叔子；《宋书·孙棘传》："棘妻许又寄语属棘：'君当门户，岂有委罪小郎？……"⑧语呛呛：形容语气较重的样子。⑨小姆[siê2/sio2（6）m2]：弟媳妇。底块人：哪里人。底[di7]：疑问代词，什么，何。⑩行嫁：出嫁。⑪亲情[zian5]：亲戚，亲事；《醒世恒言·钱秀才错占凤凰俦》："大尹道：'你既为亲情而往，就不该与那女儿结亲了。'"⑫得人惊：让人害怕，这里指排场大，把看的人镇住了。

【押韵】1、2、4、5句押[o]（窝）韵，6、7、9句押[iên/ion]（羊）韵，10、11、13句押[oi]（鞋）韵，14、15、17句押[ao]（欧）韵，18、19句押[iên/ion]（羊）韵，20、21句押[ui]（威）韵，22、24、25句押[eng]（恩）韵，26、28句押[ang]（按）韵，27、29、30、31、32句押[ian]（营）韵。

99. 正月人营灯

正月人营灯，佘郎骑马去求亲；我叫佘郎且回转[1]，等待二月人营神。

二月营神又营安[2]，佘郎骑马上厅中；我叫佘郎且回转，等待三月人种田。

三月布田又下秧[3]，佘郎骑马上厅堂；我叫佘郎且回转，等待四月办嫁妆。

四月办嫁佘郎来，同寅姐妹相告知[4]；三娘亲目就看见[5]，三娘抽脚入房来[6]。

入房哭哭又啼啼，就骂阿兄爱得钱[7]。钱银多少使会尽[8]，你妹烦恼千万年。

五月对节时[9]，人人食粽心欢喜，三娘唔食哭啼啼[10]。

六月热毒时[11]，提起麻筐绩幼丝；绩起幼丝无我份，织起脚布无我缠[12]。

七月七火烧，佘郎骑马去进香；烟逐蝴蝶成双对，心内忆着刘三娘。

八月是中秋，佘郎磨刀斩石榴[13]；石榴开花丞结子[14]，佘郎无姩丞风流。

九月天疏朵，佘郎磨刀斩苦桃；苦桃开花丞结子，佘郎无姩丞风骚。

十月人收冬[15]，佘郎骑马吅姑知[16]：阿孙今日娶无姩[17]，要请阿姑做媒人。

佘郎又吅阿姑劝得三娘转，十两黄金阿姑个[18]。

十一月手擎雨伞去劝娘[19]，入门就合嫂相叫[20]，转嘴就叫刘三娘[21]。三娘做伊假唔知[22]，姐妹借问亲情底块来[23]。“阮孙生好字墨深[24]，阮孙吹箫会弹琴[25]，阮孙世事通通晓[26]，劝你三娘早回心。”“阿姑你是唔知详，阿姑转去佘厝言。我哩愿嫁农民婿[27]，作田讨食愈更强[28]。”“收阮大鱼四人扛[29]，收阮雄鸡尾长长，收阮龙虾五百只，收阮红酒甜过糖。”“收恁大鱼底人知[30]？底人磨刀底人刣[31]？”“收阮大鱼人人知，大舅磨刀二舅刣，大妗搬柴二妗煮[32]，煮到灶前无草埃㉝。”“收恁大鱼如草痕，收恁雄鸡如鹌鹑，收恁龙虾如草蜢，收恁红酒如鲜潘㉞。”

十二月阿姑转回来，就去呾分阿孙知㉟：三娘愿嫁八丑婿，作田工夫合伊个㊱。佘郎听着气难消，就爱磨刀斩三娘㊲。等待三娘来掼水㊳，一下钢刀对娘腰，二下钢刀从颔伤㊴，三下钢刀杀死娘。大兄心中就猜疑，细妹向久未转来㊵！点鼓拍到门脚白㊶，分伊佘家掠去刣！大嫂出来哭啼啼，问伊佘郎讨命钱：阮姑白白你杀死㊷，着赔阮金个结带银酒瓶㊸。

【解题】这首歌谣采用十二月歌形式讲述了佘郎向刘三娘求亲不成而杀死三娘的人间惨剧。正月至四月是故事开端，叙述佘郎求亲，三娘兄嫂初步答应，但三娘不中意；五月至十月为故事发展，叙述三娘伤心垂泪，但佘郎痴心不改，央求姑母正式提亲；十一月叙述两家代表在是否缔婚这一点上产生矛盾，形成高潮；十二月叙述佘郎求亲不成杀死三娘，故事的悲剧性结局。

【注释】①转：读为[deng²]，回。②营安：游神。③布田：插秧。④同寅：同辈朋友。⑤亲目：亲眼。⑥抽脚：有趁机的意思。⑦爱：要。⑧使钱：花钱。⑨对节时：这里指端午节。⑩唔食：不吃。⑪热毒时：大暑天。⑫脚布：缠脚布。⑬斩：砍。⑭[bhoi⁶]：不会、不能，是“无会”的合音字。子：果子。⑮收冬：收获季节。⑯呾[dan³]：说，讲。⑰孙：侄子。娶：[cua⁷]。⑱个：的。⑲擎：白读为[kia⁵]，拿。⑳合[gah⁴]：与、跟、同，作介词。㉑转嘴[deng²⁽⁶⁾cui³]：改口。㉒做伊假唔知：就她假装不知道。㉓亲情[zian⁵]：亲事。底块[di⁷go³]：何处。㉔阮孙：我侄子。生好：长得英俊。字墨深：学识深厚。㉕会：白读为[oi⁶]。㉖通通晓：什么都懂。㉗哩：语气词，用在主谓语之间，表示语气舒缓，并补足音节。㉘作[zoh⁴]田：耕田。作：耕作。讨食：度生。㉙扛[geng¹]：抬东西。㉚恁

[ning2]：你们。底人：哪个人。㉛刣[tai5]：宰，杀，本字为“治”。㉜妗[gim6]：舅母；《集韵》去声沁韵：“俗谓舅母曰妗”，巨禁切。㉝草埃：草束。㉞潘[pung1]：洗米水；《说文·水部》：“潘，淅米汁也。”㉟分[bung1]：给。㊱合伊个：合她的（意）。㊲爱：想要，希望。㊳掼[guan6]：提。㊴颔：脖子。㊵向[hiên3/hion3]久：那么久。㊶拍[pah4]：打。门脚臼：门口。㊷白白：平白无故。㊸着[diêh8/dioh8]：要，得，情态动词。个：结构助词，同“的”。瓿[bi5]：小罐；《广韵》平声齐韵：“瓿，瓦器；”部迷切。

【押韵】第一章1、2、4句押[êng]（英）韵；第二章1、2、4句押[ang]（按）韵；第三章1、2、4句押[eng]（恩）、[en]（秧）韵；第四章1、2、4句押[ai]（哀）韵，5、6、8句押[i]（衣）韵；第五章1、2、3句押[i]（衣）韵；第六章1、2、4句押[i]（衣）韵；第七章1、2、4句押[iên/ion]（羊）韵；第八章1、2、4句押[iu]（忧）韵；第九章1、2句押[o]（窝）韵；第十章1、4句押[ang]（按）韵，2、6句押[ai]（哀）韵；第十一章1、2、3句押[iên/ion]（羊）韵，4、5句押[ai]（哀）韵，6、7、9句押[im]（音）韵，10、11、13句押[ang]（按）韵，14、15、17句押[eng]（恩）韵，18、19、20、21、23句押[ai]（哀）韵，24、25、27句押[ung]（温）韵；第十二章1、2、3、4句押[ai]（哀）韵，6、8、9、10句押[iên/ion]（羊）、[iê/io]（腰）韵，12、14句押[ai]（哀）韵，15、16、17、18句押[i]（衣）韵。

（四）妇女

100. 臼头舂米心头青

臼头舂米心头青①，怨父怨母怨大家②；怨我爹娘收人聘③，叫我细细做呢会理家④？

臼头舂米目圈红⑤，怨父怨母怨媒人；怨我爹娘收人聘，叫我细细做呢会做人⑥？

【解题】旧时妇女早婚，十几岁的女孩出嫁之后不得不担负起繁重的家务劳动，歌谣抒写了这种不堪重负的怨言。

【注释】①臼头：石臼。心头青：指心里有愁怨。②大家[da$^{2(6)}$ gê^{1}]：婆婆；《宋书・孙棘传》："棘妻许又寄语属棘：'君当门户，岂有委罪小郎？且大家临亡，以小郎属君，竟未娶妻，家道不立。'"③聘：聘礼。④细细：小小年纪。做[zo^{3}]呢：怎么。理家：操持家事。⑤目圈：眼眶。圈：音[kou^{1}]，本字"箍"。⑥做人：为人媳妇。

【押韵】第一章1、2、4句押[ê]（哑）、[ên]（楹）韵，第二章1、2、4句押[ang]（按）韵。

101. 四更歌

一更搬粟落砻挨①，二更搬米落臼前，三更煮好大鼎饭②，四更煮到整整齐③。

【解题】歌谣用四更歌的形式铺排，记叙了旧时农村媳妇的艰辛生活：通宵达旦，不停干活。

【注释】①粟：指稻谷。砻[lang^{5}]：磨稻谷去壳的工具；《玉篇・石部》："砻，磨砻也。"挨[oi^{1}]：推。②鼎：锅。③齐：白读为[zoi^{5}]，全，完全。

【押韵】1、2、4句押[oi]（鞋）、[oin]（闲）韵。

102. 手提竹篮落蚝田

手提竹篮落蚝田①，行到海边水茫茫②；怨阮爹娘贪财物③，害我细细受艰难④。

手提竹篮来打蚝，行到海边水醪醪⑤；怨阮公嫲心狠毒⑥，苦我日日受风波。

【解题】这是一首滨海小媳妇的怨歌：怨父母贪钱财过早将她嫁出去，怨公婆起狠心让她下海受风寒。

【注释】①蚝$[o^5]$：牡蛎。②行：走路。③阮$[en^2/uang^2]$：我。④细细：很小。⑤醪：白读为$[lo^5]$，指液体的浓浊。⑥公嬷$[ma^2]$：公公婆婆。

【押韵】第一章1、2、4句押[ang]（按）韵；第二章1、2、4句押[o]（窝）韵。

（五）兄弟姐妹

103. 鸡囝出世就有胿

鸡囝出世就有胿[1]，桃叶李叶来相随；一群都是好姐妹，一个无来心唔开[2]。

鸡囝出世就有肝，桃叶李叶来相幔[3]；一群都是好姐妹，一个无来心不安。

【解题】歌谣表现了姐妹们相亲相爱，不愿离开的真挚情感。

【注释】①鸡囝：小鸡。胿$[gui^1]$：嗉囊。②心唔开：不开心。③相幔$[muan^1]$：相互遮掩。相：白读为$[siê^1/sio^1]$。幔：用巾或衣物披在人身上或东西上。

【押韵】第一章1、2、4句押[ui]（威）韵；第二章1、2、4句押[uan]（鞍）韵。

104. 蚯蚓叫吱吱

蚯蚓叫吱吱[1]，我姐嫁在龙眼边[2]；也有龙眼贪食饱，也有龙眼送厝边[3]。

蚯蚓叫同同，我姐嫁在龙眼丛；也有龙眼贪食饱，也有龙眼送亲人。

【解题】这首生活歌，描写了潮汕农村地区，在果子成熟季节，人们收成果子，互赠果子，反映了一种淳朴的民风。

【注释】①蚯蚓：白读为[gao$^{6(7)}$ ung^{2}]。吱吱、同同：蚯蚓叫声。②龙眼：白读为[nêg$^{8(4)}$ oin^{2}]。③厝边：邻居。厝[cu^{3}]：房屋。

【押韵】第一章1、2、4句押[in]（丸）韵；第二章1、2、4句押[ang]（按）韵。

105. 开开后头是后门

开开后头是后门[1]，七粒珠星做一群[2]；珠星在许月在只[3]，不见同寅鼻头酸[4]。

开开后门是后头，七粒珠星做一抛[5]；珠星在许月在只，不见同寅目汁流[6]。

【解题】姑娘出嫁不久，想念以前的同辈姐妹，打开后门望着天上的星星和月亮，更引起了她的思念之情，不禁潸然泪下。

【注释】①后头：潮俗房子后面多留有一小块地方种植花草，称“后头”。②珠星：星星。③许[he^{2}]：那，远指代词。只[zi^{2}]：这，近指代词。④同寅：年龄相近的同辈朋友。鼻头酸：快要流泪的样子。⑤抛：朵。⑥目汁：眼泪。

【押韵】第一章1、2、4句押[ung]（温）、[eng]（恩）韵；第二章1、2、4句押[ao]（欧）韵。

106. 莿囝花，开一枝

莿囝花，开一枝[1]，细妹掼饭到田边[2]；保护阿兄年冬好[3]，金钗重重拍一枝[4]。

莿团花，开一双，细妹掼饭到田中；保护阿兄年冬好，金钗重重拍一双⑤。

莿团花，开一抛⑥，细妹掼饭到田头；保护阿兄年冬好，金钗重重拍一抛。

【解题】这首歌谣也是写农村姑娘农忙送饭时的心情，表达了潮汕百姓对丰收的愿望和对幸福生活的向往，是一首三章叠体歌谣。

【注释】①莿团花：野玫瑰。②掼[guan^{6}]：提。③保护[ho^{7}]：保佑，祈求。④拍[pah^{4}]：打。⑤双：对。⑥抛[pao^{1}]：朵。

【押韵】第一章1、2、4句押[i]（衣）韵；第二章1、2、4句押[ang]（按）韵；第三章1、2、4句押[ao]（欧）韵。

107. 雨落落，沃树枝

雨落落，沃树枝①，无夗阿哥树下啼②；裙衫破裂无人补，紧紧娶娘来张治③。

紧紧娶娘来破家④，三顿配我四斤红沙虾⑤；三日四日纺粒纱。轻轻拍夗一下棰⑥，骑猪倒羊就来回；手擎香炉咒重誓⑦；后日拍夗手着瘸⑧。轻轻拍夗一拳头，猛猛走来李厝投⑨。行到李厝个客厅⑩，许内狗团吠三声⑪。阿爹伸头出来睒⑫，阿郎转口叫阿爹⑬！阿爹转口叫阿郎，就命团仔擎茶汤⑭。

竹篙蜡蜡好晾纱⑮，盖瓯深深好冲茶；借问客厅乜人客⑯？夭是昨日拍夗侪⑰。茶汤食了正开言⑱：“唔中你女做儿婿⑲，三心二意忆别人。”稚瓜无瓤⑳，稚团无肚肠，稚团食饭无障敍㉑，稚团想事做有按障长㉒？后头种树种冬粉，亲亲姨团出来叫阿郎㉓：“阮姐在家食到白如雪㉔，去到你家做障黄㉕？”“你姐又会破我家，破我桃李又峹生㉖，破我猫儿唔缀厝㉗，破我鸭母唔缀家㉘。”“我姐做会破你家㉙，桃李老了就峹生，猫儿无腥唔缀厝㉚，鸭母无粟唔缀家㉛。”

【解题】歌谣描写了一对夫妇不和，吵闹打骂，男子跑到岳父家“投诉”，认为妻子败家，结果被小姨子反驳得哑口无言。歌谣运用多种辞格，语言形象，对话生动有趣。

【注释】①沃[ag^{4}]：浇灌。②姾[bhou^{2}]：俗称妻子。③娶：[cua^{7}]。紧紧：抓紧、赶快。张治：张罗持家。④破家：败家，弄得倾家荡产。⑤顿[deng^{3}]：次、餐。配[puê^{3}]：用菜送饭。⑥拍[pah^{4}]：打。棰[cuê^{5}]：小棍子。⑦擎：白读为[kia^{5}]，端。重誓[zua^{7}]：恶毒的诅咒。⑧后日：日后。手着瘸：手得废。着[diêh^{8}/dioh^{8}]：要，得，情态动词。瘸[kuê^{5}]：手、脚偏废；《广韵·戈韵》：“瘸，脚手病。”⑨猛猛：赶快。李厝：李家。厝[cu^{3}]：房屋。投：告诉，投告。⑩行：走。个[gai^{7}]：结构助词，同“的”。⑪许：远指代词，那。内：训读为[lai^{6}]，房屋、家，本字是“里”。狗囝：小狗。⑫睒[iam^{2}]：很快地看一下；《集韵》上声琰韵：“睒，暂视貌”；以冉切。⑬转[deng^{2}]口：改口。⑭囝仔：婢子。茶汤：茶水。⑮竹篙：竹竿。篙[go^{1}]：指撑船用的竹竿，也叫“船篙”。蜡蜡：光滑的样子。⑯盖瓯[ao^{1}]：一种较大有盖儿的茶杯。乜[mih^{4}]：什么，疑问助词。人客：客人。⑰夭是：原来是。侪[sê^{5}]：同辈，同类的人；《说文·人部》：“侪，等辈也。”⑱食了：喝了。正[zia^{3}]：才。开言：开口。⑲唔中：不适合。⑳稚：嫩。瓤：白读为[neng^{5}]。㉑稚团：年轻的人。障敆：这么多。障[ziê^{3}/zio^{3}]：这样、这么。敆[zoi^{7}]：多。㉒做[zo^{3}]：怎么。按障长：这么长，这里指“这么周到”。㉓姨团：小姨子。㉔阮：我。㉕障黄：（脸色）这么黄。㉖孬[bhoi^{6}]：不会。㉗唔缀厝、㉘唔缀家：不待在家里。缀[duê^{3}]：跟着。㉙做会：怎么会。㉚腥：训读为[co^{1}]，本字“臊”。㉛粟：稻谷。

【押韵】第一章1、2、4句押[i]（衣）韵；第二章1、2、3句押[ê]（哑）韵，4、5、7押[uê]（锅）韵，8、9句押[ao]（欧）韵，10、11、13句押[ian]（营）韵，14、15句押 [eng]（恩）韵。第三章1、

2、3、4句押[ê]（哑）韵，5、7句押[ang]（按）韵，8、9、11、13、15句押[eng]（恩）韵，16、17、19、20、21、23句押[ê]（哑）韵。

（六）父母子女

108. 天顶一只大海鹅

天顶一只大海鹅，老姆看着笑呵呵①；我问老姆笑乜事②？伊咀食老幸福多③。

【解题】歌谣唱出了老人对幸福生活的感受 。

【注释】①看着：看了。②乜[mih^4]：什么，疑问助词。③伊：她。咀：说。

【押韵】1、2、4句押[o]（窝）韵。

109. 有父有母有脚兜

有父有母有脚兜①，有兄有弟有路头②；有姐有妹有来往，当如好花开一抛③。

【解题】歌谣唱出了出嫁姑娘对娘家总有特别亲热的情感。

【注释】①脚兜：靠山。②路头：来往的门径。③抛[pao^1]：朵。

【押韵】1、2、4句押[ao]（欧）韵。

110. 鸭团会撑船

鸭团会撑船①，猫团会掌厝②，狗团会把门③；公婆会惜孙④，一家欢乐甜过糖。

【解题】这是一首描写百姓平凡而快乐生活的歌谣，反映了老爱幼、幼尊老，家庭和睦融洽的主题。

【注释】①鸭团：鸭子。会撑船：这里指鸭子用掌拨水犹如撑船前行。②猫团：小猫。掌厝：看家。掌[ziên^{2}/zion^{2}]：看管；《墨子·迎敌祠》："设守门，二人掌右阉，二人掌左阉。"③狗团：小狗。④公婆：指丈夫的父母，即孩子的爷爷奶奶。惜：疼爱。孙：孙子。

【押韵】第1、3、4句押[ung]（温）韵。

111. 挨呀挨

挨呀挨[①]，挨米来饲鸡[②]；饲鸡叫啯家[③]，饲狗来吠夜[④]，饲猪还人债，饲牛拖犁耙，饲阿弟来落书斋[⑤]，饲阿妹来雇人骂[⑥]。

【解题】这首童谣有的认为以前潮汕地区重男轻女的现象比较常见，养男孩子就送去学堂读书，而女孩子通常少有上学的机会；也有认为以前潮汕老奶奶含饴弄孙，跟孙女玩，面对面，四手相拉，作磨米动作唱童谣，"饲阿妹来雇人骂"是爱孩子爱到极致的说词；还有认为这首摇篮曲既表达着对孩子的疼爱，也有对女孩子将来出嫁后在婆家生活的一丝担忧。

【注释】①挨[oi^{1}]：推。推砻脱粒即"挨米"。②饲：养。③叫啯[gog^{4}]家：母鸡啯啯地叫。啯家：拟声词。④吠夜：守夜。⑤饲阿弟：养男孩。落书斋：送去学堂读书。书斋：学堂，学校。⑥饲阿妹：养女孩。雇人骂：指大了嫁为人妇，受婆家欺负。

【押韵】1、2句押[oi]（鞋）韵，3、4、5、6、7、8句押[ê]（哑）韵。

112. 嫁团嫁乞读书家

望见东畔一点星[①]，嫁团嫁乞读书家[②]；脚踏书斋食白米[③]，闲坐温存食烧茶④。

望见东畔一点红，嫁囝嫁乞徛铺人⑤；脚踏铺窗食白米，嘴衔荖叶齿脚红⑥。

【解题】歌谣通过对比，表达了嫁女还需嫁给读书人家或者富商家的主题。

【注释】①畔：训读为[boin^{5}]，边。②囝[gian^{2}]：古闽语词，这里指女儿。乞[keh^{4}]：给。③脚：训读为[ka^{1}]，本字“骹”。书斋：书房。④食烧茶：喝热茶。烧[siê^{1}/sio^{1}]：热的，暖的。⑤徛铺人：经营行铺之人，生意人。徛[kia^{6}]：站立。⑥衔：白读为[gam^{5}]。齿脚：牙根。这里从侧面反映了当时潮人吃槟榔用荖叶和石灰相伴的风俗。吃了槟榔之后，牙齿被染红。

【押韵】第一章1、2、4句押[ê]（哑）韵；第二章1、2、4句押[ang]（按）韵。

113. 天上月，地下花

天上月，地下花，生有兜囝会发家①；发家有好食，爹娘食到红牙牙②。

天上月，地下花，生有走囝会纺纱③；纺纱有好穿，爹娘穿到烧煆煆④。

【解题】歌谣反映了农村妇女生儿育女、勤耕勤织的传统美德。

【注释】①兜囝[dao^{1}gian^{2}]：“丈夫囝[da^{2} bou^{1}gian^{2}]”的快读合音，指男孩。②红牙牙：红光满面。牙：读[ghê^{7}]，阳去声。③走囝：“姾妏囝[za^{1} bhou^{2}gian^{2}]”之合音，指女儿。④穿：训读为[cêng^{7}]。烧煆煆[hê^{1}]：暖和。

【押韵】第一章1、2、4句，第二章1、2、4句均押[ê]（哑）韵。

114. 石部长长好烧香

石部长长好烧香①，我母生我是姿娘②，自幼也是母饲大③，桃花手牒还母烧④。

石部长长好点灯，我母生我是女身，自幼也是母饲大，桃花手牒还母恩。

【解题】歌谣写的是女儿不忘母亲养育之恩，虽然长大出嫁，但母恩永不忘。

【注释】①石部：石头，石块。②姿娘[ze^{1} niên^{5}/nion^{5}]：女人，本作“珠娘”。③饲：养。④桃花手牒：潮俗女儿为母亲向佛寺求做的牒文，母亲死时烧化之，为母亲求福。

【押韵】第一章1、2、4句押[ion]（羊）韵；第二章1、2、4句押[êng]（英）韵，揭阳口音。

115. 父母无志气

父母无志气，送囝去学戏①；鼓槌一挈起②，目汁潞潞滴③。

父母无挨倚④，送囝刷银纸⑤；嘴皮喰到裂⑥，尻仓坐到歪⑦。

【解题】这是一首描写旧时戏子和学徒悲惨生活的歌谣。

【注释】①囝[gian^{2}]：古闽语词，孩子。②挈：拿。③目汁：眼泪。潞潞滴：滴滴答答地往下掉。④挨倚[oi^{1}ua^{2}]：依靠。⑤刷银纸：（当学徒）学做冥币。⑥嘴皮喰到裂（刷纸钱）用嘴巴吹得嘴皮都裂开了。嘴：训读为[cui^{3}]，本字“喙”。喰[bung^{5}]：吹，吹气；《玉篇·口部》：“喰，步奔切，吐也。”⑦尻仓[ga^{1}ceng^{1}]：屁股。尻：原指臀部；《广雅》卷六：“尻，臀也。”歪：训读为[cua^{2}]，歪斜。

【押韵】第一章1、2、3、4句押[i]（衣）韵，排韵；第二章1、2、4句押[ua]（蛙）韵。

116. 阿公爱食韭菜羹

阿公爱食韭菜羹[1]，后头韭菜还未生[2]；保护阿公食百岁[3]，牵囝牵孙入书斋[4]。

阿公爱食韭菜汤，后头韭菜还未长；保护阿公食百岁，牵囝牵孙入祠堂。

【解题】歌谣表现了潮汕妇女的善良孝顺，祝愿公公长寿，子孙勤读。

【注释】①阿公：公公。爱：想要。②后头：潮俗房子后面多留有一小块地方种植花草，称“后头”。③保护[ho^{7}]：保佑。④囝[gian^{2}]：古闽语词，孩子。书斋：学堂，学校。

【押韵】第一章1、2、4句押[ên]（楹）韵；第二章1、2、4句押[eng]（恩）韵。

117. 望你大来护老年

劝人为囝着孝心[1]，不孝父母不孝天；为人若唔行孝道[2]，枉在世间不是人。

食着果子思着枝[3]，记得细时母喂奶[4]；红红细细母抚养[5]，洗屎洗尿母扶持。

能笑之时母欢喜，头烧额热母惊疑[6]；求神求佛相保护[7]，望你大来护老年。

【解题】这首歌谣叙述了母亲抚养孩子的艰辛与牵挂，劝导世上为人子的要敬父母，行孝道。

【注释】①囝[gian^{2}]：古闽语词，孩子。着[diêh^{8}/dioh^{8}]：要，得，情态动词。②唔：不。③食着：吃着。思着：想着。④细时：小时候。奶：白读为[ni^{6}]，乳。⑤红红细细：婴儿时肤色白嫩透红的样子。⑥头烧[sio[1]]额热[ruah[8]]：发烧，泛指生病。⑦保护：保佑。

【押韵】2、5、6、8、9、10、12句押[i]（衣）韵；1、4句押[im]（音）、[ing]（因）韵。

118. 胜如好银换好金

一对大烛四点金，放在床头是惊心①；人人烧香做容易②，存我烧香做烦心③。

囝呅出来就骂娘④，食老颠倒做样个⑤？人人同你都死了，你呅死去还活来！

母呅出来就叫天，枉你出世是男儿；饲你食大来唔肖⑥，猛猛出去跳深池⑦。

新妇听着鼻头酸⑧，妈你吧话割心肠⑨；待伊下午回家转⑩，待伊今夜上眠床⑪。

你这男子不是人，不敬你母敬何人？你母食无千百岁，无比青春年年红。

鸡啼声声是五更，囝呅叫母食杯茶⑫；昨日一话囝吧错，今日合母做阳生⑬。

茶呅食了盅底音，娶着新妇善人心⑭，胜如好银换好金。

【解题】这首歌谣讲述的是善媳妇劝说不孝儿子向母亲认错的故事：有矛盾开端、矛盾发展、矛盾进一步发展、矛盾解决各个情节；有儿子的骂语、母亲的咒语、媳妇的劝语、儿子的悔语、对善媳妇的评语，运用比喻，娓娓道来。

【注释】①放：白读为[bang[3]]。②做[zo[3]]：怎么。③存：剩下。④囝[gian[2]]：古闽语词，孩子，这里指儿子。呅[da[1]]：语助词，无义。娘 [ai[5]]：俗称母亲，本字为“姨”。⑤颠倒[ding[1]do[3]]：反而，反倒；《清平山堂话本·快嘴李翠莲记》：“分付你少则声，颠倒说出一篇来。”做[zo3]样个：怎么这个样子。⑥食大：长大。唔肖[siao6]：不像话。⑦猛猛[mên2]：赶快。⑧新妇[bu6]：儿媳妇。听着：听了。⑨呾[dan3]：说。⑩伊：他。转[deng2]：回，回来。⑪夜：训读为[mên5]，本字“暝”。眠床：睡觉的床。⑫食杯茶：喝杯茶。⑬合[gah4]：与、跟、同，作介词。阳生：做生日，祝寿。⑭娶：[cua7]。

【押韵】1、2、4句押[im]（音）韵；5、6、8句押[ai]（哀）韵；9、10、12句押[i]（衣）韵；13、14、15、16句押[eng]（恩）韵；17、18、20句押[ang]（按）韵；21、22、24句押[ên]（楹）韵；25、26、27句押[im]（音）韵。

二 劳动生产

（一）田园

119. 日出东方一点红

日出东方一点红，老汉放牛到田间；叫伊行猛偏行慢[①]，叫伊行慢偏蹽风[②]。

【解题】这首放牛歌是潮汕歌谣中难得的几首农事歌之一，用牛的不听话来反衬放牛老汉悠然自得的心情。

【注释】①伊：它。行：走路。猛[mên2]：快。②蹽[liao6]：放开脚步快跑。

【押韵】1、2、4句押[ang]（按）、[uang]（江）韵。

120. 天顶落雨塗下漉

天顶落雨塗下漉[①]，塗下大菜乌茫茫[②]；日来亲像鹌鹑走[③]，夜来亲像虾蛄弯[④]。

【解题】歌谣描写的是下大雨芥菜被沾满了泥土，太阳一照，沾了泥巴的芥菜就像鹌鹑鸟一样快蔫了，到了晚上歪歪斜斜倒下了，眼看可以收获的芥菜就泡汤了。这是菜农担心发生的事情。

【注释】①天顶：天上。落雨：下雨。涂下：泥土地。涂[tou^{5}]：泥巴，泥土。湴[dam^{5}]：湿；《集韵》平声覃韵："湴，湿也"，都含切。②大菜：芥菜。乌茫茫：黑乎乎。③日来：指白天。亲像：像。④夜来：晚上。虾蛄：螳螂虾，粤语叫"濑尿虾"。

【押韵】1、2、4句押[ang]（按）、[am]（庵）韵。

121. 门脚一丘田

门脚一丘田①，枉费我囝种掉工②；三四唔下种③，五六爱收乜冬④？

【解题】这首歌谣说明，农事不能耽搁，农时一延误，就会影响收成。

【注释】①门脚：门口。丘：白读为[ku^{1}]，划分田地的量词。②囝[gian^{2}]：古闽语词，孩子。种掉工：白白浪费了种田的工夫，指没收成。③三四：指农历三月、四月。下句"五六"也一样指农历月份。唔：不。下[hê^{6}]种：播种。④爱：要。乜[mih^{4}]：什么，疑问助词。冬：指收冬，收获季节。

【押韵】1、2、4句押[ang]（按）韵。

122. 三个阿郎来担葱

一丘园囝狭狭好种姜①，种有三百六十畐②；三个姐妹嫁三块③，三个阿郎来担姜④。

一丘园团狭狭好种葱，种有三百六十丛；三个姐妹嫁三块，三个阿郎来担葱。

【解题】歌谣反映了潮汕百姓田园劳动的欢乐。

【注释】①丘：白读为[ku^{1}]，划分田地的量词。古代指地积量词，如《周礼·地官·小司徒》："九夫为井，四井为邑，四邑为丘。"园团：园子。狭：白读为[oih^{8}]，窄。②厢：畦。③三块：三个地方。④阿郎：女婿。担：挑。

【押韵】第一章1、2、4句押[iên/ion]（羊）韵；第二章1、2、4句押[ang]（按）韵。

123. 细水长流

豆苗绿，豆荚青，爱食豆荚唔食芽[1]；唔食豆芽一次过，爱留豆荚生满棚。

大米白，番薯甜[2]，爱食番薯唔甘嫌；唔嫌番薯掺米煮[3]，爱看水细源流长。

【解题】歌谣用吃豆芽作比，把豆芽一次吃光了，就不可能有满棚的豆荚，把大米和地瓜混着煮饭，就可以节省白米，做到细水长流。歌谣表达的是潮汕农家勤俭持家、细水长流的习惯。

【注释】①爱：想要。唔食芽：不吃豆芽。②番薯：甘薯，地瓜。③意思是：不嫌弃地瓜和米一块儿混着煮。潮人习惯用红薯和大米搭着煮粥，叫"番薯糜"。

【押韵】第一章1、2、4句押[ên]（楹）韵；第二章1、2、4句押[iam]（淹）、[iang]（央）韵。

124. 放鹅谣

一群白鹅一枝篙[1]，阿伯趟鹅好唱歌[2]；篙儿一扬歌声起，鹅儿随声高唱和。

一枝竹篙头尾青，阿伯趟鹅日继夜；篙儿提起日头出，篙儿放落夗三更[3]。

手掌磨篙竹篙光[4]，阿伯趟鹅障辛勤[5]；出壳鹅囝趟到大[6]，趟过鹅公趟鹅孙。

竹篙擎久滑溜溜[7]，阿伯趟鹅手攋须[8]；须长半寸鹅长翼，一片白云遮山头。

【解题】这首歌谣描写了一位牧鹅老伯以养鹅为生、乐在其中的生活。

【注释】①篙[go^1]：指撑船用的竹竿，也叫"船篙"。②趟[riao^7]：赶，追赶，古义为跑；《汉书·司马相如传》："腾而狂趟。"③夗[enh^8]：睡觉。④光：白读为[geng^1]，光滑。⑤障[ziê^3/zio^3]：这样、这么。⑥鹅囝：小鹅。⑦擎：白读为[kia^5]，拿。⑧攋[luah^8]：章太炎《新方言》："今谓理须发为攋。"⑨翼[sig^8]：翅膀。⑩一片白云：比喻白鹅成群。头[tiu^5]，文读押韵。

【押韵】1、2、4句押[o]（窝）韵；5、6、8句押[ên]（楹）韵；9、10、12句押[eng]（恩）韵；13、14、16句押[iu]（忧）韵。

125. 鸡笼山

鸡笼山，似鸡笼，鸡笼山上草苍苍；山下人们有传说：山顶徛着一老人[1]。

老人日夜养金鸡，鸡群出笼放金光；有福之人能看见[2]，看见金鸡福无边。

世世相传代代盼，世代只是做美梦。

鸡笼山，似鸡笼，鸡笼山上草苍苍；山下传说成事实，山顶徛着老社员。

金鸡千万满山跑，牛羊成群在山岗；从此人人都幸福，鸡笼从此美名传。

【解题】歌谣通过鸡笼山养金鸡的美丽传说成为现实的叙说，表达了农村合作社时期人们过上幸福生活这一主题。

【注释】①山顶：山上。徛[kia^6]：站立，这里是住的意思。②看：训读为[toin^2]，本字“睇”；《说文·目部》：“睇，目小视也。”见：白读为[gin^3]。

【押韵】第一章1、2、4、6、9、10句押[ang]（按）韵；7、8句押[in]（丸）韵。第二章1、2、4、6、8句押[ang]（按）韵。

126. 大家来唱作田歌

“135，135”，大家来唱作田歌[1]；作田歌唱作田人，作田有人唔相同[2]。

有人田地出金宝，有人田地长猫毛[3]；有人亩田早冬收八百[4]，有人一亩只收四百多。

“123，123”，歌困愈唱愈更奇[5]；奇哩奇[6]，人哩做厝边[7]，田哩隔埕墘[8]，

同样劳动力，同样好田地，做呢收成相差按障剱[9]？唔知许底是做呢[10]？

“112，112”，歌困愈唱愈更加[11]；唱来又唱去，唱着原因是

怎生[12]？

因为伊个农业社[13]，统一经营好拍抨[14]，伊人是，好像铁船过大海；

你哩是：单干孤帆独桨船难撑！你看是唔是障生[15]？是喽是障生[16]！

【解题】这首歌谣表达了农村合作社比农户单干要优越的主题。

【注释】①1 3 5，1 2 3，1 1 2：读如音乐曲谱。作田：种田。作[zoh4]：耕作。歌：读[go1]。②唔：不。③长猫毛：长草。④早冬：早造。冬：收获季节。八百：即八百斤。⑤歌囝：歌谣。⑥哩：连词，表示转折关系，与普通话的“虽然”语法意义相近。⑦厝边：邻居。厝[cu3]：房屋。⑧埠[huan7]：田塍；宋·叶适《庐州钱公墓志铭》：“沟埠牛犁，逾月皆具。”墘：边。⑨做[zo3]呢：怎么。按障[ziê3/zio3]敥[zoi7]：这么多。⑩许底：那里面儿。⑪加[gê1]：多。⑫怎生[zai6(7)sên3]：怎么。⑬伊个：他的。⑭拍抨[pah4(8)pên1]：安排。⑮障生：这样。⑯喽[lou3]：语气词，相当于普通话的“啊”。

【押韵】第一章1、2、5、6、8句押[o]（窝）韵；3、4句押[ang]（按）韵；第二章1、2、3、4、5、7、9句押[i]（衣）韵；第三章1、2、4、6、10、11、12句押[ên]（楹）韵。

（二）渔歌

127. 自细缀父去牵罾

自细缀父去牵罾[1]，牵有鱼货分别人[2]；鱼肉分人剥去食[3]，鱼骨分人丢落田。

【解题】这首渔歌唱的是海边小孩自小跟从父亲出海捕鱼，一旦有所收获都不是把鱼留给自己吃，而是卖给了别人来换糊口的米粮。

【注释】①自细：从小。缀[duê3]：跟着。牵罾[zang1]：捕鱼的一种方法。“罾”是一种用竹竿做支架的方形渔网。②分[bung[1]]：给。③食：吃。

【押韵】1、2、4句押[ang]（按）韵。

128. 便是讨海不误人

勤捕力捞能荣华①，经商买卖目前和②；贪花乱酒无有益，千田万地也着垮③。

大海潮汛有黄金，只恐务渔不用心；天下州府行到透④，便是讨海不误人⑤。

【解题】这首渔家兄弟唱的歌谣，告诫大家不要贪图经商买卖，就像读书人“书中自有黄金屋”一样，“大海潮汛有黄金”，只要专心“务渔”，肯定会有所收获。

【注释】①力[lag[8]]：勤快；《左传·僖公二十三年》：“其从者肃而宽，忠而能力。”②和[hua[5]]：有和，即有利。③着[diêh[8]/dioh[8]]：要，得，情态动词。④行到透：都走遍。行：走路。⑤讨海：以捕捞过生活。

【押韵】1、2、4句押[ua]（蛙）韵；5、6句押[im]（音）韵。

129. 南风去了东风来

南风去了东风来，东风来了笑面开①；掠鱼都是东风力②，鱼虾满载伊送来③。

【解题】这是一首描写捕鱼生活、说明捕鱼季节性的渔歌。

【注释】①笑面：笑脸。②掠鱼：捕鱼。掠[liah[8]]：捕捉。③伊：它，这里指东风。

【押韵】1、2、4句押[ai]（哀）韵。

130. 手网提起啉隆声

手网提起啉隆声①，抛落深坑鱼就惊②；金龙金鲤成双对③，惊畏流水无人情④。

【解题】这是一首描述撒网捕鱼的歌谣。

【注释】①啉隆声：拟声词，撒网到水中的声音。②抛：白读为[pa1]，撒开。深坑：池底。惊[gian1]：害怕。③金龙：鱼名，即黄鱼。金鲤：鲤鱼。④惊畏：害怕。畏[uin3]：害怕；《老子·第七十四章》："民不畏死，奈何以死惧之？"

【押韵】1、2、4押[ian]（营）韵。

（三）其他劳动

131. 砧叠砧

砧叠砧，爬上砧顶叫卖盐①；勿嫌我个盐团细②，盐团细细正会咸③。

刀叠刀，爬上刀顶叫卖蚝；勿嫌我个蚝团细④，蚝团细细正有膏。

【解题】这首生活歌虽有卖盐者、卖蚝者自夸的成分，但也有一定的生活常识之理。

【注释】①砧顶：砧板上。②勿[mai3]：不要。个：结构助词，同"的"。盐团：盐。细：小。③正[zia3]：才。会：白读为[oi6]。④蚝团：小牡蛎。蚝[o5]：牡蛎。

【押韵】第一章1、2、4句押[iam]（淹）韵；第二章1、2、4句押[o]（窝）韵。

132. 小小生理好安家

一撮豆团圆又圆，挨做豆干变做钱①；人人呾阮生理小②，生理小小好赚钱[3]。

一撮豆团青又青，挨做豆干来安家；人人呾阮生理小，小小生理好安家[4]。

【解题】歌谣反映的是潮人安于小本生意的典型心态。

【注释】①豆团：豆子。挨做豆干：用石磨磨（大豆）做成豆腐。挨[oi^{1}]：推。豆干[guan^{1}]：即豆腐。②呾：说，讲。阮[en^{2}/uang^{2}]："我"的复数，即"我们"。生理：生意，买卖；《古今小说·沈小官一鸟害七命》："（张公）不上街做生理，一直奔回家去。"③赚：俗读为[tang^{3}]。④安家：指赚了钱可用于家计。

【押韵】第一章1、2、4句押[in]（丸）韵；第二章1、2、4句押[ê]（哑）韵。

133. 绣花曲

姐妹坐做瓠[1]，阮呿姐妹学工夫[2]：大姐绣龙绣凤唔受输[3]；

二姐一千金，绣龙绣凤绣观音；三姐是三娘，绣龙绣凤绣鸳鸯；

四姐会安排[4]，安排伊家龙袍中秀才；呵恼秀才会廉俭[5]，呵恼贤妻好家才[6]；

五姐好针工，绣龙绣凤绣黄蜂；绣出八仙来求寿，爱求钱银来到双[7]；

六姐好遢迌[8]，脚踏丝机经丝罗[9]。

【解题】中国四大名绣之一的潮绣色彩浓艳、瑰丽多姿，曾经潮汕民间从事刺绣的专业人员超过10万人。这首歌谣赞美了擅长潮绣姑娘们的心灵手巧。

【注释】①坐做瓠[bu^{5}]：聚拢坐在一起。②阮[en^{2}/uang^{2}]："我"的复数，即"我们"。呿[da^{1}]：语助词，无义。③唔受输：不甘输给别人。④会：白读为[oi⁶]。⑤呵恼[o¹lo²]：表扬、夸奖。⑥家才：指治家的才能。⑦爱：要。⑧遢迌[tig⁴⁽⁸⁾ to⁵]：游玩，玩耍。⑨脚：训读为[ka¹]，本字“骹”。机[gui¹]：织布机。经[gên¹]：织。罗[lo⁵]：绫罗，泛指丝织品。

【押韵】1、2、3句押[u]（污）韵；4、5句押[im]（音）韵；6、7句押[iên/ion]（羊）韵；8、9、11句押[ai]（哀）韵；12、13、15句押[ang]（按）韵；16、17句押[o]（窝）韵。

三 其他生活

134. 四惨歌

一惨担鱼栽①，二惨撑杉排②，三惨娶加妐③，四惨娘敪个④。

【解题】歌谣用一、二、三、四排列过去潮人认为最辛苦的事儿。

【注释】①担：挑。鱼栽：鱼苗。栽：动物的苗崽；元·郝经《窖池记》：“置莲蒲三四本，鱼栽数十针。”挑鱼栽必须一边走一边晃动，使桶里的水有氧气，使鱼不窒息死亡，这活儿很累，不是年轻力壮的人干不了。故曰“一惨”。②撑杉排：从韩江上游放杉木排到了下游来卖。撑排工风吹日晒，多光着身子劳作，吃住也在“杉排”上，十分艰苦。故曰“二惨”。③娶：[cua⁷]。加[gê¹]：多。妐[bhou²]：俗称妻子。妻子娶多了，家里的费用也就多了。做丈夫的还要周旋于各房妻子之间，维持家庭的和谐，当然不容易了。故云“三惨”。④娘 [ai⁵]：俗称母亲，本字为“姨”。母亲多了，指父亲有多个妻子，也难以奉养伺候，故云“四惨”。敪[zoi⁷]：多。

【押韵】1、2、4句押[ai]（哀）韵。

135. 月光光

月光光[①]，照四方[②]，照到台湾岛，照到自家园。

【解题】歌谣托月光带去亲人的问候，“照到台湾岛，照到自家园”是两岸百姓祈盼能早日团圆的愿望。

【注释】①月光光：月光皎洁。光：白读为[geng1]，亮。②方：白读为[hen1]。

【押韵】1、2、4句押[en]（秧）韵。

136. 年年冬节边

年年冬节边[①]，家家户户在舂米[②]；舂米做乜事[③]？舂米来挲圆[④]。一粒搭粟簟[⑤]，一粒搭门边；搭了好乜事[⑥]？人呾搭了平平安安咽唔见[⑦]。

【解题】冬至吃汤圆是潮汕地区的习俗，这首歌谣描述了冬至时候潮汕家家户户舂米、挲圆，在门上粘贴汤圆这一民俗。

【注释】①冬节：冬至。②在：助词，在这里变读为[lo6]。③乜事：什么事儿。乜[mih4]：什么，疑问助词。④挲[so1]圆：用两个手掌搓糯米粉末儿做汤圆。潮俗在冬至吃汤圆。⑤搭：贴在。粟簟：囤放稻谷的竹席。簟[diam6]：竹席。⑥好乜事：有什么好处。⑦呾[dan3]：说，讲。咽[bhoi6]：不会、不能，是“无会”的合音字。唔：不。

【押韵】1、2、4、6、8句押[in]（丸）韵。

CHAPTER 4

第四辑 过番之歌

137. 卖咕哩

断柴米，等饿死，无奈何，卖咕哩①。

【解题】连柴米都没有了，断炊了，无可奈何，只好到海外出卖苦力谋生。歌谣运用三言句式，简洁直白地道出了旧时代过番者的辛酸历史。

【注释】①咕哩[gu^1 li^2]：苦力；马来语称店员为kuli。

【押韵】1、2、4句押 [i]（衣）韵。

138. 嫁着过番翁

嫁着过番翁①，夜夜守空房②；望塌蜘蛛顶③，忝得天瞳眬④。

【解题】丈夫“过番”，妻子守空房。歌谣描写了留守女人独守空闺的凄清。

【注释】①过番翁：过洋的丈夫。过番：到海外，主要是到东南亚国家去。翁[ang^1]：丈夫。②夜：训读为[mên^5]，本字“暝”。③蜘蛛顶：睡床上挂蚊帐的木架。④忝得：恨不得。忝 [bhoi^6]：“无会”的合音字。瞳眬[la$^{5(7)}$ lang^5]：天欲明，东方露出鱼肚白的样子。

【押韵】1、2、4句押[ang]（按）韵。

139. 嫁着儿婿到外洲

前世无身修①，嫁着儿婿到外洲②；去时小生弟③，转时留白须④。

【解题】“过番”男人去时青春年少，等到能积攒点钱回家，已是须发皆白的老人了。家中的妻子独守空房，寂寞凄苦是难以想象的！

【注释】①前世：前辈子。无身修：没积德。②儿婿：丈夫。外洲：外洋，即外国。③小生弟：像戏曲中的小生那样年青英俊。④转[deng²]：回。留白须：留着白胡子，指已年老。

【押韵】1、2、4句押[iu]（忧）韵。

140. 阿叔今日去出洋

阿叔今日去出洋，番畔唐山架金桥[1]；来日荣耀归故里，荫妻荫儿荫家乡[2]。

【解题】这是一首描写送别亲人到海外谋生的歌谣，反映了人民群众渴望幸福的普遍心理。

【注释】①番畔[boin⁵]：指海外、国外。唐山：指中国。②荫：福荫。

【押韵】1、2、4句押[iên/ion]（羊）韵。

141. 背个市篮去过番

背个市篮去过番[1]，樟林港嘴泪汪汪[2]；钱银知寄人知转[3]，父母妻儿切勿忘[4]。

【解题】这首歌谣描述了当年在红头船出洋的樟林港，亲人送别“过番”者的情形，歌谣后两句是送别者的吩咐和嘱托。

【注释】①市篮：一种接近圆柱形的有盖的竹篮子。②樟林港嘴：樟林港口，旧澄海县海边的一个小镇，昔年这里是红头船出洋的港口。③钱银：钱财。知：知道，记得。④勿[mai³]：不要。

【押韵】1、2、4句押[uang]（汪）韵。

142. 火船驶过七洲洋

火船驶过七洲洋[①]，回头不见我家乡；是好是怯全凭命[②]，未知何日回寒窑[③]？

【解题】这首“过番歌”唱出了“过番”人想到将要离别家乡、归期未卜的悲凉心情。

【注释】①火船：轮船。七洲洋：南海南部最宽最深的海域。②怯[kiag^4]：不好。③寒窑：指自己的家。

【押韵】1、2、4句押[iên/ion]（羊）韵。

143. 一溪目汁一船人

一溪目汁一船人[①]，一条浴布去过番[②]；钱银知寄人知转[③]，勿忘父母共妻房[④]。

【解题】歌谣写的是将要“过番”的人与送行的人依依惜别，送行者挥泪叮嘱。

【注释】①溪：河。目汁：眼泪。②浴布：一种方格长条形浴巾，也叫水布、番幔、头布。③钱银：钱。转[deng^2]：回，回来。④共：作连词，与普通话“和”“与”等并列连词作用相同。妻房：妻室。

【押韵】1、2、4句押[ang]（按）、[uang]（汪）韵。

144. 人在外洋心在家

人在外洋心在家[①]，少年妻子一枝花；家中父母年已老，身中无钱又想回。

【解题】歌谣唱的是前辈华侨的辛酸心境：身在海外谋生，心中却十分想念家中亲人，但苦无积蓄，欲回不得。

【注释】①外洋：海外。

【押韵】1、2、4句押[ê]（哑）、[uê]（锅）韵。

145. 茬叶

茬叶茬叶茬，茬叶生在樟林老港口①；问你种茬做乜事②？好给番团擦嘴斗③。

【解题】长在樟林港的茬叶见证了当年潮汕人“过番”的那段历史。

【注释】①樟林老港口：旧澄海县海边的一个小镇，昔年这里是红头船出洋的港口。②乜[mih^4]：什么，疑问助词。③番团：对外国人的称谓，略带贬义。团[$gian^2$]：词缀，有轻蔑的附加意义。嘴斗：嘴巴。

【押韵】1、2、4句押[ao]（欧）韵。

146. 去过南

去过南①，蜡蜡梳团买一双②；同头夫妻你唔惜③，三心二意惜别人。

去过洋④，蜡蜡梳团买一箱；同头夫妻你唔惜，三心二意惜别娘⑤。

【解题】歌谣描写在家中苦等“过番”丈夫的妇女，听说丈夫在国外已另有所爱时的悲怨心情。

【注释】①去过南：到南洋谋生。②蜡蜡：棕色的。梳团[$gian^2$]：梳子。③同头夫妻：结发夫妻。惜：疼爱。④去过洋：到南洋。⑤娘：这里指姑娘。泛指女人。

【押韵】第一章1、2、4句押[ang]（按）韵；第二章1、2、4句押

[ion]（羊）韵。

147. 儿夫赚钱在外洋

雨漏漏，儿夫赚钱在外头①；虽是别人囝②，挂挂在心头③。

雨融融，儿夫赚钱在外洋④；虽是别人囝，挂挂在心腔⑤。

【解题】旧时潮汕人有“过番”谋生习俗，留下妻子在家乡苦苦等待着丈夫，歌谣反映的就是旧时代“留守妇女”的悲凉心境。

【注释】①儿夫：指丈夫；元·王实甫《破窑记》第三折：“我这里猛然观，抬头觑，我道是谁家个奸汉，却原来是应举的儿夫。”赚：俗读为[tang3]。外头：外面，这里指外国。②囝[gian2]：古闽语词，孩子。③挂挂：牵挂。④外洋，即外国。⑤心腔：心里。

【押韵】第一章1、2、4押[ao]（欧）韵；第二章1、2、4句押[iên/ion]（羊）韵。

148. 洋船到

洋船到①，猪母生②，乌囝豆，拺上棚③。

洋船沉，猪母眩，乌囝豆，生蛄蝇④。

【解题】这首过番歌通过比兴的手法表达的是家乡人对“过番”男人的依赖心理。

【注释】①洋船：指往返于汕头和南洋的轮船。②猪母：母猪。③拺 [dua6]：缠上。轮船顺利到达，“过番”的男人也顺利回家，一切都是兴旺的。④蛄蝇：蚜虫。轮船沉了，“过番”男人也遇难了，对于侨属来说真是灾难临头，什么事情都是倒霉的。

【押韵】第一章1、3句押[ao]（欧）韵，2、4句押[ên]（楹）韵；第二章1、2、4句押[ing]（因）、[im]（音）韵。

149. 今日送郎到码头

今日送郎到码头，惜别依依目汁流①；愿郎他乡得志后，莫忘双亲年已高。

今日送郎到码头，一事爱郎须记牢；闲花野草孬散采②，糟糠之妇不可抛。

【解题】歌谣描写妻子送丈夫到海外谋生的千叮万嘱、依依惜别的场面，反映了“留守妇女”无可奈何的心情。

【注释】①目汁：眼泪。②孬散采：别乱采。

【押韵】第一章1、2、4句和第二章1、2、4句均押[ao]（欧）韵。

150. 一条水布支厚刀

月娘光光照瓦槽①，阿兄爱去过暹罗②；身边所带无别物，一条水布支厚刀③。

月娘光光照临檐④，阿嫂送兄哭啼啼；开口爱说无别话，你着记得妻共儿⑤。

【解题】这首歌谣描写旧时潮人由于生活所迫，不得不“过番”，到国外谋生，随身所带的是一条浴巾和一把厚背刀，而送行的妻子除了眼泪，就是叮嘱。

【注释】①月娘光光：月光皎洁。光：白读为[geng^{1}]。②爱：想要。暹罗：指泰国。③水布：浴巾。厚刀：一种砍柴的刀。④临檐[zin^{5}]：房檐。⑤着[diêh^{8}/dioh^{8}]：要，得，情态动词。共：作连词，与普通话“和”“与”等并列连词作用相同。

【押韵】第一章1、2、4句押[o]（窝）韵；第二章1、2、4句押[i]

（衣）、[in]（丸）韵。

151. 天顶飞雁鹅

天顶飞雁鹅①，阿弟有姑阿兄无②；阿弟生囝叫大伯③，大伯听着无奈何，

收拾包裹过暹罗④；来去暹罗牵猪猳⑤，赚有钱银兹少寄⑥，寄转唐山娶老婆⑦。

【解题】歌谣带着诙谐口吻，叙述了小伙子因贫穷娶不到老婆，只好漂洋过海到泰国去谋生，积攒些钱回国娶妻。

【注释】①天顶：天上。雁鹅：大雁。②姑[bhou^{2}]：俗称妻子。③囝[gian^{2}]：古闽语词，孩子。④过暹罗：到泰国去。⑤牵猪猳[go^{1}]：专门饲养配种公猪，为其他人的母猪配种。猪猳：配种公猪；《说文·豕部》："猳，牡豕。"⑥赚：俗读为[tang^{3}]。兹[zoi^{7}]少：多少，是多是少。⑦转：白读为[deng^{2}]，回。娶：[cua^{7}]。

【押韵】第1、2、4、5、6、8句押[o]（窝）韵。

152. 大鹅咬细鹅

大鹅咬细鹅，阿弟有姑阿兄无；阿弟生囝叫大伯，大伯听着无奈何，

背起包裹往暹罗；走到暹罗牵猪猳。无好头彩，拍死财主个老猪母①，财主想着大唔好②。

伊就劬我个耳③，我就捏伊个鼻。拍来拍去无奈何，包裹背起转来唐山娶老婆④。

【解题】叙述小伙子因贫穷娶不到老婆到泰国"牵猪猳"的歌谣有好几首，但这首歌谣还描述了小伙子跟财主一段很有意思的打斗，

使歌谣更诙谐有趣，其实也反映了当年“过番”者到海外仍然受尽欺凌，过着艰辛的生活。

【注释】①拍[pah4]：打。个：结构助词，同“的”。猪母：母猪。②唔好：不好。③伊：他。劻[dui2]：用力拉；《改併四声篇韵·力部》：“劻，着力牵也”，都罪切。④转[deng2]：回，回来。

【押韵】1、2、4、5、6、8、9、12句押[o]（窝）韵；10、11句押[in]（丸）韵。

（劻：古语词，左右结构，左边“追”字去掉走之旁，右边“力”）

153. 过番歌

无钱无米无奈何，背个包裹过暹罗；火船一到七洲洋①，回头再望我家乡。

父母姛囝个个哭②，哭到我心如着枪。暹罗船，水迢迢，会生会死在今朝③；

过番若是赚无食④，变作番鬼恨难消！

【解题】旧时代潮汕百姓在万般无奈下“过番”，但过番者往往有去无回，很多人死于路上，歌谣表达的是过番者与亲人告别时的苦楚悲凉心境。

【注释】①火船：轮船。七洲洋：南海南部最宽最深的海域。②姛[bhou2]：俗称妻子。囝[gian2]：古闽语词，孩子。③会：白读为[oi6]。④过番：到海外，主要是到东南亚国家去。赚无食：赚不到钱糊口。

【押韵】1、2句押[o]（窝）韵；3、4、6句押[iên/ion]（羊）韵；7、8、10句押[iao]（夭）韵。

154. 家破无奈过暹罗

天顶飞雁鹅[①]，家破无奈过暹罗[②]；来到暹罗，人地生疏，举目无亲，番囝擎刀[③]。

人呾晕船吐出胆汁苦[④]，做人苦比胆汁多；夜来写信回唐山，笔囝擎起目汁落[⑤]。

发妻在家怎度日？老母病重怎奈何？细囝无粮怎抚养[⑥]？心头好比海扬波。

耳听礁楼三更鼓，信纸白白个字无[⑦]；情长纸短难落笔，泪水洒落汇成河。

【解题】歌谣以“过番”男子的口吻吟咏，描写了他到异邦举目无亲，被人凌辱、苦不堪言的境地；并运用反问、排比、比喻等手法，描写了其对家中亲人的牵挂与担忧。万千情绪，无从下笔，只化为流不尽的泪水。

【注释】①天顶：天上。雁鹅：大雁。②过暹罗：到泰国去。③番囝：对外国人的称谓，略带贬义。囝[gian^2]：词缀，有轻蔑的附加意义。擎：白读为[kia^5]，拿。④呾[dan^3]：说，讲。⑤笔囝：指笔。囝：事物的小者。目汁落：眼泪滴落。目汁：眼泪。⑥细囝：最小的孩子。⑦白白：空白。个字无：一个字也没有。

【押韵】1、2、3、4、6、8、10、12、14、16、18句押[o]（窝）韵。

155. 心慌慌，意茫茫

心慌慌，意茫茫，上山做苦工；日出乞日曝[①]，雨来乞雨沃[②]；
所食番薯糜[③]，所擎大杉木[④]；通日拼生死[⑤]，磨到目[illegible][⑥]；
草底有蛇毒，山顶豺狼恶；树高林又密，唔知东西共南北[⑦]；

一日拖磨咬牙根⑧，一夜倒落悉合目⑨；底日转唐山⑩？厝来起，田来辖⑪。

【解题】这首歌谣描述了当年过番男子在异国打工的辛酸生活。

【注释】①乞日曝[pag8]：被太阳晒。乞[keh4]：被，介词。②乞雨沃[ag4]：被雨淋。沃[ag4]：雨淋；明·郑瑗《井观琐言》卷一："吾乡……谓雨淋为沃。"③番薯：甘薯，地瓜。糜[muê5]：稀饭。潮人习惯用红薯和大米搭着煮粥，叫"番薯糜"。④擎：白读为[kia5]，用肩膀扛。⑤通：读为[tang3]。通日：整天。⑥磨：即拖磨，拼命干活。目䀹䀹 [tag4]：眼睛陷下去。⑦唔知：不知道。共：作连词，作用与普通话"和""与"等并列连词作用相同。⑧一日：白天。咬牙根：咬紧牙关。⑨一夜：晚上。夜：训读为[mên5]，本字"暝"。倒落：倒下。悉 [bhoi6]：不会。合目：合上眼睛。⑩底[di7]日：哪一天。转：白读为[deng2]，回。⑪厝来起，田来辖：建房买田。厝：房屋。起：建造。辖[hag4]：购置。

【押韵】1、2句押[ang]（按）韵；3、4、6、8、9、10、12、14、16句押[ag]（恶）韵。

156. 紧紧回家来团圆

心慌慌，意茫茫，来到汕头客头行①；客头看见叫请坐②，问声人客爱顺风③。

一直去到实叻坡④，乜事无⑤。上山来做工，伯公"朵隆"保平安⑥。雨来乞雨沃，日出乞日曝；所擎大杉桁⑦，所作日共夜；鸡啼五更去冲浴⑧，冲到浴来是怎生⑨？海水相阻隔，悉得唐山我姾来拍抨⑩。信一封，银二元，叫姾刻苦勿愁烦⑪。囝儿着扶持⑫，教伊勿博钱⑬，田园着力作⑭，猪囝着力饲⑮，等到我赚有⑯，紧紧回家来团圆⑰。

【解题】这是一首叙事歌谣，描写了一个男人到海外谋生的过程以及对家中的挂念。

【注释】①客头行：清代至新中国成立前，在汕头一些专事介绍青壮劳力到海外当劳工的介绍所。有一些客头行实际是代洋人招买“猪仔”（劳工）。②客头：客头行里的经纪人。③人客：客人。爱顺风：要到海外去。④实叻[lag^{8}]坡：新加坡。⑤乜[mih^{4}]：什么，疑问助词。⑥伯公：土地神。朵隆：马来语音译词，意为照顾、饶恕。⑦大杉桁[ên^{5}]：大杉木。⑧冲浴：洗澡。⑨怎[zai^{6}]生：怎么样。⑩孬 [bhoi^{6}]得：得不到。唐山：指中国，老家。拍抨[pah$^{4(8)}$ pên^{1}]：安排。⑪刻苦[kag$^{4(8)}$ kou^{2}]：艰难，艰苦。勿[mai^{3}]：不要。愁烦：忧愁、烦恼。⑫囝儿：儿女。着[diêh^{8}/dioh^{8}]：要，得，情态动词。⑬博[buah^{8}]钱：赌钱。⑭力[lag^{8}]：勤快。作[zoh^{4}]：耕作。⑮猪囝：猪崽。囝：事物之小者。力饲：精心饲养。⑯赚：俗读为[tang^{3}]。⑰紧紧：赶紧，立即。

【押韵】第一章1、2、4句押[ang]（按）韵。第二章1、2句押[o]（窝）韵；3、4句押[ang]（按）韵；5、6句押[ag]（恶）韵；7、8、10、12句押[ên]（楹）韵；13、14句押[uang]（汪）韵，15、16、18、20句押[i]（衣）、[in]（丸）韵。

157. 手布诗

提起笔，泪如丝；字未写，先悲啼；啼冤家，无仁义；无批信[1]，已六年。

莫不是，忆着番邦美娇女[2]；莫不是，忘却唐山结发妻；

莫不是，忘记堂上老公婆；莫不是，无想膝下有娇儿。

手布诗[3]，无限意，盼夫君，勤取利；饥加餐，寒添衣；早日转唐山[4]，全家来团圆！

【解题】这首悲歌写的是“过番”男子六年没有音信，留守家中的妻子牵肠挂肚，百般无奈，遂在手绢上写下“手布诗”，托人送给丈夫，希望丈夫能早日回家团聚。

【注释】①批信：番批和信件。番批：从海外寄来的侨汇。②番邦：海外、外国，主要是东南亚国家。③手布诗：指写在手绢上的这首歌谣。④转：白读为[deng^2]，回。

【押韵】1、2、4、6、8、9、11、12、13、15、16、17、18、20、22、24句押[i]（衣）、[in]（丸）韵。

158. 盼郎归

初三月上月丝丝①，丝丝月娘在天边；天边丝丝月爱落，想起郎君过番时②。

临行种桃相约定，桃树果熟是归期；月娘缺，月娘圆，等到中秋又过年。

日日牵团望桃树③，又是桃熟子满枝。

初三月上月丝丝，丝丝月娘在天边；天边丝丝月爱落，一年等了又一年。

前年桃熟娶新妇④，旧年桃熟抱孙儿⑤，今年摘桃孙儿食，孙儿食桃笑嘻嘻。

唯独我，年年盼郎无归期。

初三月上月丝丝，丝丝月娘在天边；天边丝丝月爱落，但愿郎君早转圆⑥。

转来食桃看新厝⑦，转来惜团抱孙儿⑧，转来共享天伦乐，转来祖孙三代大团圆！

【解题】这首歌谣描写了“留守女人”一生苦苦等待“过番”丈

夫回家：年轻时期的离别，约定桃子成熟是归期，而桃子熟了又熟，一年又一年，女人年年盼，盼到孙儿能吃桃子了，仍不见丈夫回家。虽然如此，女人仍一如既往，等待着丈夫回家共享天伦之乐，连发四声“转来”，苦等之情让人心酸。

【注释】①月丝丝：指月牙儿。②过番：到国外（主要是东南亚国家）谋生。③囝[gian²]：古闽语词，孩子。④娶[cua⁷]新妇：娶媳妇。新妇[bu⁶]：儿媳妇。⑤旧年：去年。⑥转[deng²]：回，回来。⑦新厝：新房子。厝[cu³]：房屋。⑧惜：疼爱。

【押韵】第一章1、2、4、6、7、8、10句，第二章1、2、4、6、8、10句，第三章1、2、4、6、8句均押[i]（衣）、[in]（丸）韵。

159. 十二月思君歌

正月上元是新春，轻声细语叫我君：君你出外障紧迫[1]，使妾难舍情难分。

本爱留君唔甘离[2]，无奈紧迫情惨凄；劝君早去早回转[3]，谨记言语在心机。

二月惊蛰是春分，夜昏早起想着君[4]；茶饭半点全黍食[5]，想着我君心头酸。

听着隔房人成双，孤身帐内无人言；使妾有话无人呾[6]，未知天时得同房[7]。

三月算来是清明，想着我君个人情[8]；好也唔呾怯唔呾[9]，不知我君若安宁[10]。

祷祝天地保护伊[11]，先来救我相思病；保护我君早转圆，慢来一日当一年。

四月立夏是热天，开开箱囊换暑衣；换起暑衣心忙迫[12]，只见君衫不见伊。

看见君衫目汁流[13]，我君出外未回头；快来救我相思病，相思病重无尾梢。

五月端午扒龙船[14]，溪中锣鼓闹纷纷[15]；人人看船成双对，妾今看船割断肠。

临行叮咛君有言，切勿想西又想东[16]；郎君叮咛情切切，切切情话记心中。

六月大暑热毒天[17]，夜昏月朗星点稀；步出庭前来看月，嫦娥光彩赛西施。

无心看月月归去，夜日想君十二时；夜昏夗落宽宽算[18]，我君出外有半年。

七月算来过半年，未得音讯心犹疑；未得书信半页纸，不知何时归转圆。

爱寄寒衣分君穿[19]，就写书信有一封，有信寄去无信转，半惊半疑心头慌。

八月十五中秋夜，夜昏月朗天又晴；思君想君来看月，坐看明月到五更。

听得寒蛩啼叫声[20]，凄凄惨惨得人惊[21]；不知我君在何处，爱托明月传心声。

九月霜降近重阳，风吹竹马响连连；昨夜梦见君回转，醒来无君更凄凉。

日日思君病日深，一身瘦瘠头昏眩[22]；自君别后相思病，相思病重日委轻。

十月小雪小阳春，日日都是在思春；日日思君有讯息，一纸都是有情文：

妻你不必挂心机，你夫不久归转圆，赚有钱银归回转，那时不想再拆离。

十一月是北风天，我今孤身无所依；先写书信三张纸，写多一张贺新年[23]。

日日想妻无隔时，鸳鸯折散苦分离；夫妻不久成双对，成双成对勿分离。

十二月来年已终，夫妻不久来相逢；心头紧迫急回转，一夜夗落心烦烦[24]。

夗落眠床苦叫妻[25]，阮今就爱来团圆[26]；想妻情急忍不得，未曾天光就起离[27]。

收拾包裹就起行，一程过了又一程；来到家门日已晏[28]，手扣门环叫一声。

妻子听知来开门[29]，夫妻相见喜十全[30]；双双上床鱼得水，一夜诐话到天光[31]。

【解题】这首歌谣采用十二月歌的形式，表达了“留守”女人对“过番”丈夫深切思念之情。第一章写夫妻离别，妻子把万般无奈之情化为一声轻轻的嘱咐；第二章至第九章，是女人触景生情，对“过番”丈夫愈发深情的思念；第十章至第十二章写丈夫对妻子的思念，并终于有了消息，最后与妻子团聚。

【注释】①障[ziê³/zio³]：这样、这么。②爱：想要。唔甘：不愿意。③转：白读为[deng²]。④夜昏：傍晚，晚上。夜：训读为[mên⁵]，本字“暝”。早起[zao²⁽⁶⁾ ki²]：起床。⑤孬[bhoi⁶]：不会、不能，是“无会”的合音字。⑥呾[dan³]：说，讲。⑦天[diang¹]时：什么时候。⑧个[gai⁷]：结构助词，同“的”。⑨怯[kiab⁴]：不好。⑩若[riêh⁸/rioh⁸]：程度副词，多少。⑪保护：保佑。伊：他。⑫心忙迫：心情慌乱、急迫。⑬目汁：眼泪。⑭龙船：龙舟。⑮闹纷纷：很热闹。⑯勿[mai³]：不要。⑰热毒天：大暑天。⑱夗落：睡下。夗[enh⁸]：睡觉。宽宽：慢慢。宽[kuan¹]：慢，舒缓，与急、快相对。⑲分[bung¹]：给。⑳寒蛩[kiong⁵]：蟋蟀。㉑得人惊[gian¹]：让人害怕。㉒瘖[sang²]：瘦。眩：又读为[hing⁵]。㉓写多：多写。㉔烦烦：烦恼。㉕眠床：睡觉的床。㉖阮：我们。爱：要。㉗光：白读为[geng¹]，亮。㉘晏：白读为[uan³]，迟。㉙听知：听到。㉚全：白读为[zeng⁵]。㉛詖 [puêh⁸⁽⁴⁾]话：谈话，聊天。

【押韵】第一章1、2、4句押[ung]（温）韵，5、6、8句押[i]（衣）韵；第二章1、2、4句押[ung]（温）、[eng]（恩）韵，5、6、8句押[ang]（按）韵；第三章1、2、4句押[êng]（英）韵，5、7、8句押[in]（丸）韵；第四章1、2、4句押[i]（衣）韵，5、6、8句押[ao]（欧）韵；第五章1、2、4句押[ung]（温）、[eng]（恩）韵，5、6、8句押[ang]（按）韵；第六章1、2、4、6、8句押[i]（衣）韵；第七章1、2、4句押[in]（丸）韵，5、6、8句押[uang]（汪）韵；第八章1、2、4句押[ên]（楹）韵，5、6、8句押[ian]（营）韵；第九章1、2、4句押[iang]（央）韵，5、6、8句押[ing]（因）韵；第十章1、2、4句押[ung]（温）韵，5、6、8句押[i]（衣）韵；第十一章1、2、4、5、6、8句押[i]（衣）韵；第十二章1、2句押[ong]（翁）韵，5、6、8句押[i]（衣）韵，9、10、12句押[ian]（营）韵，13、14、16句押[eng]（恩）韵。

160. 陈氏致夫武昌书

贱妾陈氏，纸笔持起，告达冤家，各事知机：忍泪吞声，五脏俱裂。想夫当初，太过之时，世事越份，致离故地。亦非家贫，亦非取利，不过暂住，夷邦一年。时到即回，重整旧弦。与君暂别，叮咛谨记。妾入夫门，并蒂连枝，意望相守，偕老百年，如鱼得水，生死相依。狂风吹散，猛雨折离。谁料至今，年又一年。不思祖宗，不思后裔，不思家计，不思枕边。人面兽心，与君何异。王允王魁，君你可比。安排出外，前往叻地[1]。妾也忍苦，待夫团圆。自有一日，再生连理。

今日方知，君你不义。去叻三载，不自坚持，不思结发，枭情绝义[2]！良朋好友，叔伯兄弟，劝你不回，又不寄字。是夫枭妻，非妾枭你。道德败坏，不顾名誉。幼年在家，从父扶持；出嫁从夫，夫你青天；年老靠子，盘古传世。有身无主，非妾不是。三春无信，谅也到期。况家不敷，日食难支。克勤克俭，忍饿忍饥。孤苦伶仃，度日如年。为全名节，旧志不移。日日待君，音讯杳稀。今日值此，务须谨记。如爱名芳[3]，溪井而死；如爱臭名，谁人不知。若君不义，也难道理。

控官明告，也难折直。人无信无，人不得已。财命相关，悔之太迟。兰房野草，非好并蒂；山鸡鸟巢，凤凰非栖。夷邦金屋，婵宫娇妻。贪花恋酒，两地共见。诸人闻觉，将夫笑耻。信到之日，或合或离。君子相交，即回一字。盗贼冤家，尊前叙起。贱妾陈氏，传书具字。

寄与武昌，夫君收起。

【解题】传说本歌谣写在手绢上，曰“手布诗”，是陈氏寄给到新加坡“过番”的丈夫林武昌的四言诗体歌谣。整首歌谣110句，既有对自己当年初入夫门如鱼得水美好日子的回忆，也有对“去叻三载”“不思祖宗、不思后裔、不思家计、不思枕边”男人的控诉、责备和规劝。全诗言真意切，感情表达复杂，既恨又爱，既控诉又规劝，细腻表达了过番年代“留守女人”的真实情感。歌谣文采斐然，当是文人之作。

【注释】①叻[lag⁸]：指“实叻”，也叫“实叻埠”，即新加坡。②枭[hiao¹]：奸诈无情。③爱：要。芳：白读为[pang¹]，香。

【押韵】54、56句押[e]（余）韵；1、53、107句及余下偶句押[i]（衣）、[in]（丸）韵。

161. 林武昌复妻陈氏信

武昌执笔，披笺具字：致书回复，陈氏荆妻。良言相慰，保重玉体。

追思前事，悔恨不已。昔者一别，身到蛮夷。出于无奈，非心所宜。

临行信口，妄定归期。本思暂住，不敢久时。离情别绪，五中久系。

自卿归我，缔结桐丝。原期秦晋，永远相依：上天比翼，落地连理。

岂知好事，不能久时。蹉跎岁月，误卿青年。后裔祖宗，非敢忘记。

一切前事，念念不离。并无枭心，亦非负义。妻你何必，芳心多疑。

往叻之事，原有干系。卿你在家，我也挂意。有利入手，即思归期。

谁料妻你，误会生气。自从离家，不过三年。纵爱回归，奈无盘缠。

兄弟朋友，亲戚世谊，虽有相劝，未见赠钱。无翼难飞，非敢负义。

为人处世，岂忘纲纪。三从四德，妇道要旨。从父从夫，何尝不是。

光贤秩序，千古不移。心余力缺，莫定把持。手无寸铁，书信难递。

家里清淡，世上不稀。移挪借贷，穷必如是。市情不景，中外无异。

典产求活，从俭维持。财帛妻子，酒肉兄弟。时代变迁，人情势利。

自尽短见，实非所宜。琵琶别抱，或者可以。只是终身，名节关系。

家庭细故，难动官司。书信稀少，为因乏钱。到此时节，任卿主意。

青楼花月，余未染指；食且不继，安敢拥妓。烟花酒地，自然华丽。

惟余此时，心正不迷。诸人说话，含血喷天。愚夫武昌，书复陈氏。荆妻妆前，详细读起。草头结发，恩义如天。离合二字，余难主意。或留或去，卿自把持。

【解题】林武昌接到妻子陈氏书信，随即回了一首同样110句的四言长诗，反映了自己“并无枭心、亦非负义”，“奈无盘缠”、回家不得的真实情感。过番之苦，让人心酸。全诗也是首句入韵的偶韵，只押一个i韵。从韵脚i的不断复沓中，形成了凄清苦楚、哀怨连绵的格调和氛围。

【押韵】第1句和全诗偶句押[i]（衣）、[in]（丸）韵。

CHAPTER 5

第五辑

仪式之歌

一 嫁娶歌

（一）新娘打扮

162. 挽面[①]

丝线挈来绿间青[②]，打扮新娘过君家；娘今随君得君惜[③]，四十二岁做大家[④]。

面今挽来团团红[⑤]，打扮娘囝如花丛[⑥]；好花就着结好籽[⑦]，十枝花枝团团红。

【解题】新娘出嫁前夕要进行去掉脸上汗毛的“挽面”美容，这是女孩子一生第一次美容活动，所以非常庄重，负责“挽面”的必须是“好命人”（子孙多、威望高的老妇人）。这首歌谣唱的就是新娘子梳妆环节中的“挽面”，边“挽面”边做四句。

【注释】①挽面：用一条二尺多长的浸湿纱线对折，中间在右手拇指上绕两匝，一头拿在左手，另一头用牙咬着，紧贴在出嫁女子的脸部，用手一张一弛，可以拔掉脸部的汗毛，清除脸上的污垢，使脸部光洁明净。面：脸。挽：拔，拉；唐・杜甫《前出塞九首》诗之六：“挽弓当挽强，用箭当用长。”②挈[kiêh^{8}/kioh^{8}]：拿。③惜：爱怜，喜欢。④大家[da$^{2(6)}$ gê^{1}]：婆婆。⑤团团红：红彤彤。⑥娘囝：小娘子。囝[gian^{2}]：指年纪小的人。⑦着[diêh^{8}/dioh^{8}]：要，得，情态动词。

【押韵】1、2、4句押[ê]（哑）韵，5、6、8句押[ang]（按）韵。

163. 梳头

柴梳挈来黄哩哩[①]，阮今为娘梳鬓边[②]；打扮阿娘成双对[③]，阿娘生雅又少年[④]。

【解题】这是为新娘子梳头发时做的“四句”，即说四句吉祥的话。

【注释】①柴梳：木梳子。黄哩哩：淡黄色。②阮[en^2/uang^2]：我。③阿娘：称家里的小姐。④生雅：长得漂亮。

【押韵】1、2、4句押[in]（丸）韵。

164. 抹瑞草[1]

抹草丛，新娘做事又合人；抹草枝，新娘做事合人又合天。

【解题】这是为新娘子梳妆后抹瑞草时说的吉祥话语。

【注释】①抹瑞草：用石榴枝和谷穗合在一起再蘸清水洒在新娘头上。潮音“石榴”与“惜留”谐音，表示得到夫家人的爱惜。谷穗象征富足。

【押韵】1、2句押[ang]（按）韵，3、4句押[i]（衣）、[in]（丸）韵。

（二）出嫁

165. 出嫁前夕拜司命公

一拜司命共帝君[1]，好娘配好君；好娘好君好二家，富贵福禄春。

二拜司命共众神，众神坐落喜心胸[2]；夜昏女孙来敬拜[3]，二家富贵添才丁。

三拜祝神祈，床顶茶糖芳香共甜圆[4]；夜昏女孙来敬拜，二家富贵赚大钱。

四拜灯烛红，烛呩点火放房间[5]；夜昏女孙来敬拜，二家富贵名声芳。

五拜灯烛光[6]，烛呔点火放上床；红烛开花结好果，二家富贵福禄全[7]。

六拜团团圆，烛呔点火放上床；红烛开花结好果，好像唐朝郭子仪。

七拜八拜七囝八婿[8]，九拜九代同堂，十一、二拜福禄全[9]。

【解题】这首歌谣是姑娘出嫁的前一天晚上在娘家拜灶神和其他诸神时所做的“四句”，即说四句吉祥的韵语，需四句押一个韵。

【注释】①司命：也叫“司命公”，灶神。共：作连词，与普通话“和”“与”等并列连词作用相同。②坐落：坐下，端坐。③夜昏：傍晚，晚上。夜：训读为[mên5]，本字“暝”。④床顶：桌上。芳：白读为[pang1]，香。香[hiên1/hion1]：用香料制成的细条。甜圆：糯米汤圆。⑤呔[da1]：语助词，有“现在”“如今”的意思。⑥光：白读为[geng1]，亮。⑦⑨全：白读为[zeng5]。⑧囝[gian2]：古闽语词，孩子。

【押韵】第一章1、2、4句押[ung]（温）韵；第二章1、2、4句押[êng]（英）韵；第三章1、2、4句押[i]（衣）、[in]（丸）韵；第四章1、2、4句押[ang]（按）韵；第五章1、2、4句押[eng]（恩）韵；第六章1、4句押[in]（丸）、[i]（衣）韵；第七章2、3句押[eng]（恩）韵。

166. 装嫁妆下箱囊

箱头贴来箱头圆[1]，父母嫁女真有钱；嫁有叠橱共箱囊，嫁有绫罗共花呢[2]。

箱头贴下有油樽，箱头贴来美十分；阿娘千金个小姐[3]，敬大惜细个个尊[4]。

【解题】这是把嫁妆装进箱子里时说的吉祥话语，嫁妆丰厚，嫁得体面，也希望能得到夫家人的尊重。

【注释】①箱头：箱子。②花呢：采用起花方式织制而成的一类毛织物。③个[gai7]：结构助词，同“的”。④惜：爱惜、怜爱。细：小的，指年纪小的。

【押韵】1、2、4句押[in]（丸）韵，5、6、8句押[ung]（温）韵。

167. 分赠“姐妹钱”

红烛点起团团红[1]，兄弟姐妹围桌中；兄弟姐妹来分饭[2]，分饭拜别做新人[3]。

酒哩斟来白披披[4]，兄弟分酒共分钱[5]。妹今分酒分钱随妆嫁，兄弟分酒分钱富贵万万年。

【解题】普宁、惠来等地新娘出嫁除了吃“姐妹饭”，还有分赠“姐妹钱”习俗。普宁新娘出嫁此日吃完早餐后，要把铜钱撒在米筛上，然后由兄弟姐妹从大到小依次摸取。

【注释】①团团红：红彤彤。②分饭：指吃“姐妹饭”习俗。③新人：特指新娘子；《警世通言·吕大郎还金完骨肉》：“新人若向新郎诉，只怨亲夫不怨天。”④哩：语气词，用在主谓语之间，表示语气舒缓，并补足音节。⑤分钱：指分赠“姐妹钱”。

【押韵】1、2、4句押[ang]（按）韵，5、6、8句押[i]（衣）、[in]（丸）韵。

168. 泼水上轿

碗水捧来清悠悠，一对鲤鱼水底泅[1]；君是鸾身娘是凤，夫妻命好盖潮州。

碗水泼上轿，阿娘变做夫人样；碗水泼过去[2]，家前家后双双富。

【解题】饶平、揭阳一带新娘出门后，其母用米谷或红花（石榴花）水撒放或喷洒；潮阳民间新娘跨上迎娶花轿时，新娘家的人要端来一钵清水，向花轿泼洒，边泼边念："碗水泼上轿，阿娘变做夫人样"。

【注释】①泅[siu^5]：游泳；《广韵》平声尤韵："泅，人浮水上"，似由切。②去：潮阳音[ku^3]。

【押韵】1、2、4句押[iu]（忧）韵，5、6句押[iê/io]（腰）韵，7、8句押[u]（污）韵。

（三）迎娶

169. 新娘跨火熏

娘今大步过火熏[1]，跨过火熏上厅堂；厅堂铺毡共结彩，阿娘享福万年春。

【解题】旧时饶平一带人家办婚事要举行"新娘跨火熏"仪式。当新娘走到门前时，由迎接的青娘把事先放于门槛前的稻草点燃放出浓烟来，口念："新娘跨火熏，千子万孙"，念毕，新娘子提起裙子举步跨过门槛走进夫家。

【注释】①熏：读为[$hung^1$]；《广韵》平声文韵："熏，火气盛貌"；许云切。

【押韵】1、4句押[ung]（温）韵。

170. 拜见公婆

椅今请来赤呆呆，孝敬公嫲理应该；公嫲都是八字好[1]，前来添丁后发财。

茬叶青青茬籽红，新妇捧茶在堂中[2]；家中百事问公嬷，儿媳行孝人传扬。

【解题】新娘“拜见公婆”俗称请“椅斗娘”，即安椅请公公婆婆上坐然后拜见之。

【注释】①公嬷[ma^2]：公公婆婆。②新妇[bu^6]：儿媳妇。

【押韵】1、2、4句押[ai]（哀）韵，5、6、8句押[ang]（按）、[iang]（央）韵。

171. 敬橄榄

手擎橄榄到厅中[1]，奉敬公嬷长辈人；食阮橄榄添福寿[2]，四时如春永平安。

手擎橄榄到厅边，奉敬诸位老姑姨；怨阮阿娘情欠理，有留日后食甜圆[3]。

手擎橄榄到厅内，奉敬诸位老叔台；食阮橄榄添百福，儿孙代代中秀才。

【解题】揭阳一带迎娶当日，新娘到了夫家之后要端橄榄给长辈吃，青娘边引新娘端橄榄边唱这样的歌谣。

【注释】①擎：白读为[kia^5]，端。②食：吃。阮[$en^2/uang^2$]：我。③甜圆：汤圆。

【押韵】1、2、4句押[ang]（按）韵，5、6、8句押[in]（丸）、[i]（衣）韵，9、10、12句押[ai]（哀）韵。

172. 捞潘缸

捞深深，箐箕好装金[1]；捞浮浮，饲猪大过牛；捞猛猛[2]，饲羊大过马。

捞潘缸[3]，捞浮浮；饲只猪，大过牛；扛去市上卖[4]，呵恼阿娘好手艺[5]。

【解题】在厅堂中各种礼节完毕之后新娘被伴娘引到厨下“捞潘缸”，新娘边捞伴娘边念这样的歌谣，希望新娘将来成为养禽畜的能手，家中能六畜兴旺。

【注释】①筲[sa¹]箕：淘米用的竹器。②猛猛[mên²]：快快。③潘[pung¹]：洗米水。④扛[geng¹]：抬东西。⑤呵恼[o¹lo²]：表扬、夸奖。

【押韵】1、2句押[im]（音）韵，3、4句押[u]（污）韵，5、6句押[ên]（楹）、[ê]（哑）韵，8、10句押[u]（污）韵，11、12句押[oi]（鞋）韵。

（四）洞房

173. 新娘入房

新娘移步进入房，房内结彩吊灯笼[1]；灯笼点起照四方，庆贺新娘惜新郎[2]。

新房天井铺新枋[3]，房内染绿又染红；阿嫲欢喜娶新妇[4]，的禾鼓手送入房[5]。

【解题】这首歌谣是青娘边引新娘进入洞房边做的“四句”。

【注释】①吊：挂。②惜：爱怜。③枋[bang¹]：木板。④阿嫲[ma²]：婆婆。欢喜：高兴、喜欢。娶[cua⁷]新妇：娶儿媳妇。⑤的禾鼓手[siu²]：泛指乐队。的禾：唢呐。

【押韵】第一章1、2句押[ang]（按）韵，3、4句押[eng]（恩）韵；第二章1、2、4句押[ang]（按）韵。

174. 食“合房圆”

食甜圆，甜糖糖，新娘食了惜新郎[1]。

食甜圆，甜溶溶[2]，新郎食了惜新娘。

【解题】新婚夫妇边吃“合房圆”，伴娘边“做四句”，用甜蜜之物、喜庆之言来表达人们期待婚后生活美好的良好愿望。

【注释】①食：吃。惜：爱怜、喜欢。②溶：训读为[iên^{5}/ion^{5}]。

【押韵】第一章1、2句押[eng]（恩）韵；第二章1、2句押[iên/ion]（羊）韵。

175. 进新房安灯斗

房内灯烛如日红，销金帐内也清芳[1]；桌上玻璃共宝镜，照见娘君人相同。

灯斗安床灯斗红[2]，花公花嬷守花丛[3]；花公花嬷走来看，十枝花枝团团红[4]。

灯斗安有新油瓶[5]，瓶嘴插有石榴丛[6]；石榴开花好结籽，早得贵子中状元[7]。

【解题】潮俗迎娶当日，新郎家中的洞房要进行安床、升帐、开铺、安灯等象征祥瑞喜乐的布设。这首歌谣唱的是安灯斗。

【注释】①芳：白读为[pang^{1}]，香。②灯斗：用米斗装谷种，上面放油瓶、剪刀、镜子，插上红烛、石榴花枝等象征幸福吉祥的物品。③嬷[ma^{2}]：原指祖母。花公花嬷：民俗以为有保护孩子成长的“公婆神”，称其为“花公花嬷”。④团团红：红彤彤。⑤瓶：又读为[bang^{5}]。⑥瓶嘴：瓶口。嘴：训读为[cui^{3}]，本字“喙”。⑦“中状元”的“中”音[dêng^{3}]。

【押韵】1、2、4、5、6、8、9、10、12句押[ang]（按）、

[uang]（汪）韵。

176. 牵被角歌

头个被角绣牡丹，夫妻相敬心相和；有告有量人钦敬，孝敬大家共大官[①]。

再牵被角绣芝兰，夫妻相敬心相同；有钱有银耕作得，女来纺纱男作田[②]。

【解题】迎娶当日，客人离开后，伴娘就要做最后一个环节——牵被角，边拉着被子的四角边做四句。

【注释】①大家[da$^{2(6)}$ gê^{1}]：婆婆。大官[da$^{2(6)}$ guan^{1}]：公公，丈夫的父亲；宋·王楙《野客丛书》云："吴人称翁为官，称姑为家。②作[zoh^{4}]：耕作。

【押韵】第一章1、2、4句押[uan]（鞍）、[ua]（蛙）韵；第二章1、2、4句押[ang]（按）韵。

177. 放蠓帐

放落蠓帐绿共青[①]，上有帐眉绣荷花[②]；鸳鸯枕头双人枕，早得贵子入书斋[③]。

放落蠓帐绿又深，上有帐眉鸳鸯禽[④]；鸳鸯枕头双人枕，恁今和好嘴相嘬[⑤]。

【解题】潮俗迎娶当天，新郎家中的洞房要进行诸如"放蚊帐"等仪式，青娘边放边"做四句"，说吉祥话语。

【注释】①放落：放下。蠓[mang^{2}]帐：蚊帐。②帐眉：指旧式蚊帐上部的装饰物，潮汕方言叫"蠓帐眉"。③书斋：书塾、学堂、学校。④鸳鸯禽：即鸳鸯。⑤恁[ning^{2}]：你们。相嘬：接吻。相：白读为[siê¹/sio¹]。呞[zim¹]：亲嘴。

【押韵】第一章1、2、4句押[ê]（哑）、[uê]（锅）韵；第二章1、2、4句押[im]（音）韵。

二 请神歌

178. 请神曲[①]

人请神，拜何因；拜坛三国师，三国师神来上身[②]；南海伊何因，南上开光阴。

千里光，万里海，海底亮光亮起来；天生云，云升开。

开光露，开光露水饮神通；步步来接引，处处来相逢。

【解题】“观神”“落神”即请神，是昔时潮汕中秋普遍存在的一个神秘而有趣的民俗活动。据说，一到中秋夜，诸神也会出来游玩赏月。这一天，人们尤其是妇女们只要通过特殊的降神仪式或咒语，就可以使神祇显灵。

【注释】①观神时要按请神、催神、退神三个环节分别唱“请神曲”“催神曲”“退神曲”。②以一个会“落神”的妇人做主体，俗叫“同身”，即神灵附身，并让许多妇人念着咒语，使“同身”进入半睡半醒状态。当神附体时，便怪话连篇，回答众人提出问题，似真似假。三国师：神名。上身：即（神灵）附体。

【押韵】1、2、4、5、6句押[ing]（因）、[im](音)韵；8、9、11句押[ai]（哀）韵；13、15押[ong]（翁）韵。

179. 催神曲

一步催，二步催，催阮同身脚行开[①]。

一步好，二步好[②]，好阮同身开金口。

【解题】潮汕中元节“拖死鬼”时，当发现神巫昏昏欲睡时，即念如这样的歌谣，于是神巫就成了人鬼对话的媒介，人们可以通过她同死去的人谈话。

【注释】①阮[en^{2}/uang^{2}]：“我”的复数，即“我们”。同身：以一个会“落神”的妇人做主体，俗叫“同身”，即神灵附身的意思。行开：走开。行：走路。开：白读为[kui^{1}]。②好：此处读[hao^{2}]，与“口”[kao^{2}]押韵。

【押韵】第一章1、2、3句押[ui]（威）韵；第二章1、2、3句押[ao]（欧）韵。

180. 退神曲

日落西山是夜昏[①]，家家处处人关门；鸡鹅鸟鸭上条了[②]，请阮同身回家门。

【解题】潮汕中元节“拖死鬼”或中秋节“观神”，当“死鬼”拖完或观神快结束时，即念这样的歌谣，使神巫解除昏迷状态，清醒复原。

【注释】①夜昏：傍晚，晚上。夜：训读为[mên^{5}]，本字“暝”。②条：鸡条，即鸡窝，也叫“鸡宴”“鸡寮”。

【押韵】1、2、4句押[ung]（温）韵。

181. 请盛脚姑神

盛脚姑，盛脚神[①]，盛脚老老观有神；水有清，镜有面，铰刀尺[②]，紧随身。

阿姑爱来哩就来[③]，三更半夜恶等待[④]；来时一更鼓，去时月斜西。

【解题】这是请盛脚姑神时唱的歌谣。

【注释】①盛：读为[sian^{7}]，与“春盛”的“盛”相同。春盛：一种有盖、分层的大竹篮；过去是文人雅士、大家闺秀踏青或上坟装祭品食物的常用之物；元曲《玉壶春》第一折：“寄生草白：‘梅香，你……将那春盛担儿放在一壁，俺慢慢的赏玩咱。’”②铰[ga^{1}]刀：剪刀。铰：《广韵》平声肴韵，古肴切。李贺《五粒小松歌》：“绿波浸叶满浓光，细束龙髯铰刀剪。”③爱：想要。哩：连词，表示承接关系，意同“就”。④恶[oh^{4}]：难。

【押韵】1、2、3、4句潮州口音押[ing]（因）韵，汕头、揭阳口音押[êng]（英）韵，5、6、8句押[ai]（哀）韵。

182. 请饭篮姑神

饭篮姑，饭篮神，盘山过岭来抽藤；抽藤缚饭篮，饭篮老老好观神。

阿姑爱来哩就来，勿到三更月斜西；大人恶打扮①，奴团恶等待②。

【解题】观篮姑神是一种带有迷信色彩的民俗游戏活动，也须用咒语，活动时在厅堂焚香，反复念咒。先让两个小孩子扶着旧竹篮，罩上一件老妇女穿过的旧衣，走到垃圾堆前请神。当神来的时候，那竹篮能自动摇动。人们问以人数、年岁等简单问题，皆点头置答。

【注释】①恶[oh^{4}]：难。②奴团：小孩。

【押韵】1、2、4句押[ing]（因）韵，5、6、8句押[ai]（哀）韵。

183. 请箸神

箸头翘，箸尾摇①；箸头尖尖挟针菜，箸尾摇摇挟粿条②。

粿条公，粿条婆，有时请你开，有时请你来。

【解题】这是观箸神的咒语，观箸神的方法大致与观饭篮神相同，只不过小孩拿的旧竹篮改成了筷子。

【注释】①箸尾：筷子末端。②馃[guê^{2}]条：米粉末儿做成的粉条。

【押韵】第一章1、2、4句押[iao]（夭）韵；第二章3、4句押[ai]（哀）韵。

184. 请筲箕姑神

筲箕沙婆呵[①]，今夜专请阿姑来遢迌[②]；阮有清茶共清茗[③]，清茶清茗清槟榔。

槟榔槟榔槟，槟榔开花会带藤；阮个槟榔无分恁[④]，分阮筲姑正是亲[⑤]！

【解题】这是请筲箕姑神的咒语，潮俗用筲箕可做占卜。

【注释】①筲箕[sa^{1}gi^{1}]：淘米、洗菜用的竹器。②阿姑：这里指筲箕姑神。遢迌[tig$^{4(8)}$ to^{5}]：游玩，玩耍。③茗：茗叶。④分[bung^{1}]：给。恁[ning^{2}]：你们。⑤正[zia^{3}]：才。

【押韵】1、2、4句押[o]（窝）韵，5、6、7、8句押[ing]（因）韵。

三 丧事歌

185. 安头钉

安头钉[①]，万事兴；安二钉，团孙昌盛[②]；

安三钉，三朝元老；安四钉，四季兴隆；

安五钉，五代同堂；安六钉，安到圆，内外团孙富贵万万年。

【解题】潮汕地区入殓时，盖棺择时下钉，共钉下6根钉子，象征“六丁六甲”，意为功德圆满。安钉时每下一钉，都要说这样一句吉利的话。

【注释】①头钉：第一根钉子。②囝孙：子孙。囝[gian²]：古闽语词，孩子。

【押韵】1、2、3、4句押[êng]（英）韵，12、13句押[in]（丸）韵。

186. 撒五谷种子

种子落塗万年青[1]，内外囝孙大发家[2]；种子落塗万种收，内外囝孙富贵盖五洲。

种子落坟山，福荫囝孙做大官；种子落塗发四季，内外囝孙大富贵。

种子叠坟头，亲朋戚友人人富周周[3]，囝孙代代富雅傪[4]。

种子播到圆，内外囝孙富贵万万年，亲朋戚友人人赚大钱[5]。

【解题】潮汕地区安葬习俗，坟墓修成型后，孝子孝孙祭拜，并绕坟场撒五谷种子，边撒边念这样的歌谣，以期五谷丰收、子孙发达、亲朋好友发财。

【注释】①塗[tou⁵]：泥土。②囝孙：子孙。大发家：大发财。③富周周[zao⁵⁽⁷⁾ zao⁵]：大家都均匀富有。④雅：漂亮。傪[ghao⁵]：聪明能干；《广韵》平声豪韵：“傪，俊健”，牛刀切。富雅傪：谓既富贵，又漂亮、能干。⑤赚：俗读为[tang³]。

【押韵】1、2句押[ên]（楹）、[ê]（哑）韵，3、4句押[iu]（忧）韵，5、6句押[uan]（鞍）韵，7、8句押[ui]（威）韵，9、10、11句押[ao]（欧）韵，12、13、14句押[in]（丸）韵。

第六辑 滑稽之歌

CHAPTER 6

一 讽刺歌（无情的滑稽）

187. 阿兄读书真离奇

阿兄读书真离奇，赶人通日读书诗[1]；做知猫书读一肚[2]，唔识猫娘共猫牯[3]。

【解题】歌谣辛辣地讽刺了读死书而没有生活常识的人。

【注释】①赶人：跟人。通日：整天。通：音[tang^3]。②做[zo^3]知：怎知。猫书：对“书”的戏称。③唔：不。识 [bag^4]：认识；懂、会。本字“别”。猫娘：母猫。猫牯：公猫。牯[gou^2]：猪、牛、羊、鹅、鸭等动物的雄性。共：与普通话“和”“及”等并列连词作用相同。

【押韵】1、2句押[i]（衣）韵，3、4句押[ou]（乌）韵。

188. 东乌西红

东乌西红[1]，南敌北虫[2]，逢影食影，遇人食人。

【解题】歌谣运用谐音手法，辛辣讽刺了抗日时期海盗、土匪、自卫团等的丑陋行径。这首歌谣有可能是描写泰国鳄鱼之凶猛的歌谣的模仿之作。原作“暹罗呇团，有人食人，无人食影”。

【注释】①“乌”指海盗吴乌森部；“红”指土匪洪之政部。②“敌”指占据饶平海山渔村的日伪军；“虫”指当地蒋管区欺侮百姓的“自卫团”。

【押韵】1、2、4句押[ang]（按）韵。

189. 花会压得着

花会压得着[1]，福州眠床搯隍席[2]；花会压唔着[3]，上有文星楼下有蛤婆石[4]。

【解题】旧社会潮汕民间的“花会”使不少人倾家荡产，歌谣告诫世人不可赌博。

【注释】①花会：一种赌博方式。压：训读为[dêh4]。压花会：一种赌博方法。着[diêh8/dioh8]：中，对，正确，作形容词；宋・王道父《道父山歌》：“种田不收一年辛，取妇不着一生贫。”②眠床：睡觉的床。搯[liu5]隍席：搯隍草席；据梅州市丰顺县志载：“搯隍草席，席如虎丘，柔软光滑”，产品远销海内外。③唔：不。④文星楼、蛤婆石：楼在潮州西湖山下，石在湖边，旧社会常有人在文星楼上自吊或在蛤蟆石上投水自尽。蛤[gab4]婆：蛤蟆。

【押韵】1、2、3、4句押[iêh/ioh]（约）韵。

190. 命孬好看命

命孬好看命[1]，生孬好睒镜[2]；痴哥望巴叻[3]，憨钱使𡚸痛[4]。

【解题】歌谣讽刺了那些喜欢赌一把的人。

【注释】①孬[mo2]：不好。看命：算命。②生孬：长得难看，丑。睒[iam2]：看。③痴哥望巴叻[lag4]：痴心妄想。④憨 [nga3]：愚蠢。𡚸 [bhoi6]：不会、不能，是“无会”的合音字。使钱：花钱。

【押韵】1、2、4句押[ian]（营）韵。

191. 钱博赢

钱博赢，姒囝笑[1]，朋友来关照，鼎灶响到乒乓隆叫[2]。

钱博输，妐腰痀[③]，亲人来讨厝[④]，全家死绝做一堆[⑤]。

【解题】这是一首奉劝世人千万不要赌博的歌谣。

【注释】①博[buah8]钱：赌钱。妐团：老婆孩子。②鼎：炒菜做饭用的铁锅。③腰痀[gu1]：罗锅腰，引申为沮丧的样子。痀：驼背；《说文·疒部》："腰痀，曲脊也。"④厝[cu3]：房屋。⑤做一堆[du1]：在一起。

【押韵】第一章2、3、4句押[iê/io]（腰）韵；第二章1、2、3、4句押[u]（污）韵。

192. 吊渴歌

未曾梳头鬃发松，未曾抹粉桃花红；行对三街六巷过[①]，吊渴三街六巷人[②]。

吊渴和尚荟食斋[③]，吊渴老爷荟坐衙，吊渴先生荟擎笔[④]，擎起笔来心头青[⑤]。

【解题】这首歌谣采用侧面刻画的手法，描写了一个姑娘的美丽动人，与《陌上桑》对罗敷的描写方法相似。

【注释】①行：走。对：从。②吊渴：羡煞。③和尚：读为[huê5(7) siên7/sion7]。荟[bhoi6]：不会。④擎笔：拿笔。擎：白读为[kia5]。⑤心头青：心里发慌。

【押韵】1、2、4句押[ang]（按）韵，"松"读[sang1]；5、6、8句押[ê]（哑）、[ên]（楹）韵。

193. 虱母爱嫁蛇蚤翁

虱母爱嫁蛇蚤翁[①]，猪虱狗虱做媒人；木虱听着去破说[②]，破说虱母唔是人[③]。

虱母听着冲冲潮[4]，就骂木虱老花娘[5]！人家嫁翁关你歹[6]，破人姻缘天火烧。

【解题】这首歌谣运用拟人手法，批判了喜欢搬弄是非、挑拨离间的人。

【注释】①爱：想要，希望。虼蚤[ga¹zao²]：跳蚤；《元曲选·桃花女》："哈叭狗儿咬虼蚤，也有咬着时，也有咬不着时。"翁[ang¹]：丈夫。②破说：挑拨离间。③唔是人：不是人，指品质恶劣。④冲冲潮：怒气冲冲的样子。⑤花娘：不正经女人。旧时以"花娘"称妓女，骂人妖娆淫荡为"花娘花艇"，旧时潮汕疍家妇于鱼艇上卖淫的现象，人称花娘，船叫花艇。唐·梅圣俞《花娘歌》："花娘十二能歌舞，籍甚声名居乐府。"⑥关你歹：与你何干。

【押韵】1、2、4句押[ang]（按）韵，5、6、8句押[iê/io]（腰）、[iên/ion]（羊）韵。

194. 别人妐

雅姿娘[1]，别人妐[2]；看酸目[3]，想困肚[4]。

转去内[5]，饮糜还着家己煮[6]，破衫还着家己补[7]。

【解题】歌谣劝人不要老打着别人家姑娘的主意。歌谣中"雅姿娘，别人妐，看酸目，想困肚"是句潮谚，用以嘲讽风流子弟。

【注释】①雅姿娘：漂亮女人。②别人妐：别人的老婆。③看酸目：把眼睛看累了。④困肚：肚子饿了。想困肚：想着漂亮姑娘又得不到，就像想吃好东西而又没得吃一样，越想越饿得慌。⑤转去内：回到家。转[deng²]：回来。内：训读为[lai⁶]，房屋、家，本字是"里"。⑥饮糜：稀粥。饮[am²]：米汤。着[diêh⁸/dioh⁸]：要，得，情态动词。家[ga¹]己：自己。⑦破衫：破衣服。

【押韵】2、4、7句押[ou]（乌）韵。

195. 鲜明大光灯

鲜明大光灯[1]，色水风炉窗[2]；老婆镶金齿，愈看愈欢喜；老婆无服饰，愈想愈偪侧[3]。

【解题】歌谣语言谐趣，嘲笑了喜欢炫耀的男人。

【注释】①大光灯：当时才出现的电灯。②色水：出色的，值得炫耀的。风炉窗：炉具中间有孔的隔层，指当时才出现的一种西饼。③偪侧[bêg$^{4(8)}$ cêg^{4}]：原指狭窄、拥挤；唐·杜甫《偪侧行》："偪侧何偪侧，我居巷南君巷北。"引申指心里烦躁。

【押韵】1、2句押[êng]（英）韵，3、4句押[i]（衣）韵，5、6句押[êg]（液）韵。

196. 古昔时

古昔时[1]，我公上富上有钱[2]：起厝革玻璃[3]。

请个先生来教示[4]：头句"乾为天"，二句"坤为地"，三句唔八读一年[5]。

【解题】歌谣讽刺了目不识丁的纨绔子弟。

【注释】①古昔时：古时候，这里指以前。②公：爷爷。上[siang^{6}]：最；《红楼梦》第七十七回："但那包人参，固然是上好，只是年代太陈。"③起厝：盖房子。厝[cu^{3}]：房屋。革玻璃：用玻璃装饰。④先生：老师。教示：教育，指教。⑤唔：不。八[bag^{4}]：认识；懂、会。本字"别"。

【押韵】1、2、3、4、5、6、7句押[i]（衣）、[in]（丸）韵，排韵。

197. 鸦片一食

鸦片一食[1]，见人就驿[2]，见鸡就掠[3]；留长头毛[4]，拖跋棕屐[5]。

行路拍折跪[6]，喝呬流目水[7]；行到城隍脚[8]，鬼卒就来劯[9]，

认来又认去，夭是人间鸦片鬼[10]。

【解题】清末至新中国成立前，潮汕地区不少人抽鸦片，歌谣生动地描写了“鸦片鬼”的丑恶面目。

【注释】①食：吃，这里指抽鸦片。②就：读[zu^{6}]。驿[iah^{8}]：这里是招手（要钱）的意思。③掠[liah^{8}]：捕捉，抓。④留长头毛：披散着头发。⑤拖跋棕屐：穿着棕绳木屐。⑥行路：走路。拍折跪：走路时走一步摔一跤，一步一颠的。⑦喝呬[huah$^{4(8)}$ hi^{3}]：打呵欠。呬：《广韵》去声至韵：“呬，息也；”虚器切。目水：眼泪。⑧城隍脚：城隍庙边。⑨劯[dui^{2}]：用力拉。鬼卒来劯：指快死了。⑩夭是：原来是。

【押韵】1、2、3、5句押[iah]（益）韵，6、7、9、11句押[ui]（威）韵。

198. 某家阿爷嘴阔阔

某家阿爷嘴阔阔[1]，尺二辫囝须二撇[2]；勾结薰友三十人，每夜轮流各一宿。

入门尚未食薰茶[3]，倒落薰铺气就喝；左畔四，右畔三，好似咸鱼双畔烙[4]。

薰瘾过足有精神，说起书史大喝叱[5]；半夜听见卖鱼生，想食鱼生熬番葛[6]。

食到醉饱转回归，八字脚马跋呀跋[7]；阿四擎灯头前行[8]，去到门脚屎就泼[9]。

虽是黉门一秀才⑩，看来人品太过拙⑪！

【解题】歌谣描写了清末富家子弟抽了鸦片之后的丑态，反映了人们对纨绔子弟和抽鸦片者的憎恨。

【注释】①阿爷：旧时代对富有人家男人的尊称。嘴阔阔：大大的嘴巴。嘴：训读为[cui3]，本字“喙”。②辫团：辫子。清朝时男人留辫子。须二撇：留了两撇八字胡子。③薰[hung1]：香烟，这里指鸦片烟。④双畔烙：两边都煎。烙[luah4]：把食物放在烧热的锅里煎熟，锅里一般放少量的油；《儒林外史》第一回：“王冕自到厨下烙了一斤面饼。”⑤喝叱[uah4duah4]：吆喝。⑥番葛：也称“番薯”，即甘薯、地瓜。⑦脚马：指走路时两条腿形成的样子。跋呀跋[puah8]：走路时罗圈腿的样子。⑧擎[kia5]：手持，举。⑨门脚：门口。屎就[zu6]泼：拉稀。泼：训读为[cuah4]。⑩黉[huang5]门：学校，读书的地方。⑪太过拙[zuah8]：太差了。“拙”，即“拙个”，不好、差劲的意思。

【押韵】第1、2、4、6、8、10、12、14、16、18句押[uah]（活）韵。

二　诙谐歌（有情的滑稽）

199. 老爷咀且未

阿公会跋杯①，阿嬷会说话②，阿奴哭爱粿③，老爷咀且未④。

【解题】歌谣写的是爷爷奶奶很虔诚地求神，孙子却哭着想马上吃供奉的粿饼，为此只好借神之口说“等一下”，使歌谣显得诙谐有趣。

【注释】①跋[buah8]杯：用杯筊掷地求神示吉凶。杯：杯筊，用两块竹片或木片，甚至两个贝壳制成的占卜用具；唐·韩愈《谒衡岳庙遂宿岳寺题门楼》诗：“手持杯筊道我掷，云此最吉余难同。”②阿嫲[ma2]：奶奶。会说话：这里指善于说祷祝的祷词。③阿奴：孩子。爱：要。粿[guê2]：用米粉末儿做的各种饼食点心。④老爷：神的通称。且未：暂且等一等。

【押韵】1、2、3、4句押[uê]（锅）韵。

200. 娶着雅姾又后生

天顶一粒星，娶着雅姾又后生①；三顿食饭免物配②，一头看姾一头扒③。

【解题】歌谣描写丈夫对妻子的欣赏，从而衬托妻子的漂亮。

【注释】①娶：[cua7]。雅姾[bhou2]：漂亮妻子。后生：年轻的。②顿：白读为[deng3]，餐。物配：送饭的菜肴。③一头……一头……：一边……一边……。

【押韵】1、2、4句押[ên]（楹）韵。

201. 义安阿爹

义安阿爹①，县中阿舍②，金中目镜③，韩师乞食④。

【解题】歌谣概述了新中国成立前潮安县城几所中学学生的特点。

【注释】①新中国成立前的义安中学在中山路李厝祠（黄埔军校潮州分校校址），多是潮州商号子弟学习美术的地方。阿爹：老爷。②县中：潮安县立中学，在今天的高级实验学校处。阿舍：对有钱人家孩子的称谓。县中学生多为考不上金山中学的富家子弟。③目镜：眼镜。金山中学学生勤奋好学，多是近视。④乞[keg4]食：指乞丐，原为动宾词组，意为讨饭、要饭，《左传·僖公二十三年》：“（重耳）乞食于野人。”后凝固为一词，引申指要饭的人，即乞丐。韩师学生多数是粤东地区乡间穷苦子弟，故有此说。

【押韵】1、2、3、4句押[ia]（呀）韵。

202. 新娘娶入房

新娘娶入房[1]，房内点灯笼；灯笼着火烧[2]，阿公气到冲冲潮[3]。

【解题】新娘娶进洞房，大红灯笼高高挂，一派喜气洋洋。可惜乐极生悲，灯笼着火了，公公生气了。生活中不可能事事如愿，平常日子就是这样有喜有悲，悲喜交集，歌中“喜”“怒”对比，有了喜剧色彩。

【注释】①娶：[cua^{7}]。②着火烧：着火了。③阿公：公公。冲冲潮：生气发怒的样子。

【押韵】1、2句押[ang]（按）韵，3、4句押[iê/io]（腰）韵。

203. 宋橄榄

宋橄榄[1]，好食哉[2]，大人有钱买去内[3]，奴囝无钱刻苦耐[4]。

【解题】清末时潮州已有凉果出口，潮汕盛产橄榄，由宋家制成的“宋橄榄”，在南洋初为药用，治水土不服。歌谣从孩子视角看“宋橄榄”这一很好吃的潮州凉果。

【注释】①宋橄榄：橄榄腌制后加甘草末，宋家始创而称。②好食哉[zai^{6}]：很好吃。③内：训读为[lai^{6}]，房屋、家，本字是“里”。④奴囝：孩子。刻苦[kag$^{4(8)}$ kou^{2}]耐：勉强忍耐。

【押韵】2、3、4句押[ai]（哀）韵。

204. 悠悠溪水七丈深

悠悠溪水七丈深[1]，七尾鲤鱼头带金；七条丝线钓唔起，钓鱼阿哥空费心。

悠悠溪水七丈流[2]，七尾鲤鱼泅过沟[3]；七条丝线钓唔起，钓鱼阿哥空费劳。

【解题】这是清代嘉庆《澄海县志》所载歌谣的第一首，用字略作修改。这首歌谣表面写钓鱼，实际上写小伙子得不到姑娘青睐的焦急心情。

【注释】①溪水：河水。②流：白读为[lao^{5}]。③泅[siu^{5}]：游，游泳。沟：指小河。

【押韵】第一章1、2、4句押[im]（音）韵；第二章1、2、4句押[ao]（欧）韵。

205. 竹囝箸

竹囝箸[1]，飘落田，合娘讨水娘唔甘[2]；阮是喉炨来食水[3]，唔是风流来看人[4]。

竹囝箸，飘落河，合娘讨水娘呾无[5]；阮是喉炨来讨水，唔是风流来逷迌[6]。

【解题】歌谣充满着谐趣：小伙子见到漂亮姑娘，以讨水喝为名与姑娘搭讪。姑娘识破诡计，不给水喝，小伙子只好自己给自己找个台阶下。

【注释】①竹囝箸：竹筷子。②合娘讨水：与姑娘你要点水喝。合[gah^{4}]：与、跟、同，作介词。唔甘：不肯。阮：我们，此处指我。喉炨：口渴。炨[da^{1}]：干；《广韵》平声肴韵："炨，干也。"食水：喝水。④唔是：不是。⑤呾：说，讲。⑥逷迌[tig$^{4(8)}$ to^{5}]：游玩。

【押韵】第一章1、2、4句押[ang]（按）、[am]（庵）韵；第二章1、2、4句押[o]（窝）韵。

206. 海水涔炣炣

海水涔炣炣①，一对龙虾来洗脚；借问秀才恁捌字②，知阮龙虾几对脚③？

海水清悠悠，一对龙虾来洗须；借问秀才恁捌字，知阮龙虾几条须？

【解题】秀才虽是喝过墨水的人，但或许也不知道龙虾有几对足、几对触须，歌谣用“借问”一词，抛出这一问题，显得诙谐有趣。

【注释】①涔[ko^2]：水浅；《广韵》上声晧韵：“涔，水干”，苦浩切。②恁[ning^2]：你们。捌[bag^4]：认识；懂、会。本字“别”。③阮[en^2/uang^2]：“我”的复数，即“我们”。

【押韵】第一章1、2、4句押[a]（亚）韵；第二章1、2、4句押[iu]（忧）韵。

207. 一到轿底笑嘻嘻

畲歌畲嘻嘻①，红纱蠓帐绿彩旗②；阿姐上轿流目汁③，一到轿底笑嘻嘻④。

畲歌畲咳咳，红纱蠓帐绿彩眉；阿姐上轿假意哭，一到轿底笑咳咳。

【解题】旧俗饶平、潮安等地新娘临上轿时须大哭一场。哭本是新娘离别情绪的自然流露，以表达对父母和兄弟姐妹难舍难分的骨肉深情，后来发展成程式化仪式。但毕竟结婚是人生大喜事，姑娘们或许就在等着这一天的到来。这首歌谣描写了姑娘出嫁时假悲实喜的心理。

【注释】①畲歌：指潮汕歌谣。畲嘻嘻：唱歌谣。②蠓[mang^2]帐：蚊帐。绿彩旗：即绿彩眉，旧式蚊帐上部的装饰物，潮汕方言叫“蠓帐眉”。③目汁：眼泪。④轿底：指轿里。

【押韵】第一章1、2、4句押[i]（衣）韵；第二章1、2、4句押[ai]（哀）韵。

208. 一顶红轿四条须

一顶红轿四条须①，阿姐爱嫁穿红袠②；

"娘哙娘③，阿姐嫁了嫁底个④？""鬼团你⑤！水去担，饭去煮，阿姐嫁了正嫁你⑥！"

一顶红轿四只脚，阿姐爱嫁穿红衫；

"娘哙娘，阿姐嫁了嫁底个？""鬼团你！水去担，饭去煮，阿姐嫁了正嫁你。"

【解题】这是一首充满生活情趣的歌谣：妹妹看到姐姐出嫁，穿着红袄，坐着花轿，很喜欢，不觉也向母亲问起自己何时要出嫁的事来。

【注释】①须[ciu¹]：胡子，这里指装饰轿子的四条红绳等装饰物。②爱：要。穿：训读为[cêng⁷]。袠：白读为[hiun⁵]，指棉袄或袄。③娘 [ai⁵]：俗称母亲，本字为"姨"。哙[oi⁶]：用在称谓词语后面，表示感叹语气。④底[di⁷]个：哪一个。⑤鬼团：小鬼头，亲昵的骂人话。⑥正[zia³]：才。

【押韵】第一章1、2句押[iu]（忧）韵，3、4句押[ai]（哀）韵，5、7、8句押[e]（余）韵；第二章1、2句押[a]（亚）、[an]（嗳）韵，3、4句押[ai]（哀）韵，5、7、8句押[e]（余）韵。

209. 雨落落

雨落落，阿公去栅箔①：栅着鲤鱼共"苦初"②；阿公哩爱煤③，阿婆哩爱炣④：

两人相拍相挽毛[5]；挽去见老爹，老爹笑呵呵：呾恁二老好笑绝[6]。

【解题】这是一首充满生活情趣的诙谐歌。

【注释】①阿公：指丈夫。栅箔：一种捕鱼的方法。②“苦初”：一种小鱼。③哩：语气词，用在主谓语之间，表示语气舒缓，并补足音节。爱：想要。焿[bu5]：煮。④阿婆：这里指妻子。哩：作连词，表示转折关系，与普通话的“却”作用相近。炣[ko1/koh8]：一种烹调的方法，用文火慢煮。⑤相拍[siê1/sio1pah4]：打架；《晋书·诸葛长民传》：“长民富贵之后，常一月中辄十数夜眠中惊起跳踉，如与人相拍。”相挽毛：互拽头发。相：白读为[siê1/sio1]。⑥呾：说，讲。恁[ning2]：你们。二老：夫妻俩，老两口。绝：极了。

【押韵】1、2、3、5、6、8、9句押[o]（窝）韵。

210. 竹篙摇摇好晾纱

竹篙摇摇好晾纱[1]，盖瓯深深好冲茶[2]；“先嫁之人未有囝[3]，未嫁之人囝先生。”

“雷敲行路君[4]，呾话无思忖[5]；前面是我嫂，后面姑抱孙[6]。”

【解题】这是一首很有生活情趣的歌谣：嫂子在前面走，小姑子抱着侄儿在后面跟着。路上的小伙子看了，便开起了玩笑来。

【注释】①竹篙：竹竿。篙[go1]：指撑船用的竹竿，也叫“船篙”。摇摇[iao5]：软而有韧性，承担后一颤一颤的。晾[nê5]纱：晾干用来织布的纱。②盖瓯：一种较大有盖儿的茶杯。③囝[gian2]：古闽语词，孩子。④敲[ka3]：打、霹。⑤呾话：说话。无思忖：不想一想。⑥姑：小姑。孙：侄子。

【押韵】1、2、4句押[ê]（哑）、[ên]（楹）韵，5、6、8句押[ung]（温）韵。

三 戏谑歌（无义的滑稽）

211. 老鼠拖猫上竹篙

老鼠拖猫上竹篙，和尚相拍相挽毛[①]；担梯上厝沽虾囝[②]，点火烧山掠田螺[③]。

老鼠拖猫上竹枝，和尚相拍相挽辫[④]；担梯上厝沽虾囝，点火烧山掠蟛蜞[⑤]。

【解题】这是一首在事理上十分矛盾的“颠倒歌”。虾囝和田螺都长在水里，上屋、上山都是缘木求鱼之举，所以可笑。

【注释】①相挽毛：互拽头发。相：白读为[siê1/sio1]。②厝[cu3]：房屋。沽：捞。虾囝：小虾。③掠[liah8]：捕捉。④辫：辫子。⑤蟛蜞[bhê5（7）ki5]：一种小螃蟹。

【押韵】第一章1、2、4句押[o]（窝）韵；第二章1、2、4句押[i]（衣）、[in]（丸）韵。

212. 廿九三十夜

“廿九三十夜，月团光益益[①]。一班窃贼团[②]，偷凿个空隙：鸡卵长，鸡卵大[③]，胡蝇蚊团飞唔过[④]，大牛牯牵掉百外只[⑤]；青盲个看见[⑥]，哑个就叱掠[⑦]；拐脚走去追[⑧]，瘸手走去掠[⑨]；走到水田边，并无个脚迹[⑩]；走到石桥过，摸头共摸额[⑪]；追到大山堆，看见鸡团踏死牛[⑫]；追到寨门脚[⑬]，看到人刣老爷去拜猪[⑭]，又有吹钹拍气啊[⑮]，吹鼓拍的禾[⑯]；嗌锣拍喇叭[⑰]。”

“呾你者绝种团[⑱]！待我漱猪饲鼎好[⑲]，食浴洗饭饱[⑳]，觅支闲闲槌[㉑]，拍你双天跷上脚[㉒]。”

【解题】这也是一首“颠倒歌”，“颠倒”的事比前面各首歌谣更多。

【注释】①月团：月亮。光益益：月光亮亮的。②窃贼团：小窃贼。③鸡卵：鸡蛋。④胡蝇：苍蝇。蚊团：蚊子。唔：不。⑤牯[gou2]：猪、牛、羊、鹅、鸭等动物的雄性。⑥青盲[cên1mên5]：瞎眼，瞎子；宋·彭乘《墨客挥犀》引杨某尚书诗：“一心更愿青盲了，免见高家小马儿。”个：的。⑦哑个：哑巴的。叱：俗读为[duah4]，呼喊。掠[liah8]：抓。叱掠：喊捉贼。⑧拐脚：瘸腿。走：跑。⑨瘸[kuê5]手：手瘸。⑩脚迹：踪迹、脚印。⑪共：作连词，与普通话“和”“及”等并列连词作用相同。⑫鸡团：小鸡。⑬门脚：门口。⑭刣[tai5]：宰，杀，本字为“治”。正常说法应该是“刣猪拜老爷”。⑮正常说法是“拍钹[cê6]吹气”。⑯正常说法是“拍鼓吹的禾”。的禾：唢呐。⑰正常说法是“拍锣嗌喇叭”。嗌[bung5]：吹，吹气。⑱呾：说。者[zia2]：近指代词，这。绝种团[gian2]：骂人话，断子绝孙。⑲正常说法是“漱鼎饲猪”。漱[ciu3]：用水洗刷；唐·柳宗元《晨诣超师院读禅经》：“汲井漱寒齿，清心拂尘服。”鼎：炒菜做饭用的铁锅。⑳正常说法“食饭饱洗浴”。洗浴：洗澡；唐·谷神子《博异志·阴隐客》：“门人执之，引工人行至清泉眼，令洗浴及浣衣服。”㉑觅：训读为[cuê7]，找。㉒正常说法是“双脚跷上天”。脚：训读为[ka1]，本字“骹”。

【押韵】第一章2、4、8、10、12、14、16句押[iah]（益）韵，17、18句押[u]（污）韵，19、21、22、23句押[a]（亚）韵；第二章3、5句押[a]（亚）韵。

213. 歌呀歌

歌呀歌①，咸菜颠倒拖。拖上岭，遇着阿嫲团②。“阿嫲团哙③，你爱去底块[4]？”“爱去阮走囝[5]。”“你走囝什乜个你食[6]？”“大麦糜[7]。”“什乜个你盪嘴？”“屎沟糜。”“什乜个你剔齿？”“耳钩棰。”“什乜个你夗[8]？”“经机下[9]。”“什乜个你盖[10]？”“破裘父[11]。”“什乜个你枕？”“死猪囝翘翘硬[12]。”

【解题】这首问答式歌谣运用夸张手法，故意突出“阿嫲团”在女儿家所受到的恶劣待遇，其实只是为了追求诙谐有趣的逗乐效果。

【注释】①歌：白读为[gua¹]。②阿嫲团：指妇人，如北方之“大妈”。③哙[oi⁶]：用在称谓词语后面，表示感叹语气。④爱：要。底块[di⁷go³]：何处。⑤阮：我。走囝：“媠妐囝[za¹ bhou²gian²]”之合音，指女儿。⑥什乜个：什么东西。⑦糜[muê⁵]：稀饭。⑧耳钩棰[hin⁶⁽⁷⁾ gao¹tui⁵]：掏耳垢的小工具。夗[enh⁸]：睡觉。⑨经机[gên¹gui¹]：织布机。⑩盖[gah⁴]：由上向下覆。⑪破裘[hiun⁵]父：旧破棉袄。裘：指棉袄或袄。⑫猪囝：猪崽。翘翘硬：很硬。

【押韵】1、2句押[ua]（蛙）韵，3、4、7句押[ian]（营）韵，9、11句押[uê]（锅）韵，15、17、19句押[ê]（哑）、[ên]（楹）韵。

214. 塘前一抱竹

塘前一抱竹[1]，阿兄锯弦弟唱曲[2]；唱曲唱乜个[3]？唱英台[4]。
英台会转魂[5]，做戏做继春[6]；继春老食酒[7]，做戏做四九[8]。
四九来问路，桃花姐来搭渡[9]；搭渡搭免钱[10]，擎支雨遮过溪墘[11]。

【解题】歌谣唱的是潮剧戏曲故事。

【注释】①塘：池塘。一抱竹：一丛竹子。②锯弦：拉弦乐器。唱：白读为[ciê³/cio³]。③乜个：什么。④英台：祝英台，指《梁山伯与祝英台》。⑤转[deng²]魂：回魂，指梁祝化蝶。⑥继春：潮剧故事人物。⑦老食酒：很会喝酒。⑧四九[se³⁽⁵⁾ giu²]：潮剧故事人物。

⑨桃花姐：潮剧故事人物。⑩搭免钱：乘船不用钱。⑪擎[kia^5]：撑。雨遮：雨伞。溪墘：河边。

【押韵】1、2句押[êg]（液）韵，3、4句押[ai]（哀）韵，5、6句押[ung]（温）韵，7、8句押[iu]（忧）韵，9、10押[ou]（乌）韵，11、12句押[in]（丸）韵。

第七辑 儿童之歌

CHAPTER 7

一 述事歌

215. 日出雨来

日出雨来，二人相刣[1]；日擎大板刀[2]，雨擎长竹篙。

【解题】这首童谣用“相刣”即战斗作喻，描述了“东边日出西边雨”的情景。

【注释】①相刣：战斗。刣 [tai^5]：宰，杀，本字为“治”。②擎：白读为[kia^5]，拿。

【押韵】1、2句押[ai]（哀）韵，3、4句押[o]（窝）韵。

216. 阿姨在洗衫

阿姨在洗衫，遇着阿爸爸；阿爸去上市，买个猪头独只耳[1]！

【解题】歌谣运用顶真手法，语言谐趣，嘲讽了“阿爸”不谙“上市”业务（理家务）的现象。

【注释】①独只耳[hin^6]：仅有一只耳朵。

【押韵】1、2句押[a]（亚）、[an]（嗳）韵，3、4句押[i]（衣）、[in]（丸）韵。

217. 鸡蛤团

鸡蛤团，长拖拖[1]，三岁阿奴会唱歌[2]；免用父母教，嘴舌伶俐无呖哇[3]。

【解题】潮汕歌谣很多是由长辈口头传授给晚辈。这首童谣是在夸耀孩子能歌善唱。

【注释】①鸡蛤团：鸡雏。长拖拖：很长。②阿奴：孩子。歌：白读为[gua1]。③俐：白读为[lai7]。无吖哇[da1ua5]：不打结巴，很流利。

【押韵】1、2、4句押[ua]（蛙）韵。

218. 嫁分老虎熬咸菜

雅姿娘①，嫁浮洋；浮洋市，无人爱②，嫁分老虎熬咸菜③。

【解题】这首歌谣语言诙谐，姑娘在街上走，孩子们唱这些歌谣来打趣大姐姐们，纯属“无厘头”。

【注释】①雅：漂亮。姿娘[ze1 niên5/nion5]：女人，本作“珠娘”。②爱：要。③分[bung1]：给。

【押韵】1、2句押[iên/ion]（羊）韵，4、5押[ai]（哀）、[ain]（爱）韵。

219. 奴团细细上色水

恁勿看阮奴团鬼①，奴团细细上色水②：衫裷扱迸猫鼠团③，裤脚扱迸脚大腿④；

一齐擎起枪和炮⑤，爱来去刣日本鬼⑥。

【解题】这首抗日歌谣表现了少年儿童不畏强敌，捋起衣袖，卷起裤管，拿起刀枪，誓与日本鬼子战斗到底。

【注释】①恁[ning2]：你们。勿[mai3]：不要。奴团鬼：小孩子。②细细：很小。上[siang6]：最。色水：出色。③衫裷[en2]：衣袖；《集韵》上声阮韵：“裷，一曰袖耑屈”，委远切。扱迸[zah4(8) bing7]：挽到，卷到。《说文·手部》：“扱，收也”，楚洽切。猫[ngiao2]鼠团：喻胳膊。④裤脚：裤管。脚：训读为[ka1]，本字“骹”。⑤擎：白读为[kia5]，拿。⑥爱：将要。刣[tai5]：宰，杀，本字为“治”。

【押韵】1、2、4、6句押[ui]（威）韵。

220. 擎支雨遮等阿姑

天乌乌①，擎支雨遮等阿姑②；阿姑一下来，花篮掼红柿③；
一个乞阿李④，一个乞阿柰；阿桃看着就拼爱⑤，阿姑去了下次唔敢来⑥。

【解题】歌谣写的是姑姑出嫁后回到娘家时，侄子们抢着要姑姑的东西吃，搅得姑姑不开心。

【注释】①天乌乌：天乌黑。②擎[kia5]：撑、拿。雨遮：雨伞。③花篮：一种竹编有盖儿还绘有花卉图案的篮子。掼[guan6]：提，携。④乞[keh4]：给。阿李、阿柰、阿桃都是孩子们的名字。⑤看着：看见了。着：助词，了。拼爱：抢着要。⑥唔：不。

【押韵】1、2句押[ou]（乌）韵，3、4、6、7、8句押[ai]（哀）韵。

221. 阿公会买物

阮阿公①，会买物②；买双袜，做二橛③；买双鞋，做二畔④；
买副衫裤乞阿爸⑤，衫哩独只[illegible]título⑥，裤哩长短脚⑦。

【解题】歌谣运用反语、夸张手法，调侃了“阿公”不会购物、尽买次品，语言戏谑诙谐。

【注释】①阮[en2/uang2]：“我”的复数，即“我们”。②物[muêh8]：作名词，东西；《庄子·山木》：“物物不物于物”，第二、四个作名词。③橛[guêh8]：一截儿。④畔：训读为[boin5]，边。⑤衫裤：衣服。乞[keh4]：给。⑥哩：语气词，用在主谓语之间，表示语气舒缓，并补足音节。独只裷：只有一只袖子。裷[en²]：衣袖。⑦长短脚：指两只裤管一长一短。

【押韵】2、3、4句押[uêh]（划）韵，5、6句押[oin]（闲）韵，7、9句押[a]（亚）韵。

222. 一只鸡团啯啯呼

一只鸡团啯啯呼①，走去大路待阿姑；阿姑有钱唔坐轿②，跋到一身尽是塗③。

一只鸡团啯啯啼，走去大路待阿姨；阿姨有钱唔坐轿，跋到一身尽是泥。

【解题】这首童谣用孩子的眼光看事情，认为姑姑、阿姨有钱不坐轿子弄得一身泥巴，真是不值得。语言诙谐，充满童趣。

【注释】①鸡团：小鸡。团[gian²]：事物的小者。啯：读为[gog⁴]。呼[kou¹]：呼禽畜，如"呼鸡呼狗"。②阿姑：姑妈。唔：不。③跋[buah⁸]：摔倒。塗[tou⁵]：泥巴，泥土。

【押韵】第一章1、2、4句押[ou]（乌）韵；第二章1、2、4句押[i]（衣）韵。

223. 蜘蛛食饱坫瓦棢

蜘蛛食饱坫瓦棢①，十五十六做风台；风台吹掉蜘蛛布②，蜘蛛无布哭哀哀③。

蜘蛛食饱坫瓦墘④，十五十六做风时；风时吹掉蜘蛛布，蜘蛛无布哭啼啼。

【解题】这首童谣运用拟人手法，从孩子角度观察：蜘蛛网被风刮掉，蜘蛛没有了房子一定会哭哭啼啼。歌谣充满了童心的天真和善良。

【注释】①蜘蛛：潮汕百姓视为勤劳的化身。坫[diam3]：躲藏。②蜘蛛布：蜘蛛网。③哭哀哀：呜呜地哭。④墘[gin5]：边。

【押韵】第一章1、2、4句押[ai]（哀）韵；第二章1、2、4句押[i]（衣）、[in]（丸）韵。

224. 客鸟客客声

客鸟客客声[①]，底人爱合阿奴做亲情[②]？父欢喜，母欢喜；父担床，母担椅[③]。

担到后头埔，遇着鲤鱼来娶姼：龟擎灯，鳖拍鼓；胡蝇嗌的禾，蟧蜈擎彩旗[④]；

水鸡担布袋，田蟹来相贺[⑤]；虾蛄背囊箱，蟟蟜扛新娘。“弟哙弟，你个新娘若趣味[⑥]！”

“趣味哩趣味[⑦]——绿豆目，葱管鼻，猪猴嘴[⑧]，蝙蝠耳[⑨]，齿屎扒落一粪箕[⑩]。”

【解题】这首童谣运用拟人手法，描写了鲤鱼娶妻的场面，并用一连串的比喻夸张，把新娘子描述得又丑陋又肮脏，使人哑然失笑。

【注释】①客鸟：喜鹊。客客声：鸟叫声。②底人：谁人。底[di7]：疑问代词，什么，何。爱：想要，希望。合[gah4]：与、跟，作介词。阿奴：孩子。亲情[zian5]：亲事。③担：白读为[dan1]，搬。④嗌的禾：吹唢呐。蟧蜈[sua1mên1]：蜻蜓。擎：举。⑤水鸡：青蛙；宋·赵德麟《侯鲭录》卷三：“水鸡，蛙也。”担：背。相贺：祝贺、贺喜；唐·杜光庭《虬髯客传》：“虬髯客曰：‘此后十年，当东南数千里外有异事，是吾得事之秋也。一妹与李郎可沥酒东南相贺。’”此指一妹与李郎向虬髯客祝贺，不是互相庆贺。⑥哙[oi6]：用在称谓词语后面，表示感叹语气。个：结构助词，同“的”。若[riêh8/rioh8]：程度副词，很，那么。⑦哩：连词，表示转折关系，与普通话的“虽然”语法意义相近。⑧猪豭[go¹]：配种公猪。⑨蝙蝠：潮州话[big⁸ bo⁵]。⑩齿屎：牙垢，多指饭后牙缝里的残留物。

【押韵】1、2句押[ian]（营）韵，3、4、6句押[i]（衣）韵，7、8、10句押[ou]（乌）韵，13、14句押[o]（窝）韵，15、16句押[iên/ion]（羊）韵，17、18、19、21、23、24句押[i]（衣）、[in]（丸）韵。

二 状物歌

225. 敲着金龙眉

敲着金龙眉①，胡椒开花在番畔②；莲角开花在水底，杨梅开花无人知。

【解题】这是一首常识性的儿歌：胡椒原产自印度，菱角花开在水底，杨梅花开少有人注意，因为它是葇荑花序。

【注释】①敲：读[ka³]。②番畔[boin⁵]：这里押揭阳音，读[bain⁵]，指海外、国外。

【押韵】1、2、4句押[ai]（哀）、[ain]（爱）韵。

226. 麻雀相拍跋落坑

麻雀相拍跋落坑①，奴囝相拍大人骂②；大人相拍老人呾③，老人相拍雷公敲④。

【解题】这首歌谣说的是“相拍”即打架，从兴句的动物讲到人，从常见的小孩打架到少见的大人打架，从大人打架到极为罕见的老人打架，情况一层比一层罕见，事态一种比一种严重，句句相顶，层层推进，语气贯通，浑然一体。

【注释】①相拍[siê^1/sio^{1}pah^4]：打架。跋[buah^8]：摔倒。②奴囝：小孩。囝[gian^2]：古闽语词，孩子。③呾：说。④敲：读为[ka^3]，打、击；《广韵》去声效韵："敲，击也"，苦教也。

【押韵】1、2句押[ên]（楹）韵，3、4句押[a]（亚）、[an]（嗳）韵。

227. 大头蟟蟜鲜薄壳

大头蟟蟜鲜薄壳[1]，钉螺内螺肉拴节[2]，瓮螺出来两条须[3]，惊到阿大头瘕龟抽[4]。

【解题】这首歌谣教孩子们认识几种动物的名称、形状。

【注释】①大头、蟟蟜[liao$^{6(7)}$giao^6]、薄壳：都是贝类海产。②钉螺[lo^5]：一种长在海里的螺，是血吸虫幼虫的主要寄主。拴[seng^3]节：指钉螺里的肉一圈大一圈小，好像被捆过，一节节的。③瓮螺[ang^{3}lo^1]：蜗牛。须：这里指蜗牛的触角。④惊[gian^1]：害怕，作及物动词用。瘕龟抽[hê^{1}gu^1 tiu^1]：肺病，哮喘。

【押韵】1、2句押[ag]（恶）韵，3、4句押[iu]（忧）韵。

228. 天顶一朵云

天顶一粒星[1]，牛母娶牛嘤[2]；牛嘤唔食路边草[3]，路边草团蓬蓬青[4]。

天顶一朵云，牛母娶牛群；牛群唔食路边草，路边草团蓬蓬春。

【解题】这首童谣运用起兴和顶真手法，每章一句接一句，很适合儿童诵记。

【注释】①天顶：天上。②娶[cua^7]：带着。牛嘤[ên^6]：牛崽。③唔食：不吃。④草团：小草。蓬蓬青、蓬蓬春：蓬勃、青翠的样子。

【押韵】第一章1、2、4句押[ên]（楹）韵；第二章1、2、4句押[ung]（温）韵。

229. 东方出个弥勒佛

东方出个弥勒佛，南方出个观音佛；错错碎碎木团核①，圆滑圆滑龙眼核②，

生毛生毛芒果核，头尖尾尖橄榄核，满面皱纹是桃核，外骨中肉杏仁核，

滑溜滑溜杨桃核。核啊核，滚来滚去全是核。

【解题】这首童谣描写了7种水果核的形状，运用叠音、押韵等手段使歌谣朗朗上口。

【注释】①错：读为[cag4]。木团：番石榴。核[hug8]：水果的核；《玉篇·木部》："核，为革、户骨二切；果实中也。"②龙眼：白读为[nêg8（4）oin2]。

【押韵】11句皆押[ug]（熨）韵。

230. 天乌乌，擎雨遮

天乌乌，擎雨遮①，待阿姑；阿姑来，掠鸡刣②；鸡还细③，鸭来代。

"鸭哙鸭④！人爱刣你做呢吧⑤？""一夜生粒卵⑥，一月一大堆。勿刣我⑦，去刣牛。"

"牛哙牛！人爱刣你做呢吧？""上丘是我犁⑧，下丘是我耙。勿刣我，去刣马。"

"马哙马！人爱刣你做呢吧？""上午骑阿爹，下午骑阿娘。勿

剑我，去剑羊。”

“羊哙羊！人爱剑你做呢呾？”“一日在外口[9]，一夜吃饱草[10]。勿剑我，去剑狗。”

“狗哙狗！人爱剑你做呢呾？”“白日掌厝角[11]，黑夜守门闾[12]。勿剑我，去剑猪。”

“猪哙猪！人爱剑你做呢呾？”“嘴食米潘水[13]，屎尿肥效多。勿剑我，去剑猫鼠哥[14]。”

【解题】这首童谣运用拟人手法，教孩子们认识动物，教育孩子们爱护有益动物。

【注释】①擎：白读为[kia^5]，撑、拿。雨遮：雨伞。②掠[liah^8]：捕捉，抓。③还：白读为[huan^1]。④哙[oi^6]：用在称谓词语后面，表示感叹语气。⑤爱：要。做[zo^3]呢：怎么。呾：说。⑥夜：训读为[mên^5]，本字“暝”。粒：个。卵：禽类的蛋；《庄子·齐物论》：“见卵而求时夜。”⑦勿[mai^3]：不要。⑧丘：白读为[ku^1]，划分田地的量词。⑨一日：指白天。⑩一夜：指夜里。⑪白日：白天。掌[ziên^2/zion^2]：看守。厝角：房角。⑫闾[le^5]：小门。⑬米潘[pung^1]水：洗米水。⑭猫鼠哥：老鼠。

【押韵】1、3句押[ou]（乌）韵，4、5句押[ai]（哀）韵，6、7句押[oi]（鞋）韵，11、13句押[u]（污）韵，17、19句押[ê]（哑）韵，23、25句押[iên/ion]（羊）韵，28、29、31句押[ao]（欧）韵，35、37句押[e]（余）韵，41、43句押[o]（窝）韵。

三　数数歌

231. 洗浴歌

一、二、三，洗浴免穿衫[1]；三、四、五，身体模过大石部[2]。

【解题】这是大人给婴儿洗澡前边给孩子脱衣服边唱的歌谣。

【注释】①洗浴：洗澡。免：不用。穿衫：穿衣服。穿：训读为[cêng7]。②樸[doin7]：坚实。大石部：大石头。

【押韵】1、2句押[an]（暖）韵，3、4句押[ou]（乌）韵。

232. 数螺歌

一螺坐雔雔[①]，二螺走脚皮[②]，三螺无米煮，四螺无米炊，

五螺五田庄，六螺操心肠，七螺七役役，八螺做乞食[③]，九螺九安安[④]，十螺会做官[⑤]。

【解题】据说看十个手指上的“螺”有多少个就可以推测这个人的命运如何。这首歌谣唱的就是这个内容，实为诙谐游戏之说。

【注释】①螺：手指头上作螺旋状的指纹。雔 [duê1]：端坐不动的样子；《广韵》平声灰韵：“雔，坐貌”，都回切。②走脚皮：指忙于奔走。③乞[keg4]食：指乞丐。④安安[uan1]：指生活比较安定。⑤会：白读为[oi6]，能，将能。

【押韵】1、2、4句押[uê]（锅）韵，5、6句押[eng]（恩）韵，7、8句押[iah]（益）韵，9、10句押[uan]（鞍）韵。

233. 拍球歌

一油饂[①]，二油馉[②]，双（三）头尖，四菜粿[③]，五缚粽，六甜粿，七挲包，八酵粿。

酵粿塗鳅空[④]，糕粿踏步层[⑤]。乌龟包甜馅[⑥]，食了免分人[⑦]；

一块分人哩过少[⑧]，二块分人哩唔甘[⑨]。

【解题】这是一首儿童游戏歌，孩子们边拍球边数数，同时也加强了对饼食的认识。

【注释】①油䭔[dui^1]：一种油炸食品；《广韵》平声灰韵："䭔，饼也"，都回切。②油𩞄 [lui^5]：潮州年节糕点。双头尖、菜粿、粽、甜粿、鲎包（也叫"鲎啰包"）、酵粿、糕粿、乌龟等，都是各种米制饼食的名称。③粿[guê^2]：用米粉末儿做的各种饼食点心。④酵粿：发酵类米制糕粿品。塗鳅空[kang^1]：泥鳅洞。指发酵后的糕点上有一个个的小洞。⑤踏步层[zang^6]：层层的石阶。糕粿一层一层如石阶一样。⑥乌龟：做成乌龟形状的饼。⑦分[bung^1]：给。⑧哩：连词，表示转折关系，与普通话的"却"作用相近。⑨唔甘：不乐意。

【押韵】1、2句押[ui]（威）韵，4、6、8句押[uê]（锅）韵，9、10、12、14句押[ang]（按）、[am]（庵）韵。

234. 一搭塗

一搭塗[1]，二搭胸，三抛手，四脚亭[2]；
鸡啄鼻，猴爪耳，鹦哥鬃[3]，蟋蟀笼；
补皮鞋，绣球过来又一个。

【解题】这是孩子们边拍球边数数的游戏歌。

【注释】①塗[tou^5]：泥巴，泥土。②脚：训读为[ka^1]，本字"骹"。③鬃[zang^1]：指人的发髻。

【押韵】2、4句押[êng]（英）韵，5、6句押[in]（丸）韵，7、8句押[ang]（按）韵。

235. 一脚雨伞

一脚雨伞，二脚鸡健[1]，三脚蟾蜍，四脚水牛，五脚唪嗄[2]，六脚蚴蝬[3]，

七脚马龙骑[4]，八脚马鬼爷[5]，九脚无人有，十脚阿蟹舅[6]。

【解题】这首数“脚”歌在教孩子们数数的同时也让孩子们辨识一下小动物，但“三脚蟾蜍”出于传说，“五只脚的蝉”和“七只脚的蜘蛛”都没有昆虫学的依据。唱儿歌不是讲科学，获得一点知识并有趣也就够了。

【注释】①鸡僆[nuan³]：即尚未生蛋的母鸡。②唪嗄[ong⁶⁽⁷⁾ ên¹]：蝉。③蛸蛃[sua¹mên¹]：蜻蜓。④马龙骑：也叫“马重骑”，一种长脚毒蜘蛛。⑤马鬼爷：另一种蜘蛛。⑥螃蟹八脚二鳌算十只脚。

【押韵】1、2句押[uan]（鞍）韵，3、4句押[u]（污）韵，5、6句押[ên]（楹）韵，7、8句押[ia]（呀）韵，9、10句押[u]（污）韵。

四 摇篮曲

236. 拥啊拥之一

拥啊拥，拥金公；金公做老爹，阿七阿八来担靴[①]；担靴担浮浮[②]，饲猪大过牛。

黄牛生马团[③]，马团生珍珠；珍珠辇辇圆[④]，五男二女来团圆。

【解题】这首摇篮曲表达了平民百姓希望孩子长大后能生活无忧、子孙满堂。

【注释】①阿七阿八：指家中的奴仆。有的版本也作“阿文阿武”。担：白读为[dan¹]，挑。②浮浮[pu⁵]：高的意思。③马团：小马驹。团[gian²]：事物的小者。④珍珠：“珍”文读为[zing¹]，俗常写作“真”。辇辇[ling²]圆：滚圆滚圆。

【押韵】1、2句押[ong]（翁）韵，3、4句押[ia]（呀）韵，5、6、8句押[u]（污）韵，9、10句押[in]（丸）韵。

237. 拥啊拥之二

拥啊拥，拥金公；金公做老爹，阿文阿武来担靴；

担靴担浮浮，饲猪大过牛；饲牛生马团，马团生珍珠；

真珠辇辇圆，阿舍读书赴科期[①]。科期科，阿舍读书中探花。

乌红篙[②]，马头锣；咿呵声，三门大铳响通城[③]；文武百官来庆贺，庆贺新科状元爷。

【解题】这首童谣是一首摇篮曲，表达了一般百姓希望孩子长大后能读书赴考，直至做官光耀门庭的良好愿望。

【注释】①阿舍：对有钱人家孩子的尊称。科期：指考试的时间。②乌红篙：衙门差役。③铳[cêng^3]：指枪。铳，最早指用火药发射弹丸的管形火器；《篇海类编·珍宝篇·金部》："铳，火铳。"

【押韵】1、2句押[ong]（翁）韵，3、4句押[ia]（呀）韵，5、6、8句押[u]（污）韵，9、10句押[i]（衣）、[in]（丸）韵，11、12句押[uê]（锅）韵，13、14句押[o]（窝）韵，15、16、18句押[ian]（营）、[ia]（呀）韵。

238. 火夜姑

火夜姑[①]，跋落塗；金阿姐，拥阿奴；阿奴你勿哭，阿姐抱你来去后头砌宫灶[②]；

宫灶控控倒[③]，惊走阿老姆只老鸡母[④]；有卵知去生[⑤]，无卵过别家[⑥]。

【解题】这也是一首哄孩子不哭的童谣，往往是抱着孩子边唱边摇晃着。

【注释】①火夜姑：萤火虫。②砌宫灶：孩子们以碎砖瓦、沙土等模仿建屋的游戏。③控控倒：倾斜欲倒的样子。④惊走：吓跑了。

惊[gian[1]]：害怕，作及物动词用。走：跑；《韩非子·五蠹》："兔走触株。"鸡母：母鸡；张邱建《算经·百鸡题》："鸡母一，值钱三。"⑤卵：禽类的蛋。⑥过别家：也只作"过家"，指去别人家串门。

【押韵】1、2、4句押[ou]（乌）韵，5、6句押[ao]（欧）韵，7、8句押[o]（窝）韵，9、10句押[ên]（楹）、[ê]（哑）韵。

239. 初三月如眉

初三月，月如眉，手荡摇篮去又来；阿奴阿奴猛猛殈①，阿妗带你上瑶台②；

上了瑶台觅李白③，教你做诗当秀才。

中秋月，月圆圆，手荡摇篮高又低；阿奴阿奴猛猛殈，阿妗带你上瑶池；

上了瑶池觅鲁班，教你手艺收徒弟。

【解题】这首摇篮曲寄托了母亲希望孩子读书做秀才且能有一技之长的良好愿望。

【注释】①阿奴：孩子。猛猛[mên[2]]：快快。殈[enh[8]]：睡觉。②妗[nên[1]]：称母亲。③觅：训读为[cuê[7]]，找。

【押韵】第一章1、2、4、6句押[ai]（哀）韵；第二章1、2、4、6句押[i]（衣）韵。

五 游戏歌

240. 雨哩大大点

雨哩大大点①，老猴出来睐②；睐着包哩烧③，爱食无米粟④。

【解题】这首儿歌运用戏谑手法，反映了改革开放前“凭票供应”年代想吃个包子都不容易，因为没有粮票，吃不起。

【注释】①哩：语气词，用在主谓语之间，表示语气舒缓，并补足音节。②睒[iam^2]：偷偷地看一下，也作“偷睒”。③包：包子。烧[siê^1/sio^1]：热的，④爱食：要吃。无：没有。米票：粮票。

【押韵】1、2句押[iam]（淹）韵，3、4句押[iê/io]（腰）韵。

241. 相揽肩

相揽肩①，掇龙眼②；掇有相共食③，掇无勿相看④。

【解题】这是一首小朋友边玩边唱的童谣，表现了孩子们之间的纯真友谊，充满童趣。

【注释】①相揽肩：相互搭肩。②掇[doh^8]：拾取。龙眼：白读为[nêg$^{8(4)}$ oin^2]。③掇有：捡到了。相[siê^1/sio^1]共食：一起分享。④掇无：捡不到。勿[mai^3]：不要。

【押韵】1、2、4句押[oin]（闲）韵。

242. 呢呢呢

呢呢呢①，呼猫来上市②；买个猪头独只耳③，头路行头路舐④，舐到厝内存无点儿⑤。

【解题】这首童谣以呼猫的拟声词起兴，运用夸张手法，表现孩子的嘴馋，充满天真童趣。

【注释】①呢[ni^6]：呼猫的声音。②呼[kou^1]：呼叫禽畜，如“呼鸡呼狗”。上市：到集市上买东西。③独只耳：仅有一只耳朵。④头路……头路……：一边……一边……。行：走路。舐[zi^6]：舔。⑤厝[cu^3]内：家里。⑥存：剩下。点儿[ni^6]：一丁点儿。

【押韵】1、2、3、4、5句押[i]（衣）、[in]（丸）韵。

243. 巡警

我革命，你巡警；你走[1]，我趁[2]！你爱降唔降[3]？唔降掷炸弹！

【解题】这是一首孩子们在做抓人游戏时唱的童谣，边跑边做边唱，颇为有趣。

【注释】①走：跑。②趁[zêng⁶]：追赶，驱赶；唐·杜甫《题郑县亭子》诗："巢边野雀欺群燕，花底山峰远趁人。"③爱：想要。唔：不。

【押韵】1、2、4句押[êng]（英）韵，5、6句押[ang]（按）韵。

244. 放啊放蚴蛟

放啊放蚴蛟[1]，放尾鲤鱼来跳罾[2]；罾乃河，河乃罾；红鲤哥[3]，赤竹篙[4]；擸过手，哝咚空。

【解题】这首儿歌是孩子们边做"放蚴蛟"游戏边唱的歌谣。

【注释】①蚴蛟 [sua¹mên¹]：蜻蜓。②尾：量词，"条"。罾：一种用竹竿做支架的方形渔网。③红鲤哥：红鲤鱼。④竹篙：竹竿。篙[go¹]：原指撑船用的竹竿。⑤擸 [lim⁶]：握紧。

【押韵】2、4、8句押[ang]（按）韵，3、5、6句押[o]（窝）韵。

245. 滴滴砧砧

滴滴砧砧[1]，海螺抽签；鯻哥放屁[2]，一点一对；灯芯揾油[3]，咸草揾药，就揾就着[4]。

【解题】这首游戏歌运用拟人手法，充满童趣，是以前孩子们游玩时常唱的童谣。

【注释】①滴滴砧砧：游戏时配合脚步的叫声。②鲧[lai³]哥：鱼名。放屁：白读为[bang³pui³]。③揾[ung³]：蘸；唐·李肇《国史补》卷上："（张）旭饮酒辄草书，挥笔而大叫，以头揾水墨中而书之，天下呼为张颠。"④就：读为[zu⁶]。

【押韵】1、2句押[iam]（淹）韵，3、4句押[ui]（威）韵，6、7句押[iêh/ioh]（约）韵。

246. 点啊点竹壳

点啊点竹壳，点着底个漏屎汁①；就是就是，只个老兄弟②。

点啊点竹瓮③，点着底个做阿总④；就是就是，只个老兄弟。

【解题】这是潮汕孩子做游戏前唱的类似于"剪刀石头布"的歌谣。

【注释】①点着：点到。底个：哪一个。底[di⁷]：疑问代词，什么，何。漏屎汁：这里指倒霉蛋。②就：读[zu⁶]。只[zi²]：这，近指代词。③瓮[gong²]：用来装水或其他液体的容器；《玉篇·瓦部》："瓮，居悚切；瓶也。"④阿总：过去对当差者的俗称。

【押韵】第一章1、2句押[ag]（恶）韵，3、4句押[i]（衣）韵；第二章1、2句押[ong]（翁）韵，3、4句押[i]（衣）韵。

247. 池叠池

池叠池，爽利娘团鬓髻圆①；手捧笼筐绩细絃②，脚踏摇篮拥孩儿③。

埠叠埠，爽利娘团鬓髻乌；手捧笼筐绩细絃，脚踏摇篮拥丈夫④。

【解题】歌谣赞叹了利落能干的潮汕妇女：一手纺织，一脚踏着摇篮，哄着孩子入睡，做到家务、小孩两不误。

【注释】①娘团：小娘子。②続[zoi^{3}]：苎丝。③脚：训读为[ka^{1}]，本字“骹”。拥[ong^{6}]：抱着，拥着小孩哄其入睡。④丈夫[da$^{2(6)}$ bou^{1}]：男孩；《国语·越语上》：“生丈夫，二壶酒，一犬；生女子，二壶酒，一豚。”

【押韵】第一章1、2、4句押[i]（衣）、[in]（丸）韵；第二章1、2、4句押[ou]（乌）韵。

248. 戽斗好戽鱼

戽斗好戽鱼[①]，百钱买竹锯；竹锯好锯竹，百钱买五色；

五色一支旗，五男二女来团圆；团唔出[②]，团着老人腰脊骨[④]。

【解题】歌谣采用顶真、反复以及两句一韵等手法结构歌谣，属于唱着玩的“无厘头”歌谣。

【注释】①戽斗[hou$^{3(5)}$ dao^{2}]：用来戽水的器具；宋·陆游《喜雨》诗：“水车罢踏戽斗藏，家家买酒歌时康。”②唔：不。③腰脊骨：脊椎骨。

【押韵】1、2句押[e]（余）韵，3、4句押[êg]（液）韵，5、6句押[i]（衣）、[in]（丸）韵，7、8句押[ug]（熨）韵。

249. 脚痹痹

脚痹痹[①]，挽草来搭鼻[②]；鼻安安，牵马去上山；山危下[③]，鳖母骂鳖父；

鳖父熬山楂，鳖母熬豆干；一碗分阿三[④]，一碗分阿四，食了脚委痹[⑤]。

【解题】歌谣运用顶真、反复和押韵等手法，使歌谣朗朗上口。这是小孩游玩时手脚麻痹常唱的歌谣，以为可以解除麻痹。

【注释】①脚：训读为[ka¹]，本字“骹”。②挽草：拔草。挽：拔，拉。搭：贴。③危下[guin⁵⁽⁷⁾ gê⁶]：高低。危：高。下[gê⁶]：低、矮；《礼记·乐记》：“天高地下。”④分[bung¹]：给。⑤赟[bhoi⁶]：不会、不能，是“无会”的合音字。

【押韵】1、2句押[i]（衣）、[in]（丸）韵，3、4、8句押[uan]（鞍）韵，5、6句押[ê]（哑）韵，7、9句押[an]（嗳）韵，10、11句押[i]（衣）韵。

250. 大楼卖铜勺

大楼卖铜勺[1]，隔壁卖西药；西药西药饼，隔壁卖春饼[2]；
春饼肥哩肥[3]，隔壁卖秤锤[4]；秤锤重哩重，隔壁收购站；
收购站收破布，隔壁钉衫裤[5]；衫裤哩着纽，隔壁漱药酒[6]；
药酒醪哩醪[7]，隔壁锤铜锣[8]；铜锣响哩响，隔壁映电影。

【解题】这首儿歌采用顶真、反复辞格，两句一韵，“隔壁”一词两句一现，使歌谣朗朗上口。

【注释】①勺：读为[siêh⁸/sioh⁸]。②春饼：指潮州春饼，是潮州小吃的佳品。③肥：指油炸的春饼油很多。哩：连词，表示转折关系，与普通话的“虽然”语法意义相近。④秤锤[cing³⁽⁵⁾ tui⁵]：秤砣。⑤钉：缝纫。衫裤：衣服。⑥漱[ciu³]：用水洗刷，或喷洒液体后用力搓。漱药酒，即用药酒搓。⑦醪[lo⁵]：指液体的浓浊。⑧锤[dui⁵]：用锤敲打；铸造铜锣时最后由师傅“一锤定音”，所以用“锤”。

【押韵】1、2句押[iêh/ioh]（约）韵，3、4句押[ian]（营）韵，5、6句押[ui]（威）韵，7、8句押[ang]（按）韵，9、10句押[ou]（乌）韵，11、12句押[iu]（忧）韵，13、14句押[o]（窝）韵。

251. 拍啊拍铰刀

拍啊拍铰刀①，拍来铰绫罗②；绫罗整，过深河；深河深河深，一群姿娘团在听琴③；

琴好听，阿公阿嬷坐客厅④；客厅通底块⑤？通到后头花园边；

园中好花唔甘摘⑥，留分娘团插支辫⑦。支辫插好去落田⑧，保护阿兄收大冬⑨。

大簟锥⑩，细簟涨⑪，大家共庆丰收年，丰收年！

【解题】这首童谣，孩子们边唱边做，说得很遥远，充分体现了作者丰富的想象力，但最后落在"庆丰年"的主题上。

【注释】①铰刀：剪刀。②铰[ga1]：剪出，这里用作动词。绫罗：泛指丝织品。③姿娘团：小姑娘。在这里读[lo6]：助词，正在。④阿公阿嬷[ma2]：爷爷奶奶。⑤客[kah4]厅：旧式潮汕民居的主建筑中的大厅，可用于祭拜祖宗、会客等。通[tang3]：这里是连接、通往的意思。底[di7]块：哪里。⑥唔甘：舍不得。⑦留分[lao5(7) bung1]：留给。娘团：小娘子。⑧落田：下田。⑨保护：保佑。收冬：收获季节。⑩簟[diam6]：竹席。锥：满而高，像圆锥体。⑪涨：这里读为[din6]。

【押韵】1、2、4句押[o]（窝）韵，5、6句押[im]（音）韵，7、8句押[ian]（营）韵，10、12句押[in]（丸）韵，13、14句押[ang]（按）韵，16、17、18句押[in]（丸）韵。

252. 百钱买庉斗

拍铰刀，手捻螺①；捻螺团②，在深河；

深河深河深，一群姿娘来听琴③；琴好听，南北扫客厅。

三个疍家姨，点火来博钱④；三个三个三，点火来种柑；

种柑满树红，点火来挨砻[5]；挨砻挨米白，牵须牵大虾。
大虾捻掉须，虾囝炒芳油[6]；食着贡贡芳[7]，百钱买巴鳞[8]；
巴鳞殊殊甜[9]，百钱买弯镰；弯镰好割草，百钱买戽斗[10]。

【解题】这是一首儿歌，通篇运用顶真、反复等手法，追求声音的朗朗上口。

【注释】①手捻螺：手抄着手指头的螺纹。②捻螺囝：在河中摸小螺。③姿娘[ze^{1} niên^{5}/nion^{5}]：女人，本作“珠娘”。④疍[dang^{3}]家姨：疍家妇女。博[buah^{8}]钱：赌钱。⑤挨砻：碾米。挨[oi^{1}]：推。砻[lang^{5}]：磨稻谷去壳的工具。⑥虾囝：小虾。芳：白读为[pang^{1}]，香。⑦食着：吃了。贡贡芳：很香。⑧巴鳞[lang^{1}]：鱼名，圆鲹的一种。⑨殊殊甜：一点点甜。⑩戽斗[hou$^{3(5)}$ dao^{2}]：用来戽水的器具。

【押韵】1、2、4句押[o]（窝）韵，5、6句押[im]（音）韵，7、8句押[ian]（营）韵，9、10句押[i]（衣）、[in]（丸）韵，11、12句押[an]（嗳）韵，13、14句押[ang]（按）韵，15、16句押[ê]（哑）韵，17、18句押[iu]（忧）韵，19、20句押[ang]（按）韵，21、22句押[iam]（淹）韵，23、24句押[ao]（欧）韵。

253. 月娘月光光

月娘月光光[1]，秀才郎，骑白马，过阴塘；
阴塘水深深，船囝来载金[2]；载无金，载观音；
观音爱食好茶哩来煎[3]，爱娶雅姛哩在冠陇山[4]；冠陇姿娘会打扮，打扮儿夫去做官[5]；
去时草鞋共雨伞[6]，来时白马挂金鞍；阔阔门楼缚马索[7]，阔阔祠堂徛旗杆[8]。

【解题】这首童谣，孩子们边唱边做，说得较远，寄托着一种将来当官光耀门庭的愿望。

【注释】①光：白读为[geng1]。②船团：小船。团[gian2]：事物的小者。③爱：想要。哩：连词，表示承接关系，意同“就”。煎[zuan1]：熬、煮。④娶：[cua7]。雅�´：漂亮妻子。冠陇，也叫“冠山”，在今澄海。⑤儿夫：指丈夫。⑥共：作连词，与普通话“和”“及”等并列连词作用相同。⑦门楼：潮式建筑院落的大门，上有瓦顶，左右有“门楼房”，实际上是有门无楼。索：绳子。⑧徛[kia6]：站立，树立。

【押韵】1、2、4句押[eng]（恩）韵，5、6、7、8句押[im]（音）韵，9、10、12、13、14、16句押[uan]（鞍）韵。

254. 天顶一粒星

天顶一粒星，地下开书斋①；书斋门，未曾开，阿奴拼爱食油䭔②；

油䭔未曾熟，阿奴拼爱食猪肉；猪肉未曾割③，阿奴拼爱食番葛④；

番葛未曾挖⑤，阿奴拼爱食阿老爹三杯酒；乞老爹一叱⑥，敲破钵⑦；

钵衮骚⑧，敲破瓯；瓯衮缺⑨，敲破饭钵蒂⑩。

【解题】这是一首教孩子唱的童谣，采用顶真辞格，一环扣一环，颇为有趣。另有版本在“三杯酒”之后又作：“酒未激⑪，爱食粟⑫；粟未挨⑬，爱食鸡；鸡未刣⑭，爱食梨；梨未摘，阿奴哭了白白歇，白白歇⑮。”

【注释】①天顶：天上。书斋：学堂、学校。②阿奴：孩子。拼爱：抢着要。油䭔[dui1]：一种油炸食品。③割[guah4]：特指买卖猪肉等；陆澹安《戏曲词语汇释》：“宋元人称切肉为割。”④番葛：即番薯、地瓜。⑤挖 [liu2]：挖的意思。⑥乞[keh4]：被，介词。

吔[duah4]：喝吔。⑦敲：读为[ka3]，摔。⑧嫑 [bhoi6]："无会"的合音字。骚：因残破而变声，也叫"骚佬"。⑨缺[kih4]：残破。⑩饭钵蒂：饭锅边儿。蒂：头、边儿的意思。⑪激[gêg4]：此处指酿酒。⑫爱：要。粟：稻谷。⑬挨[oi1]：推，这里指用砻去谷壳。⑭刣[tai5]：宰，杀，本字为"治"。⑮白白歇：潮汕惯用语，指没有达到某种目的而无可奈何地不了了之。

【押韵】1、2句押[ê]（哑）、[ên]（楹）韵，4、5句押[ui]（威）韵，6、7句押[êg]（液）韵，8、9句押[uah]（活）韵，10、11句押[iu]（忧）韵，12、13句押[uah]（活）韵，14、15句押[ao]（欧）韵，16、17句押[ih]（裂）韵。

CHAPTER 8

第八辑 风物之歌

一 风景

255. 韩祠橡木

潮州八景真风流，韩祠起在笔岭头[1]；橡木开花传佳话[2]，文公恩泽永长流。

【解题】歌谣描写的是潮州八景之一的“韩祠橡木”。相传韩愈在笔架山亲手植了一棵橡木树。后来人们在大橡树后面修建了一座韩文公祠，以纪念韩愈。

【注释】①韩祠：即韩文公祠。起：修建。笔岭头：笔架山上。头：文读为[tiu^{5}]，与“流”押韵。②橡木：传说韩愈在笔架山亲手植的橡木树。

【押韵】1、2、4句押[iu]（忧）韵。

256. 凤凰塔

潮州八景真风流，凤凰宝塔影悠悠；宝塔好似擎天柱，不是龙湫胜龙湫。

【解题】歌谣描写的是潮州八景之一的“凤台时雨”上的主要景物凤凰塔。

【押韵】1、2、4句押[iu]（忧）韵。

257. 凤台时雨

潮州八景真风流，凤台时雨景更优。雾里误认蓬莱境，原来竟是凤凰洲。

【解题】歌谣描写的是潮州八景之一的“凤台时雨”。

【押韵】1、2、4句押[iu]（忧）韵。

258. 西湖渔筏

潮州八景真风流，湖边屹立涵碧楼[1]；钓台仙踪引游兴，渔筏随波湖上浮。

【解题】歌谣描写的是潮州八景之一的“西湖渔筏”。

【注释】①涵碧楼：在西湖边上，周恩来总理东征时曾住此楼。

【押韵】本首押的是文读韵，1、2、4句押[iu]（忧）韵，“楼”读[liu^{5}]，“浮”读[piu^{5}]。

259. 马丘松翠

潮州八景真风流，青松挺立金山头；金山有幸埋忠骨，马公忠烈传千秋[1]。

【解题】歌谣描写的是潮州八景之一的“金山古松”。

【注释】①马公：马发，南宋时任潮州摧锋寨主将，率部抗元，城陷，阖宅殉难。墓在金山顶。

【押韵】1、2、4句押[iu]（忧）韵。

260. 北阁佛灯

潮州八景真风流，临江小庙真清幽；一盏明灯照航路，灯光一照是蓬洲。

【解题】歌谣描写的是潮州八景之一的“北阁佛灯”。

【押韵】1、2、4句押[iu]（忧）韵。

261. 鳄渡秋风

潮州八景真风流，韩愈祭鳄古渡头[①]；一帆驶得风八面[②]，四时佳景算三秋。

【解题】歌谣描写的是潮州八景之一的“鳄渡秋风”。

【注释】①韩愈祭鳄古渡头：相传鳄溪鳄鱼吃人，韩愈被贬来潮之后，在鳄溪边古渡头祭鳄，自此鳄鱼不再出现。②风八面：相传在鳄渡江面，一帆可驶八面风。

【押韵】1、2、4句押[iu]（忧）韵。

262. 东门楼顶热腾腾

东门楼顶热腾腾，摩肩接踵看花灯；好花好灯好年景，欢声笑语话升平。

【解题】这首歌谣描写的是潮人观看花灯的盛况。

【押韵】1、2、4句押[êng]（英）韵。

263. 金石宫前龙眼花

九座庵内如来笑，万里桥上骏马跨；银湖院后虎耳草[①]，金石宫前龙眼花。

【解题】明朝状元林大钦未中榜首前曾到银湖教书，银湖老前辈以银湖书院后花园之虎耳草为题，上联是“银湖院后虎耳草”，让林大钦对下联。林大钦一时对不上，只好返回家中。林大钦是金石人，到了金石宫前时，龙眼树繁花似锦，春风阵阵飘落头顶，林大钦便对出下联“金石宫前龙眼花”。后人将此对联编入歌谣。

【注释】①银湖：位于今潮州市龙湖镇，东邻东升，南邻鹳巢，北连后郭，西接大吴，创建于宋朝，因地势周围高而中间低，有堆金积银之称，故名银湖。

【押韵】2、4句押[ua]（蛙）韵。

264. 爱

爱食好鱼马鲛鲳[1]，爱娶雅姼黄五娘[2]；爱读好书金山顶[3]，爱游好景湘子桥。

【解题】歌谣 “食好鱼、娶雅姼、读好书、游好景”四个方面在“好”这一点上是相关联的、一致的，体现一种铺排的美感。歌谣唱出了潮人心中理想的读书之地——金山顶，也唱出了潮州的旅游胜地——湘子桥。

【注释】①马鲛鲳：马鲛、鲳鱼都是好鱼。②娶：[cua7]。雅姼[bhou2]：美丽的妻子。黄五娘：潮剧《陈三五娘》的人物。③金山：在潮州老城区的北面。

【押韵】1、2、4句押[iên/ion]（羊）韵。

265. 广济桥

到广不到潮，枉费走一场；到潮不到桥[1]，痛到冲冲潮[2]。

【解题】到广东不到潮州、到潮州不到广济桥，将非常遗憾。作为中国四大古桥之一的广济桥，是我国唯一的启闭式桥梁，是潮州的城标。

【注释】①桥：指广济桥。②痛：白读为[tian3]。冲冲潮：频频顿足，非常遗憾的样子。

【押韵】1、2、3、4句押[iê/io]（腰）、[iên/ion]（羊）韵。

266. 潮州湘桥好风流

潮州湘桥好风流，十八梭船廿四洲[①]；廿四楼台廿四样，二只鉎牛一只溜[②]。

潮州湘桥好遢迌[③]，十八梭船廿四垛[④]；廿四楼台廿四样，二只鉎牛一只无。

【解题】这是一首吟咏潮州广济桥的歌谣。

【注释】①十八梭船廿四洲：广济桥江中心没有桥墩，以18艘梭形的木船连接为桥。②广济桥上原有两头生铁铸成的牛，潮人叫"鉎[sên^{1}]牛"。后来一次发大水，冲走了其中的一头。③遢迌[tig$^{4(8)}$ to^{5}]：玩，游玩。④垛：桥墩。

【押韵】第一章1、2、4句押[iu]（忧）韵；第二章1、2、4句押[o]（窝）韵。

267. 海门莲花峰

东风呼呼入海门[①]，莲花峰上绕忠魂[②]；人人敬仰文丞相，乌乌石上看剑痕[③]。

东风呼呼入海门，莲花峰上赞诗魂[④]；人人敬仰文丞相，阔阔祠堂正气存[⑤]。

【解题】这首歌谣描写了百姓对文天祥的敬仰。

【注释】①海门：海门湾，位于原潮阳县。②④：海门湾畔有古莲花峰，南宋文天祥等勤王事败终不仕元，古今名士多写诗词诵咏其事，刻于莲花峰石上。③乌乌：黑黑的。剑痕：相传文天祥用剑在石头上刻下"终南"二字。⑤阔阔：宽阔。祠堂：莲花峰附近建有忠贤祠。

【押韵】第一章、第二章1、2、4句均押[ung]（温）韵。

268. 灵山寺

灵山寺前叶叠叶[1]，寺旁有块写经石；大颠祖师好手气，抄写经文句句着[2]。

灵山寺前云叠云，寺后有口钟形坟[3]；祖师归西上千载，千载古迹好好存。

【解题】这首歌谣是在纪念灵山寺大颠祖师。

【注释】①灵山寺：在原潮阳县。唐朝大颠和尚是灵山寺的开山祖师。②句句：每一句。着[diê/ioh^{8}]：对，正确，作形容词。③钟形坟：用石块垒成的大钟状的坟墓。

【押韵】第一章1、2、4句押[iên/ioh]（约）韵；第二章1、2、4句押[ung]（温）韵。

二 物产

269. 潮州出名雅抽纱

南海水深出沙虾，凤凰山高出芳茶[1]；潮州姿娘针工巧[2]，潮州出名雅抽纱。

【解题】这首歌谣唱出了潮州特产，尤其赞美技艺独特的潮州民间手工艺——潮州抽纱。

【注释】①芳[pang^{1}]：香。②姿娘[ze^{1} niên^{5}/nion^{5}]：女人，本作“珠娘”。③雅：漂亮、美丽。

【押韵】1、2、4句押[ê]（哑）韵。

270. 凤凰茶

茶品由来苦胜甜，苦尽甘来分外香；茶客但知凤茶好，姑娘掐破玉指尖。

茶品由来苦胜甘，凤凰名茶世无双；茶客但知凤茶好，须知选丛输单丛[①]。

【解题】这首歌谣赞美凤凰茶的茶香，也唱出采茶的艰辛、茶种的优劣。

【注释】①选丛输单丛：选丛茶不如单丛茶。选丛：选株采制。单丛：单株采制。

【押韵】第一章1、2、4句押[iam]（淹）、[iang]（央）韵；第二章1、2、4句押[am]（庵）、[ang]（按）韵。此首歌谣来自没有-m韵尾口音的澄海、庵埠至枫溪一带，所以[am]、[ang]通押。

271. 枫溪出名通花瓶

枫溪出名通花瓶，瓶高四尺壁三层；三层瓶壁雕花鸟，鸟语花香赞神工。

枫溪出名通花瓶，瓶高四尺壁三层；三层瓶壁雕山水，千山万水赠亲人。

【解题】潮州被称为“中国瓷都”，枫溪是陶瓷工业集中之地，其著名特种工艺陶瓷——通花瓷，造型精致，精雕细刻，巧夺天工。

【押韵】第一章、第二章1、2、4句均押[ang]（按）韵，“瓶”读[bang⁵]。

272. 膏蟹

膏蟹缒缒蟹膏红①，红红膏蟹坫草丛②；红红膏蟹名色好③，有食膏蟹好命人。

膏蟹饱饱蟹膏红，红红蟹膏美又芳④；红红蟹膏称珍味，膏蟹真是吊渴人⑤。

【解题】歌谣描写的是“水产三珍”之一的膏蟹，素与鲍鱼、海参相媲美。

【注释】①膏蟹：螃蟹的一个品种。缒缒[tui7]：这里是沉甸甸、饱满的意思。②坫[diam3]：躲、藏。③名色：名气。④芳：白读为[pang1]，香。⑤吊渴：羡煞。

【押韵】第一章、第二章1、2、4句均押[ang]（按）韵。

273. 乌耳鳗

南海堤外是海滩，南海堤内乌耳鳗；乌耳肥美营养好，想食乌耳无哳哇①。

南海堤外是海滩，南海堤内乌耳鳗；乌耳好食想困肚②，想食乌耳学掠鳗③。

【解题】这首歌谣介绍的是潮汕特有的海产品——乌耳鳗，它生长于韩江的出海口，水质半咸半淡的地方。

【注释】①无哳哇[da1ua5]：无奈何，爱不可得、空吊胃口的窘态。②想困肚：越想肚子越饿。③掠[liah8]：捕捉。

【押韵】第一章、第二章1、2、4句均押[uan]（鞍）、[ua]（蛙）韵。

274. 潮州姿娘好针工

潮州姿娘好针工[1]，十指尖尖舞银针；绣出梅花散香味，绣出七女下凡间。

潮州姿娘好针工，十指尖尖舞银针；绣出大厦成群起[2]，绣出春色在人间。

【解题】这首歌谣盛赞潮州刺绣技艺精巧、轻盈淡雅，绣品图案千姿百态、栩栩如生。

【注释】①姿娘：姑娘。②成群起：成片建造。

【押韵】第一章、第二章1、2、4句均押[am]（庵）、[ang]（按）韵。

275. 工夫茶

山绞炭[1]，薄锅囝[2]，正苏罐[3]，溪水饕[4]；

危冲下酾[5]，刮沫淋盖[6]；关公巡城[7]，韩信点兵[8]。

【解题】潮州工夫茶有一整套完整的冲泡技艺程式，这首歌谣就是一首茶艺歌。

【注释】①潮人煮茶多用一种叫“绞枳炭”的木炭。绞枳炭一经点燃，室中可闻淡淡炭香。②薄锅囝[gian^2]：用含砂陶泥做成的小水壶，也叫“砂铫”。③茶壶俗称“冲罐”，以江苏宜兴朱砂泥制者为佳。④工夫茶的选水，以山水为上，江水为中，井水为下。饕[zian^2]：不碱不咸；《玉篇·食部》：“饕，子敢切；无味也。”⑤危冲：开水有力冲击茶叶，使茶的香味更快挥发，而茶中的单宁则来不及挥发，茶就不会有苦涩味了。危[guin^5]：高。下酾[gê$^{6(7)}$ sai^1]：酾茶时冲罐要靠近茶杯，叫“酾酒”，以免激起泡沫，发出声响，且可防止茶汤散热太快。下[gê^6]：低、矮。酾[sai^1]：原义是过滤酒，这里指“酾茶”；《诗·小雅·伐木》：“伐木许许，酾酒有藇。”⑥刮沫[guêh$^{4(8)}$ puêh^{8}]：即用拇、食两指捏住壶盖，沿壶口水平方向轻轻一刮，沫即坠散入茶垫中，旋将盖儿盖住。淋[nam^{5}]盖：即“淋罐”，俗谓“热罐”，刮沫盖好壶盖后，以开水淋于壶上，壶外追热，内外夹攻，以保证壶中有足够的温度。⑦酾茶时按顺时针方向将茶汤依次轮转酾入茶杯，须两三次，使各杯汤色均匀，叫“关公巡城”。⑧茶汤酾毕，壶中尚有余沥，须尽数依次滴入各杯中，叫“韩信点兵”。

【押韵】2、4句押[ian]（营）韵，5、6句押[ai]（哀）韵，7、8句押[ian]（营）韵。

276. 阮个家乡出了宝

阮个家乡出了宝[①]，宝贝就是狮头鹅；狮头鹅，生来大相样[②]，支颔弯弯头叠桃[③]；

摇摇摆摆过街市，轻轻松松浮绿波；一日食饱无乜事[④]，歌声句句鹅鹅鹅！

【解题】这首歌谣唱的是澄海著名特产——狮头鹅。

【注释】①阮个家乡：我们的家乡。②狮头鹅：澄海名产。生来大相样：长得体型很大。③颔：颈部。头叠桃：狮头鹅头上隆起一肉包，好似在上面放了一只桃子，故云。④乜事：什么事。

【押韵】1、2、4、6、8句押[o]（窝）韵。

277. 土产多

让我在此来啰嗦，歌团敲出潮州名牌产品多[①]：澄海出名猪头粽[②]，月浦出名狮头鹅，

桑田出名大只蟹[③]，潮阳出名冬瓜膏，普宁出名老豆酱，溪口出名甜杨桃[④]，

新墟出名芳菜脯[⑤]，归湖出名好槟榔[⑥]，东里出名鲜薄壳[⑦]，潮州姑苏香腐别处无。

这条歌团又是猜条谜，十处出产都是好，射作中药共三件。谜底："生地、五加、五味，"

大家听着妥不妥？

【解题】这首歌谣描写了潮汕地区10个地方的10种特产，也是一首灯谜歌谣。

【注释】①歌团：歌谣。敲出：敲着竹板唱出。敲[ka³]：敲击。②猪头粽：澄海著名小吃之一，用瘦肉加配料压成的肉饼。③大只蟹：个儿很大的螃蟹。④杨桃："桃"读为[do⁵]。⑤芳：白读为[pang¹]，香。菜脯：萝卜干。⑥槟榔："榔"读为[no⁵]，此处指橄榄。⑦薄壳：一种贝类海产，壳薄，小指大小，江浙沿海一带称海瓜子。

【押韵】1、2、4、6、8、10、12、14、17句押[o]（窝）韵，13、16句押[i]（衣）韵。

278. 南澳渔名歌

是谁认得天顶星？是谁认得海鱼虾？相伴月华有七星，南辰北斗出秋夜。

正月带鱼来看灯，二月春止假金龙[①]，三月黄脊遍身肉[②]，四月巴鳞身无鳞[③]，

五月好鱼马鲛鲳[④]，六月沙尖上战场[⑤]，七月赤棕穿红袄[⑥]，八月红鱼作新娘[⑦]，

九月赤蟹一肚膏，十月冬蛴脚无毛[⑧]，十一月墨斗放烟幕，十二月龙虾持战刀。

海底鱼虾真是多，恶霸歹鱼是鯠哥[⑨]，鲩鱼头戴大白帽[⑩]，乌鲀身上穿乌袄[⑪]。

【解题】歌谣采用十二月歌和拟人手法，把十几种鱼虾按照出产季节传唱。

【注释】①春止：鱼名。②黄脊[ziah4]：一种海鱼。③巴鳞[lang1]：鱼名，圆鲹的一种。无鳞[lang5]：没有鳞片。④马鲛鲳：马鲛、鲳鱼都是好鱼。⑤沙尖：一种海鱼，又名“沙梭”。⑥赤棕：一种鱼名，肉厚刺少，肉质细腻。穿：训读为[cêng7]。⑦红鱼：学名叫红鳍笛鲷，全身鲜红色，得名。⑧蟳[cih8]：梭子蟹。⑨唻[lai3]哥：鱼名。⑩鲩[tê7]鱼：又叫豆腐鱼，学名龙头鱼，潮州府城叫“佃[doin7]鱼”。⑪乌鲀 [goih4]：一种海鱼。乌：黑色。

【押韵】1、2、3、4句押[ê]（哑）、[ên]（楹）韵，5、6句押[êng]（英）韵，9、10、12句押[iên/ion]（羊）韵，13、14、15、16、17、18、19、20句押[o]（窝）韵。

279. 农事歌

正月落粟种[①]，二月荫冬瓜，三月禾苗长，四月茄开花，五月桃囝熟[②]，六月掘地瓜，

七月摘龙眼[③]，八月剥麻皮，九月鱼菜齐，十月新米炊，十一月柑皮红，十二月梅开花。

【解题】歌谣按十二月铺陈，铺写了一年的农事以及各个季节的瓜果蔬菜。

【注释】①粟种：稻谷种子。落种：也叫“下种”，即播种。②桃囝：桃子。③龙眼：白读为[nêg8(4) oin2]。

【押韵】2、4、6、8、10、12句押[uê]（锅）韵。

280. 正月正

正月正，新囝婿，上客厅①；二月二，老妈囝，入庵寺②；
三月三，桃囝李囝够你担③；四月四，桃囝李囝耐你背④；
五月五，龙船囝，满溪橹⑤；六月六，新米饭，胀到目⑥；
七月七，多年乌，龙眼痱⑦；八月八，云片糕，生哩截⑧；
九月九，风禽囝，满天走⑨；十月十，尖担囝，四处插⑩；
十一月十一，家家户户买纸笔⑪；十二月十二，收番批，预过年⑫。

【解题】歌谣唱的是潮汕民俗事略，一年中潮汕常见的事情尽在歌谣吟咏中。其中“正月正，新囝婿，上客厅”“五月五，龙船囝，满溪橹”“七月七，多年乌，龙眼痱”“九月九，风禽囝，满天走”等都成了潮汕谚语。

【注释】①新囝婿，上客厅：指新女婿到岳父家拜年。②老妈囝，入庵寺：指家庭妇女们纷纷到寺庙里烧香拜佛。③桃囝李囝够你担：桃子、李子等水果成熟，任你挑也挑不完（言其多）。④耐你背[bi³]：任你背个没完（言其多）。⑤满溪橹[lou⁶]：到处的河里都在赛龙舟。⑥胀到目：极言吃得太饱。⑦多年：一种野果，即山棯子。痱[big⁴]：爆裂，这里指果子成熟；《龙龛手鉴·疒部》：“痱，《字统》云：肿满闷而皮裂也。”⑧潮汕中秋节有拜月的习俗，云片糕是不可少的供品。生[cên¹]哩截：不停地切。⑨风禽囝：风筝。⑩尖担囝：即尖担，一种竹木制的、两头尖的、用来挑柴草的农具；元·关汉卿《救风尘》第三折：“若与了一纸休书，那妇人就一道烟去了。这婆娘若是不嫁我呵，可不弄的尖担两头脱？”四处插：到处插。这一句说到了晚造收成的季节。⑪潮人冬至有扫墓的习俗，叫“挂冬纸”，要买纸钱去压坟头，买毛笔去为墓碑描字。⑫番批：从海外寄来的侨汇。预过年：准备过年。

【押韵】第一章第1、3句押[ian]（营）韵；第二章第1、3句押[i]（衣）韵；第三章第1、2句押[an]（暖）韵；第四章第1、2句押[i]（衣）韵；第五章第1、3句押[ou]（乌）韵；第六章第1、3句押[ag]（恶）韵；第七章第1、3句押[ig]（乙）韵；第八章第1、3句押[oih]（狭）韵；第九章第1、3句押[ao]（欧）韵；第十章第1、3句押[ag]（恶）韵；第十一章第1、2句押[ig]（乙）韵；第十二章第1、3句押[i]（衣）、[in]（丸）韵。

281. 时年民俗歌

正月元宵人游安[1]，各家各处人看人；各乡各里神赛会[2]，吹箫鼓乐闹呛呛。

二月排来是春分，各家上山祭祖坟；祭祷阿公来保护[3]，保护千团共万孙[4]。

三月踏上是清明，清明脚踏满月光；各家上山去扫墓，纪念先祖共先灵。

四月初起是夏天，此月无节免使钱[5]；各家各处转凝衫[6]，转了凝衫换热衣[7]。

五月端午扒龙船[8]，龙船好看闹纷纷；各家各处人缚粽[9]，纪念屈原祭忠魂。

六月小暑割早季[10]，种籽落塗百二天[11]；一下锄头三滴汗，为人饮食真艰难。

七月排来是孟秋，秋风扑面脸悠悠；田团播好着力管[12]，争取大冬得丰收[13]。

八月节名叫中秋，中秋朥饼着浮油[14]；人人庆祝好佳景，八仙和会出来游。

九月九日是重阳，重阳孔子天下强；诲而不倦三千数，七十二士史册传。

十月以来人收冬⑮，收粘收秫入仓房⑯；感动神农个恩德，赐与天下度三餐。

十一月到来年近边，各家各处人挲圆⑰；挲圆就来过冬节，冬节日子无定期。

十二月到来年在边，各处神明爱上天⑱；上天之日在廿四，送神之后正过年⑲。

【解题】歌谣铺写一年各个时节潮汕地区民间的各种风俗。

【注释】①游安：游神。②乡里[hiên1/hion1li2]：村子，故乡；齐·王琰《冥祥记·赵泰》："（赵泰）精思典籍，有誉乡里。"③保护[ho7]：保佑。④囝[gian2]：古闽语词，孩子。⑤免：不用。使钱：花钱。⑥凝[ngang5]：寒冷。⑦热：白读为[ruah8]，跟"冷"相反。⑧扒[pê6]龙船：赛龙舟。⑨缚粽：包粽子。⑩早季[guê3]：即早造。⑪种籽：种子。塗[tou5]：泥巴，泥土。⑫田囝：小田园。囝：事物的小者。播好：播好种。着[dioh8]：要，得，情态动词。力[lag8]：勤快。⑬大冬：收获的季节，这里指晚造。⑭朥[la5]饼：一种潮式月饼。着浮油：得用油炸。⑮收冬：收获季节。⑯粘[ziam1]：粳稻。秫[zug8]：指糯稻或糯米。⑰挲[so1]圆：用两个手掌搓糯米粉末儿做汤圆。潮俗在冬至吃汤圆。⑱爱：将要。⑲正[zia3]：才。

【押韵】第一章1、2、4句押[ang]（按）韵；第二章1、2、4句押[ung]（温）韵；第三章1、4句押[êng]（英）韵；第四章1、2、4句押[i]（衣）、[in]（丸）韵；第五章1、2、4句押[ung]（温）韵；第七章1、2、4句押[iu]（忧）韵；第八章1、2、4句押[iu]（忧）韵；第九章1、2、4句押[iang]（央）、[uang]（汪）韵；第十章1、2、4句押[ang]（按）韵；第十一章1、2、4句押[in]（丸）、[i]（衣）韵；第十二章1、2、4句押[in]（丸）韵。

282. 潮汕鱼名歌

正月人游安[①]，铜钦鼓手闹呛呛[②]；鲤鱼怀春去游玩，乌脐脚后乱咬人[③]。

二月是春天，杨官骑马去娶妻[④]，红鱼梳妆待出阁，鞋底嘴歪徛一边[⑤]。

三月人踏青，花鰆大肚好过家[⑥]，乌鲦生孬卜卜跳[⑦]，苦初轻浮假食斋[⑧]。

四月梅落沟[⑨]，乌鱼乌乌免梳头[⑩]，鲵鱼软软全无骨[⑪]，尖鱼尖尖如钻头[⑫]。

五月端午时，鲫鱼娶囝落河池[⑬]，沙虾弯腰去迎接[⑭]，鲐鱼目赤唔看伊[⑮]。

六月粟上庭[⑯]，胡溜落田去寻兄[⑰]，寻到鳝鱼回家转，遇着鳗鱼同路行。

七月七夕来，带柳无娘心唔开[⑱]，爱娶花桃小娘囝[⑲]，虎鲨无端起祸灾[⑳]。

八月是中秋，星鱼水帕海中泅[㉑]，蚶蚌玷夤难寻觅[㉒]，鳖母生卵上沙洲[㉓]。

九月寒露风，乌鲀巴鳞上镇关[㉔]，看见金鱼貌清彩[㉕]，害伊二人目圈红[㉖]。

十月人收冬[㉗]，鲢鱼草鱼结成双，鲈鱼暗中去捣乱，鳙鱼骂伊唔肖人[㉘]。

十一月来冬节天[㉙]，鲧鱼墨斗骂软鱆[㉚]，咒骂软鱆唔正派，乱拖鲀哥落水乡[㉛]。

十二月北风呼呼声，黄裳伴妻去旅行[㉜]，花仙娘囝多俊秀[㉝]，毛蟹看到目䂖斜[㉞]。

三冬去尽是过年，水族聚会唱团圆；鱼虾蚶蟹成百样，问君底样味新鲜[㉟]?

【解题】歌谣运用十二月歌的形式，按出产的季节把几十种鱼拟人化，传唱起来趣味无穷。

【注释】①游安：指正月里的游艺活动，包括游神赛会等。②铜钦鼓手[siu^{2}]：泛指锣鼓器乐。③乌脐：鱼名。④杨官：鱼名。娶：[cua^{7}]。⑤鞋底：又叫狗舌，属比目鱼类。嘴：训读为[cui^{3}]，本字“喙”。徛[kia^{6}]：站立。⑥花鲑 [guai^{1}]：河豚。好过家：喜欢串门。⑦乌鲦[tiao^{5}]：一种小鱼；《本草纲目·鳞部》：“鲦，生江湖中，小鱼也。”生孬：长得不好看。卜卜跳：不停地跳。⑧苦初：小鱼名。⑨梅落沟：梅子熟了，掉落沟里。⑩乌鱼：鲻鱼。⑪鮀[tê^{7}]鱼：潮州府城叫“佃[doin^{7}]鱼”。⑫尖鱼：尖头鱼。⑬娶囝[cua^{7} gian^{2}]：带着孩子。⑭沙虾：虾的一种。⑮目赤：眼睛红红的。⑯粟：稻谷。庭[dian^{5}]：庭院。⑰胡溜：有些地方叫“塗溜”，泥鳅。落田：下到田里去。⑱带柳：一种小而长的带鱼。无娘：没女人。⑲爱：想要，希望。花桃：鱼名。⑳虎鲨：鱼名，体大而凶恶，捕食小鱼。㉑泅[siu^{5}]：游。㉒坫𦤎：躲藏起来。坫[diam^{3}]：躲藏。𦤎[min^{1}]：藏得严实，看不见；《说文·自部》：“𦤎，宀宀不见也。”㉓生卵：产卵。㉔乌鲅：鱼名。㉕清彩：漂亮。㉖目圈：眼眶。圈：音[kou^{1}]，本字“箍”。㉗收冬：收获季节。㉘鳙[song^{5}]鱼：也叫大头鳙。肖：像；《说文·肉部》：“肖，骨肉相似也。”㉙冬节：冬至。㉚软鱆：鱼名。㉛鯠[lai^{3}]哥：鱼名。㉜黄裳[ciên^{5}/cion^{5}]：鱼名。㉝花仙：鱼名。㉞目委 [bhoi^{6}]斜：目不转睛。㉟底样：哪样。底[di^{7}]：疑问代词，什么，何。

【押韵】第一章1、2、4句押[ang]（按）韵；第二章1、2、4句押[i]（衣）、[in]（丸）韵；第三章1、2、4句押[ê]（哑）、[ên]（楹）韵；第四章1、2、4句押[ao]（欧）韵；第五章1、2、4句押[i]（衣）韵；第六章1、2、4句押[ian]（营）韵；第七章1、2、4句押[ai]（哀）韵；第八章1、2、4句押[iu]（忧）韵；第九章1、2、4句押[ang]

（按）、[uang]（汪）韵；第十章1、2、4句押[ang]（按）韵；第十一章1、2、4句押[iang]（央）韵；第十二章1、2、4句押[ia]（呀）、[ian]（营）韵；第十三章1、2、4句押[in]（丸）韵。

283. 潮汕特产歌

敲起竹板笑呵呵，手敲竹板口唱歌；歌唱家乡潮汕美，山明水秀绿满坡。

潮汕四季如春天，春夏秋冬瓜果香，韩江两岸花似锦，年丰物阜唱细详。

潮汕蕉柑最优良[1]，潮汕抽纱名传扬，潮汕刺绣甲天下，潮汕木雕最特长。

揭阳出名芳豉油，达濠出名本港鱿，凤湖出名青橄榄，南澳出名甜石榴。

鸥汀出名鸥汀鸡，潮州出名义成鞋[2]，南澳出名老冬蛴[3]，桑田出名大赤蟹。

葵潭出名大菠萝，苏南出名好卤鹅，海山出名大虾脯，溪口出名甜杨桃。

邹堂出名青皮梨，石狗坑出乌梨畔[4]，潮州出名鸭母稔[5]，梅林出名大红柿。

下湖出名好荔枝，达濠出名鲜鱼丸，樟林出名大林檎[6]，隆都出名落汤糍[7]。

海门出名大红螺，月浦出名狮头鹅，潮州出名姑苏腐，浮洋出名拍铜锣。

凤凰出名凤凰茶，内拳出名酥杨梅，石马出名石马柰，东湖出名大西瓜。

靖海出名鲜鲍鱼，达濠出名钓鳗鱼，水吼出名槟榔芋[8]，后陇出名好番薯[9]。

枫溪出名烧雅缶[10]，赤沙大蚶鲜又肥，汫洲出名鲜薄壳[11]，庵埠出名大菜蕾[12]。

榕城出名乒乓馃[13]，汕头出名炒糕馃[14]，澄海出名猪头粽[15]，峡山出名放烟火。

桃山出名芥蓝花[16]，榕城出名做大吹[17]，鸥汀出名好铰刀，金石出名种雅花。

神泉出名白腹鲳[18]，金浦出名种稚姜[19]，洪阳出名酥竹蔗[20]，溪口出名好弓蕉。

潮州出名椪桶柑[21]，山门城出好耒沙[22]，大长陇出好南糖，流沙出名浮豆干[23]。

海门出名乌糕团[24]，和平出名好葱饼，沙浦出名好酥糖[25]，贵屿出名浮膀饼[26]。

东津出名好缶塗[27]，潮州出名做大鼓，普宁出名好豆酱，新亨出名老菜脯[28]。

棉湖出名冬瓜丁[29]，澄海出名做纱灯，苏南出名麻豆薄[30]，榕城出名麻油精。

潮汕物产实在多，好编诗歌千万箩，唱到香港共泰国，唱到日本新加坡，

唱到澳洲欧罗巴，唱到美国墨西哥。

【解题】此歌谣刊自《潮汕歌谣新注》一书，是一首由著名潮汕曲艺家王敏先生加工创作表演的方言歌，其中有不少唱段来源于民间传唱的歌谣。

【注释】①蕉柑：潮州柑的一种。②义成鞋：义成鞋铺制作的鞋子。③老冬蟳[cih8]：梭子蟹的一种，冬天最当令，故云。④乌梨畔：切成半的腌制的山楂。畔[bain5]：揭阳口音，与“梨”“柿”相押。⑤鸭母捻[nim3]：一种有馅儿的汤圆。⑥林檎：番荔枝。⑦落汤糍

[zin^{5}]：糯米糍粑。⑧槟榔芋：芋头的一种。⑨番薯：甘薯、地瓜。⑩烧雅缶：烧出漂亮的瓷器。缶：训读为[hui^{5}]，陶瓷的统称。⑪薄壳：一种贝类水产品，壳薄，小指大小，又称海瓜子。⑫大菜蕾：卷心的大芥菜。⑬乒乓馃[guê^{2}]：一种糯米粉末做皮，芝麻、花生和糖做馅的饼。⑭炒糕馃：一种切成大拇指粗细，用油煎后加酱油、糖而成的粉糕。⑮猪头粽：用猪胫肉加配料压成的肉饼。⑯芥蓝花：芥蓝菜心。⑰大吹：唢呐的一种。⑱白腹鲳[ciên^{1}/cion^{1}]：鲳鱼的一种。⑲稚姜：用以做菜的一种嫩姜。⑳酥竹蔗：一种很脆的小甘蔗。㉑椪[pong^{3}]桶柑：柑的一种，皮薄而柔，肉质甜。椪：本字“胖”；《玉篇·肉部》：“胖，普江、普降二切，胖，胀也。”㉒束沙：花生米外包白糖的一种糖果。㉓浮豆干：油炸豆腐。㉔乌糕团：一种用芝麻和糯米磨成粉末儿加糖做成的饼。㉕酥糖：一种糖果。㉖浮：油炸。朥[la^{5}]饼：月饼的一种。㉗缶塗：做瓷器用的泥土。塗[t̃ou^{5}]：泥巴，泥土。㉘菜脯：萝卜干。㉙冬瓜丁：糖冬瓜条。㉚麻豆薄：做成薄片的芝麻花生糖。

【押韵】1、2、4句押[o]（窝）韵，5、6、8、9、10、12句押[iang]（央）韵，13、14、16句押[iu]（忧）韵，17、18、20句押[oi]（鞋）韵，21、22、24句押[o]（窝）韵，25、26、28句押[ai]（哀）、[ain]（爱）韵，29、30、32句押[i]（衣）、[in]（丸）韵，33、34、36句押[o]（窝）韵，37、38、40句押[uê]（锅）韵，41、42、44句押[e]（余）韵，45、46、48句押[ui]（威）韵，49、50、52句押[uê]（锅）韵，53、54、56句押[uê]（锅）韵，57、58、60句押[iên/ion]（羊）韵，61、62、64句押[a]（亚）、[an]（嗳）、[uan]（鞍）韵，65、66、68句押[ian]（营）韵，69、70、72句押[ou]（乌）韵，73、74、76句押[êng]（英）韵，77、78、80、82句押[o]（窝）韵。

三 谜语

284. 须赤赤

老伯须赤赤[①]，支棺插尻脊[②]；有事冲冲斐[③]，无事门后歇。

【解题】这是一首谜语歌谣，谜底是“扫帚”。

【注释】①须[ciu1]：胡须。赤赤：赤色。②尻脊[ga1ziah4]：脊背。③冲冲斐：急忙忙地兜圈。斐[hui1]：往来兜圈；《汉书·扬雄传》：“昔仲尼之去鲁兮，斐斐迟迟而周迈。

【押韵】1、2、4句押[iah]（益）韵。

285. 天顶一园草

天顶一园草，地下人种茬；茬下二支灯[②]，灯下一条龙；
龙下一个甯，一尾红头鲤鱼跳唔出[③]。

【解题】这是一首童谣谜语，六句分别隐喻头发、眉毛、眼睛、鼻子、嘴巴和舌头。

【注释】①茬：即茬叶，可和槟榔嚼食。②支：量词，盏。③唔：不。

【押韵】1、2句押[ao]（欧）韵，3、4句押[êng]（英）韵，5、6句押[ug]（熨）韵。

286. 头哩浮大包

头哩浮大包[①]，颌哩砻臂钩[②]，身像四肚船[③]，双脚染红糟[④]，
行哩小娘团样[⑤]，开嘴大声掰喉[⑥]。

【解题】这是一首童谣谜语，谜底是“狮头鹅”。

【注释】①哩：语气词，用在主谓语之间，表示语气舒缓，并补足音节。浮：长出。②颔：白读为[am^{6}]，脖子。砻[lang^{5}]：磨稻谷去壳的工具。③四肚船：船的一种。④红糟：红色染料。⑤行：走路。小娘团样：小娘子模样。⑥大声跰[bêh^{4}]喉：扯开嗓门高声叫。

【押韵】1、2、4、6句押[ao]（欧）韵。

287. 谁能算

谁能算出天顶星[1]？谁能算出海底虾？谁能算出砻脚米[2]？谁能算出人厝家[3]？

神仙算出天顶星，龙王算出海底虾，米筛算出砻脚米[4]，乞食算出人厝家[5]。

【解题】这是一首对歌式的歌谣。

【注释】①天顶：天上。②脚：边。③厝[cu^{3}]：房屋。④米筛：筛米的筛子。筛：训读为[tai^{1}]，用竹子篾编成的一种有孔的器具，可把细东西漏下，粗的留下。⑤乞[keg^{4}]食：指乞丐。

【押韵】第一章、第二章1、2、4句均押[ê]（哑）、[ên]（楹）韵。

288. 你猜乜狮牙丝丝

你猜乜狮牙丝丝[1]？你猜乜狮徛门边[2]？你猜乜狮得人惜[3]？你猜乜狮好赚钱？

我知壁狮牙丝丝[4]，我知石狮徛门边，我猜金狮得人惜[5]，正月虎狮好赚钱[6]。

【解题】这也是一首对歌。

【注释】①乜[mih^{4}]：什么，疑问助词。②徛[kia^{6}]：站立。③得人惜：让人爱怜、喜欢。④知：知道。⑤金狮：糖狮，用花生、白糖等做成的祭神用的狮子型供品。⑥正月虎狮：每逢正月初一至廿日，虎狮班到各地表演。

【押韵】第一章、第二章1、2、4句均押[i]（衣）、[in]（丸）韵。

289. 市中有鱼篮底空

市中有鱼篮底空[1]，霸王被困在乌江，关公五关斩六将，借问刘备何朝人？

【解题】这首歌谣是一首谜语，第一句谜底是“无钱”，第二句是“屈死”，第三句是“英雄”，第四句是“汉”。谜底合起来就是一句潮谚：“无钱屈死英雄汉。”

【注释】空[kang1]：洞，窟窿；《说文·穴部》：“空，窍也。”

【押韵】1、2、4句押[ang]（按）韵。

四 哲理

290. 天地补忠厚

天地补忠厚，好人好在后；万恶淫为首，行孝食老老[1]。

【解题】歌谣告诫世人要忠厚孝顺，并笃信好人有好报。

【注释】①行孝：行孝道。食老老：长命百岁。

【押韵】1、2、4句押[ao]（欧）韵。

291. 做人

做贼先从偷把米，博钱先从蚶壳起[1]；教囝先从细时教[2]，做人先从勤俭起。

【解题】歌谣讲述了这样一个道理：任何一种习惯都是从小做起，坏习惯如此，好习惯亦然，因此教育孩子学会做人要从小时候、小事情做起。

【注释】①博[buah^{8}]钱：赌钱。②囝[gian^{2}]：古闽语词，孩子。细时：小时候。

【押韵】1、2、4句押[i]（衣）韵。

292. 一树分两枝

一树分两枝，一头欢喜一头啼[1]；乌鸦生着孝顺囝[2]，客鸟生着忤逆儿[3]。

【解题】歌谣运用对比手法吟唱，赞扬了乌鸦反哺。其实萦绕在人们心头的“反哺情结”是维系社会及家庭走向和谐、温馨和安宁的重要力量。

【注释】①一头……一头……：一边……一边……，用作连词。②即指“乌鸦反哺”，比喻奉养长辈的孝心。出自《本草纲目·禽部》载：“慈乌：此鸟初生，母哺六十日，长则反哺六十日。”囝[gian^{2}]：古闽语词，孩子。③客鸟：喜鹊。忤逆儿：不孝儿子。

【押韵】1、2、4句押[i]（衣）韵。

五 述戏

293. 戏谚之一

花旦射目箭[1]，小生擎白扇[2]，乌衫目汁滴[3]，乌面比架势[4]。

【解题】这首歌谣说的是潮剧各行当的基本功，其实也是戏曲谚语。

【注释】①射目箭：指运用眼神。②擎：白读为[kia^5]，拿。③乌衫：青衣旦。目汁：眼泪。④乌面：花脸。比架势：做出各种姿势。

【押韵】1、2、3、4句押[i]（衣）、[in]（丸）韵。

294. 戏谚之二

花旦平肚脐，小生平胸前，老生平下颏[①]，乌面平目眉[②]，老丑四散来[③]。

【解题】这首歌谣是潮剧谚语，指各行当手部动作的基本部位。

【注释】①下颏：下巴。②目眉：眉毛。③老丑：丑角。四散来：随意做动作。

【押韵】1、2、3、4、5句押[ai]（哀）、[ain]（爱）韵，“前”读[zain^5]。

295. 门脚一丛柑

门脚一丛柑[①]，唔危唔下好晾衫[②]；唔危唔下好打扮，打扮起来肖陈三[③]。

门脚一丛蕉，唔危唔下好围腰；唔危唔下好打扮，打扮起来肖五娘。

【解题】这是一首吟咏《陈三五娘》戏曲故事的歌谣，作者以常见的植物起兴，希望能找到一个像戏曲里那样漂亮的如意郎君或者好姑娘。

【注释】①门脚：门口。②唔危唔下：不高不矮。危[guin^5]：高。下[gê^6]：低、矮。晾[nên^5]衫：晾衣服。③肖[siao^6]：像。

【押韵】第一章1、2、4句押[an]（嗳）韵；第二章1、2、4句押[iê/io]（腰），[iên/ion]（羊）韵。

296. 阿嫲唱歌心头伤

橄榄掺盐盐掺姜[①]，阿嫲唱歌心头伤[②]：先唱枭情柴赵郑[③]，又唱有义刘关张。

只顾唱歌无看臼，一臼橄榄舂成浆。

【解题】歌谣写的是阿嫲（奶奶）边做“橄榄散”边唱潮州歌册，被歌册中的故事深深吸引，以致忘了手中的活儿，“橄榄”被捣得太过，快成浆糊了。

【注释】①橄榄掺盐盐掺姜：潮人喜欢用橄榄、盐、姜末儿掺在一起，放在石臼里舂，制成“橄榄散[$sang^2$]”。②嫲[ma^2]：奶奶。唱：白读为[$ciê^3$/cio^3]，吟唱。歌[gua^1]：潮州歌册。③柴、赵、郑：五代时期后周的柴荣、赵匡胤、郑恩，曾结拜为兄弟。

【押韵】1、2、4、6句押[iên/ion]（羊）韵。

297. 桃花过渡

正月人营安[①]，孤身娘囝守空房[②]；嘴嚼槟榔面抹粉[③]，手擎雨遮去觅翁[④]。

二月是春分，须毛鬓白撑渡船；裙衫破裂无人补[⑤]，无姈阿伯泪纷纷[⑥]。

三月人布田[⑦]，阿伯个船囝坐媒人[⑧]；一班姿娘唔中我[⑨]，中我个姿娘哩有翁[⑩]。

四月是梅天，无姈阿伯在溪边；三顿都是煲锅囝，想将起来泪淋漓。

五月赛龙舟，你者姿娘好风流[⑪]；手擎雨遮缀人走[⑫]，走路姿娘无人收。

六月收早冬[⑬]，无好老狗好看人；唔肯清闲过一世，总想骂人在江中。

七月秋风转⑭，无好姿娘觅无郎；一夜五更在叫苦，双目金金盉得到天光⑮。

八月是白露，无姈无囝来撑渡⑯；日间孤独无人问，一夜夗落又叫苦⑰。

九月是重阳，无好姿娘好铺张；三顿都是肮脏食⑱，阿伯无姈也清凉。

十月收大冬，无好老狗唔是人；日间贪夗无人叫，食老无囝一场空。

十一月是冬节，半斤四两家己扶⑲；别人无姈我唔管，无姈无囝无叹惜。

十二月年又终，家家厝厝敬阿公⑳；有姈有囝来围炉，无姈无囝食北风。

【解题】这是一首充满了愉悦与逗趣的民谣，有不同版本。美丽的桃花到了河边要渡河，却碰上了单身船夫“摆渡伯”。船夫以言语戏弄桃花，并提出摆渡过河的条件，两人比赛唱歌，若桃花赢了就可以免费渡河，若船夫赢了，桃花就得嫁他为妻。聪明的桃花与船夫约定以月份为开头，并且由摆渡伯先唱，一年十二个月份，自然是先唱的先输。就在两人的一来一往间，平静的江河上也展开了一场活泼风趣的对歌。

【注释】①营安：游神。②娘囝：小娘子。囝[gian^2]：指年纪小的人。③嘴：训读为[cui^3]，本字“喙”。面：脸。④擎：白读为[kia^5]，拿。雨遮：雨伞。觅：训读为[cuê^7]，找。翁[ang^1]：丈夫。⑤衫：衣服。⑥姈[bhou^2]：俗称妻子。⑦布田：插秧。⑧个：结构助词，同“的”。船囝：小船。囝[gian^2]事物的小者。⑨姿娘[ze^{1}niên^5/nion^5]：女人，本作“珠娘”。唔中：不中意。⑩哩：连词，表示转折关系，与普通话的“却”作用相近。⑪者[zia^2]：近指代词，这。

⑫缀[duê³]人走：跟人跑。⑬收冬：收获季节。⑭转：白读为[deng²]，回。⑮目金金：眼睛瞪得大大的。天光：天亮。光：白读为[geng¹]，亮。袂[bhoi⁶]：不会、不能，是“无会”的合音字。⑯囝[gian²]：古闽语词，孩子。⑰夗落：睡下。夗[enh⁸]：睡觉。⑱三顿：三餐。⑲家[ga¹]己：自己。⑳家家厝厝[cu³]：家家户户。

【押韵】第一章1、2、4句押[ang]（按）韵；第二章1、2、4句押[ung]（温）韵；第三章1、2、4句押[ang]（按）韵；第四章1、2、4句押[i]（衣）、[in]（丸）韵；第五章1、2、4句押[iu]（忧）韵；第六章1、2、4句押[ang]（按）韵；第七章1、2、4句押[eng]（恩）韵；第八章1、2、4句押[ou]（乌）韵；第九章1、2、4句押[iang]（央）韵；第十章1、2、4句押[ang]（按）韵；第十一章1、2句押[oih]（狭）韵；第十二章1、2、4句押[ong]（翁）韵。

298. 百屏花灯歌

活灯看了看纱灯，头屏董卓凤仪亭[1]：貂蝉合伊在戏耍[2]，吕布气到手捶胸；

二屏秦琼倒铜旗，三屏李恕射金钱，四屏梨花在吸毒，五屏郭槐卖胭脂；

六屏点将杨延昭，七屏张飞战马超，八屏孔明空城计，九屏李旦探凤娇；

十屏关爷过五关，十一昭君去和番，十二赵云救阿斗，十三刘备取西川；

十四大战魏文通，十五冻雪韩文公，张千李万遇着虎，十六郑恩下河东；

十七时迁在偷鸡，十八良玉在思钗，十九桂枝在写状，二十碧英遇张千；

二一莺莺在听琴，二二秦琼战杨林，二三李密双带箭，二四劝君朱买臣；

二五三休樊梨花，二六秦琼去夺魁，二七雪梅教商辂，二八元贵拍秦梅[3]；

二九金真扫纱窗，三十说古一韩朋，三一宛城遇张绣，三二秦桧风波亭；

三三金花在掌羊[4]，三四大战太平桥，三五李逵拍老虎，三六陈三共五娘[5]；

三七唐王游月宫，三八周氏清风亭，三九苏秦假不第，四十八宝遇狄青；

四一霸王困乌江，四二走贼遇瑞兰[6]，四三庞统连环计，四四太公遇文王；

四五蒙正赴彩楼，四六关公去辞曹，四七大破万仙阵，四八五虎战牛皋；

四九三娘在夺锤，五十燕青去打擂，五一武松收方腊，五二杨任收张奎；

五三大战野熊仙，五四孙膑遇庞涓，五五三鞭遇二锏，五六秦琼救李渊；

五七打劫祝家庄，五八削发杨五郎，五九李通带家春，六十潘觉跳油汤；

六一薛蛟遇狐狸[7]，六二打兔刘咬脐，六三王莽篡帝位，六四上表蔡伯喈；

六五狄青解征衣，六六吴王纳西施，六七辕门爱斩子，六八董永遇仙姬；

六九王英爱落山[8]，七十挂帅杨令婆，七一周仓擒庞德，七二刘邦斩白蛇；

七三乃是女搜宫，七四魏征去斩龙，七五火烧葫芦谷，七六刘备去招亲；

七七国公打李良，七八黄忠战潘璋，七九子龙战张郃，八十张公困睢阳；

八一大战夏侯渊，八二投江钱玉莲，八三包公爱截侄[⑨]，八四篡位武则天；

八五仁贵转回窑[⑩]，八六杨衮在教枪，八七辕门在射戟，八八烈女苦孟姜；

八九专诸刺王僚，九十文广去收妖，九一武松在歇店，九二仁贵平西辽；

九三海瑞拍严嵩，九四妲己迷纣王，九五罗通去扫北，九六寡妇征西番；

九七万历小登基，九八武王反西岐，九九摘印潘仁美，百屏拜寿郭子仪。

【解题】这是一首叙说花灯上反映的戏曲故事的歌谣，一口气说了100个故事，可见潮剧在民间深受欢迎之一斑，也可见昔日潮州花灯之盛。

【注释】①屏：花灯上的一幅画，称为一屏灯。歌谣中一口气说了100个故事，一个故事一屏灯。头屏：第一屏。②在：读[lo^{6}]，正在。合[gah^{4}]：与、跟、同，作介词。③拍[pah^{4}]：打。④掌羊：牧羊。掌[ziên^{2}/zion^{2}]：看管。⑤共：作连词，与普通话“和”“及”等并列连词作用相同。⑥走贼：逃避盗贼。⑦狐狸：白读为[hou$^{5(7)}$ lai^{5}]。⑧爱：要，将要。落山：指下山。⑨截：意同“铡”。⑩转[deng^{2}]：回来。

【押韵】每四句一章，每章1、2、4句押韵，每章一韵。第一章押[êng]（英）韵，第二章押[in]（丸）、[i]（衣）韵，第三章押[iao]（夭）韵，第四章押[uang]（汪）韵，第五章押[ong]（翁）韵，第六章押[oi]（鞋），[oin]（闲）韵，第七章押[im]（音），[ing]（因）韵，第八章押[uê]（锅）韵，第九章押[êng]（英）韵，第十章押[iên/ion]（羊），[iê/io]（腰）韵，第十一章押[êng]（英）韵，第十二章押[ang]（按），[uang]（汪）韵，第十三章押[ao]（欧）韵，第十四章押[ui]（威）韵，第十五章押[iang]（央）韵，第十六章押[eng]（恩）韵，第十七章句押[ai]（哀）韵，第十八章押[i]（衣）韵，第十九章押[ua]（蛙），[uan]（鞍）韵，第二十章押[êng]（英）韵，第二十一、二十二章均押[iang]（央）韵，第二十三章押[iê/io]（腰），[iên/ion]（羊）韵，第二十四章押[iao]（夭）韵，第二十五章2、4句押[uang]（汪）韵，第二十六章押[i]（衣）韵。

尾声

EPILOGUE

299. 畲歌畲咳咳

畲歌畲咳咳①，畲到恁娘眠床前②；畲到恁娘无好穿③，畲到恁娘穿裤畔④。

畲歌畲嘻嘻，畲到恁娘眠床墘⑤；畲到恁娘无好穿，畲到恁娘穿裤墘⑥。

【解题】这是斗歌的尾声，系败者不服之辞，讥笑对方为搜集歌谣而忘了纺织，致使家中母亲都缺衣服穿。

【注释】①畲歌[gua1]：原指畲族民歌，这里指潮汕方言歌谣。②恁[ning2]：你们。媛 [ai5]：俗称呼母亲，本字为“姨”。眠床：睡觉的床。③穿：训读为[cêng7]。这一句说：斗歌使你忘记了纺织，你的父母亲快没穿的了。④⑥裤畔、裤墘：指不成件的裤子。畔：训读为[boin5]，边；揭阳口音读[bain5]。⑤墘[gin5]：边儿，沿儿。

【押韵】第一章1、2、4句押[ai]（哀）、[ain]（爱）韵，揭阳口音，如是潮州、汕头口音，则2、4句押[oi]（鞋）、[oin]（闲）韵；第二章1、2、4句押[i]（衣）、[in]（丸）韵。

附录1

潮州话拼音方案（国际音标对照）

（1960年9月广东省教育行政部门公布）

一、字母表

a b c d e f g h i j k l m

n o p q r s t u v w x y z

注：

f、j、q、v、w、x、y七个字母用来拼写普通话，拼注潮州话时不用。另有字母ê，为e的变体，不列入字母表内。

二、声母表

b[p]波	p[p‘]抱	bh[b]无	m[m]毛	
d[t]刀	t[t‘]妥	n[n]挪	l[l]罗	
z[ts]之	c[ts‘]此	s[s]思	r[z]而	
g[k]哥	k[k‘]戈	gh[g]鹅	ng[ŋ]俄	h[h]何

三、韵母表

	i[i] 衣	u[u]污
a[a]亚	ia[ia]呀	ua[ua]蛙
o[o]窝	（iê[ie]）/io[io]腰	
ê[e]哑		uê[ue]锅
e[ɤ]余		
ai[ai]哀		uai[uai]歪
oi[oi]鞋		ui[ui]威

ao[au]欧	iao[iau]夭	
ou[ou]乌	iu[iu]忧	
	in[in]丸	
an[ã]暧	ian[ĩã]营	uan[ũã]鞍
	（iên[ĩẽ]）/ion[ĩõ]羊	
ên[ẽ]楹	en[ɤ]秧	
ain[ãĩ]爱		
oin[õĩ]闲		
	im[im]音	
am[am]庵	iam[iam]淹	uam[uam]凡
	ing[iŋ]因	ung[uŋ]温
ang[aŋ]按	iang[iaŋ]央	uang[uaŋ]汪
ong[oŋ]翁	iong[ioŋ]雍	
êng[eŋ]英		
eng[əŋ]恩		
	ih[iʔ]裂	
ah[aʔ]鸭	iah[iaʔ]益	uah[uaʔ]活
oh[oʔ]学	（iêh[ieʔ]）/ioh[ioʔ]约	
êh[eʔ]厄		uêh[ueʔ]划
oih[oiʔ]狭		
	ib[ip]邑	
ab[ap]盒	iab[iap]压	uab[uap]（法）
	ig[ik]乙	ug[uk]熨
ag[ak]恶	iag[iak]跃	uag[uak]获
og[ok]屋	iog[iok]育	
êg[ek]液		

注：

1. 潮州话韵母中没有收-n的韵母（只小部分地区有个别收n的韵母例外），故本方案以n附加于元音之后表示鼻化韵，念法与普通话的an、en等不同。

2. 潮州话有一套收喉塞音[ʔ]的入声韵母，本方案以-h表示。

3. 韵母表中的例字有（ ）者只取其韵母。

4. 韵母表中只收潮州话较常用的韵母，有音无字或管字甚少的韵母不列。如aon（好）、uên（横）、uin（畏）、oun（虎）、iun（幼）、uain（县）、aoh（乐）、eg（乞）等。表中不收。

四、声调表

名称：	阴平	阴上	阴去	阴入	阳平	阳上	阳去	阳入
例子：	诗分	死粉	世训	薛忽	时云	是混	示份	蚀佛
符号：	1	2	3	4	5	6	7	8
调值：	33	53	213	2	55	35	11	5

注：

声调符号标在右上角，例如：

诗si^1　死si^2　世si^3　薛sih^4

说明：

1. 本方案的“潮州话”是个泛称，指潮汕方言。拼音方案是以汕头话为描写对象的，因而外县所有而为汕头市所没有的韵母不收。

2. 本方案是60多年前公布的，但今天的实际读音已有变化，如uan（凡）、uab（法）韵母在汕头话中已消失，iou（夭）的韵母已变成iao等等。汕头话口语的韵母也不止本方案中所列的这些。

附录2

本书使用古字（词）表、部分方言俗字（词）表、训读字表

一、古字（词）表

（按潮音拼音从a-z排列）

序号	字（词）	读音	词义	例句
1	阿奴	a^{1}nou^{5}	孩子；儿子；《世说新语·容止》：“王敬豫有美形，问讯王公。王公抚其肩曰：‘阿奴恨才不称。’”	叫声阿奴勿悲啼
2	拗	a^{2}	弯曲使断，折。	秀才行过拗一枝
3	诬	a^{3}	争辩；《集韵》去声效韵，“詏，言逆也。”	爱挈工钱着斗诬
4	沃	ag^{4}	浇灌；《玉篇·水部》：“沃，於酷切；浇灌也。”	娘呀掼水沃花丛
			雨淋；明·郑瑗《井观琐言》卷一：“吾乡……谓雨淋为沃。”	雨来乞雨沃
5	爱	ain^{3}	要，想要；将要。	阮爱相会到天时
6	颔	am^{6}	脖子。	支颔弯弯头叠桃
7	瓯	ao^{1}	小铁碗或塑料碗。	盖瓯深深好冲茶
8	翁	ang^{1}	丈夫。	不如农夫来做翁
9	偪侧	bêg$^{4(8)}$ cêg^{4}	心中有气而烦躁。原指狭窄、拥挤；唐·杜甫《偪侧行》：“偪侧何偪侧，我居巷南君巷北。”	愈想愈偪侧

(续表)

序号	字(词)	读音	词义	例句
10	甈	bi^5	小罐;《广韵》平声齐韵:“甈,瓦器”,部迷切。	着赔阮金个结带银酒甈
11	痡	big^4	破裂;《龙龛手鉴·疒部》:“痡,《字统》云:肿满闷而皮裂也。”	七月七,多年乌,龙眼痡。
12	跋	$buah^8$	摔倒;《说文·足部》:“跋,蹎跋也。”	蜜柑跋落古井心
13	跋杯	$buah^{8(4)}$ $bu\hat{e}^1$	用杯筊掷地求神示吉凶。杯:杯筊,用两块竹片或木片,甚至两个贝壳制成的占卜用具。唐·韩愈《谒衡岳庙遂宿岳寺题门楼》诗:“手持杯筊道我掷,云此最吉余难同。”	阿公会跋杯
14	掊	$bu\hat{e}^2$	用手或工具扒开;《史记·封禅书》:“见地如钩状,掊视得鼎。”	掊衫掊裤落渡船
15	分	$bung^1$	给,作介词,原为动词,作送给解,如《左传·昭公十四年》:“分贫赈穷。”	铺分阮娘看花丛
16	喷	$bung^5$	吹,吹气;《玉篇·口部》:“喷,步奔切,吐也。”	嘴皮喷到裂
17	青盲	$c\hat{e}n^1$ $m\hat{e}n^5$	瞎眼,瞎子;宋·彭乘《墨客挥犀》引杨某尚书诗:“一心更愿青盲了,免见高家小马儿。”	青盲个看见
18	铳	$c\hat{e}ng^3$	指枪。最早指用火药发射弹丸的管形火器;《篇海类编·珍宝篇·金部》:“铳,火铳。”	三门大铳响通城
19	淖	$cioh^4$	淖糜:很稀的粥;宋·陆游《龟堂独坐遣闷》诗:“食有淖糜犹足饱。”	三顿二碗淖糜花

（续表）

序号	字（词）	读音	词义	例句
20	裳	ciên^{5}/cion^{5}	黄裳：鱼名。	黄裳伴妻去旅行
21	漱	ciu^{3}	用水洗刷；唐·柳宗元《晨诣超师院读禅经》：“汲井漱寒齿，清心拂尘服。”	隔壁漱药酒
22	揂	ciu^{5}	用手拉引绳索使聚拢；《集韵》平声尤韵：“揂，捊聚也”，字秋切。	君咊打水给娘揂
23	厝	cu^{3}	房屋；清·黄叔敬《台海使槎録·赋饷》：“瓦厝、草厝共征银一千二百四两零。”	同宫同厝有牡丹
24	春盛	cung^{1} sian^{7}	一种有盖、分层的大竹篮；过去是文人雅士、大家闺秀踏青或上坟装祭品食物的常用之物；元曲《玉壶春》第一折：“寄生草白：‘梅香，你……将那春盛担儿放在一壁，俺慢慢的赏玩咱。’”	掼个春盛团
25	焳	da^{1}	干；《广韵》平声肴韵：“焳，干也。”	阮是喉焳来食水
26	丈夫	da$^{2(6)}$ bou^{1}	泛指男人；《战国策·赵策》：“太后曰：‘丈夫亦爱怜其少子乎？’”	一船丈夫好风流
		da$^{2(6)}$ bou^{1}	男孩；《国语·越语上》：“生丈夫，二壶酒，一犬；生女子，二壶酒，一豚。”	脚踏摇篮拥丈夫
27	大家	da$^{2(6)}$ gê^{1}	婆婆；《宋书·孙棘传》：“棘妻许又寄语属棘：‘君当门户，岂有委罪小郎？且大家临亡，以小郎属君，竟未娶妻，家道不立。’”	怨父怨母怨大家

（续表）

序号	字（词）	读音	词义	例句
28	大官	$da^{2(6)}$ $guan^{1}$	公公，丈夫的父亲；宋·王楙《野客丛书》云：“吴人称翁为官，称姑为家。”	孝敬大家共大官
29	澉	dam^{5}	湿；《集韵》平声覃韵：“澉，湿也”，都含切。	天顶落雨涂下澉
30	冬	$dang^{1}$	收获季节；《后汉书·张纯传》：“冬者五谷成熟，物备礼成。”	十月人收冬
31	转	$deng^{2}$	回来；《初刻拍案惊奇》卷一：“有的不带钱在身边，老大懊悔，急忙取了钱转来，文若虚已所剩不多了。”	年头做到年尾转
32	顿	$deng^{3}$	次、餐。	三顿食饭免物配
33	底	di^{7}	疑问代词，谁，什么，何；唐·杜荀鹤《钓叟》诗：“渠将底物为香饵，一度抬竿一个鱼。	底人敢取只粒金橄榄
34	簟	$diam^{6}$	竹席。	大簟锥
35	鼎	$dian^{2}$	炒菜做饭用的铁锅。	三更煮好大鼎饭
36	庭	$dian^{5}$	外庭：房屋中的露天庭院。	外庭鬼火烁烁熠
37	定	$dian^{7}$	助词，用于动词之后表示动作的持续；宋·赵汝鐩《断肠曲》：“蜀罗一段茸五色，看定鸳鸯绣不成。”	船头打鼓听定定
38	颠倒	$ding^{1}$ do^{3}	反而，反倒；《清平山堂话本·快嘴李翠莲记》：“分付你少则声，颠倒说出一篇来。”	食老颠倒做样个

（续表）

序号	字（词）	读音	词义	例句
39	着	diêh^8/dioh^8	要，得，情态动词；元·高明《琵琶记》第四折：“你真个没饭吃，便着饿死；没衣穿，便着冻死。”	你一听后着大惊
			对，正确，作形容词；宋·王道父《道父山歌》：“种田不收一年辛，取妇不着一生贫。”	花会压得着
40	张	dion^1	指眉毛、脸部等的张开动作；《史记·廉颇蔺相如列传》：“相如张目叱之。”	眉头张弯面张青
41	住	diu^7	居住；《广韵》去声遇韵，“持遇切”。	有人阔阔住大厦
42	榺	doin^7	坚实；《集韵》去声霰韵：“榺，木理坚密”，堂练切。	肉榺榺
43	睉	duê^1	端坐不动的样子；《广韵》平声灰韵：“睉，坐貌”，都回切。	一螺坐睉睉
44	缀	duê^3	跟着；《聊斋志异·狼》“途中两狼，缀行甚远”。	情愿缀兄去漂流
45	饍	dui^1	油饍：一种油炸食品。《广韵》平声灰韵：“饍，饼也”，都回切。	一油饍
46	𠡠	dui^2	用力拉；《改併四声篇韵·力部》：“𠡠，着力牵也”，都罪切。	伊就𠡠我个耳
47	捶	dui^5	捣、搅拌；《说文新附·石部》：“硾，擣也”，硾，通作捶。	一臼糙米落臼捶
48	裷	en^2	衣袖；《集韵》上声阮韵：“裷，一曰袖耑屈”，委远切。	衫裷扱进猫鼠团

（续表）

序号	字（词）	读音	词义	例句
49	夗	enh^{8}	睡觉；《说文·夕部》："夗，转卧也。"	一夜夗落屈做虾
50	下	ê^{6}	进去，走下去。	旧时下田珠泪滴
		gê^{6}	低、矮，《礼记·乐记》："天高地下。"	唔危唔下比君胸
		hê^{6}	投下。	三四唔下种
51	下颏	ê$^{6(7)}$ hai^{5}	下巴；唐·韩愈《记梦》诗："我手承颏肘拄座"。	手托下颏靠床边
52	桁	ên^{5}	檩子、屋梁；《文选·景福殿赋》："桁梧复叠，势合形离。"李善注："桁，梁上所施也。"	破厝卖了拆厝桁
53	铰	ga^{1}	铰刀：剪刀。铰：《广韵》平声肴韵，古肴切。李贺《五粒小松歌》："绿波浸叶满浓光，细束龙髯铰刀剪。"	也无铰刀也无尺
			剪出，用作动词；《红楼梦》第四十六回："原来这鸳鸯一进来时，便袖内带了一把剪子，一面说着，一面回手打开头发就铰。"《广韵》平声肴韵：古肴切。	你个白布做呢铰
54	滒	ga^{3}	稀；《说文·水部》："滒，多汁也。"	糜哩滒，菜脯哩冇
55	尻仓	ga^{1} ceng^{1}	尻，原指臀部；《广雅》卷六："尻，臀也。"尻仓：屁股。	尻仓哩坐大花轿
56	尻脊	ga^{1} ziah^{4}	脊背。尻，原指臀部，《广雅》卷六："尻，臀也"，脊背是背与臀连接的部位，故合称为"尻脊"。	尻脊曝到裂

（续表）

序号	字（词）	读音	词义	例句
57	合	gah^4	和、跟，作连词；《广韵》入声合韵一音，“古沓切”；《红楼梦》第八十一回：“今日你合太太在我们这边吃了晚饭再过去罢。”	迫阮建筑炮楼合后备
			与、跟、同，作介词；唐·李白《月夜江行寄崔员外宗之》：“月随碧山转，水合青天流。”	合你战到日头红
58	盖	gah^4	由上向下覆。	有缘阿姑哩来盖
59	共	$gang^7$	与普通话“和”“与”等并列连词作用相同；宋·辛弃疾《鹧鸪天·黄沙道中即事》词：“松共竹，翠成堆。”	共君去搭船
60	蛇蚤	ga^1zao^2	跳蚤；《元曲选·桃花女》：“哈叭狗儿咬蛇蚤，也有咬着时，也有咬不着时。”	虱母爱嫁蛇蚤翁
61	裾	ge^1	衣服的大襟，或衣服的前后部分。	衫裾搛紧无君去
62	加	$gê^1$	多；《礼记·少仪》：“加于一双。”	是加是减合君买
63	经	$gên^1$	织布；《说文·糸部》：“经，织也。”	乞娘好织又好经
64	扛	$geng^1$	抬东西；《说文·手部》：“扛，横关对举也。”段玉裁注：“两人以横木对举一物亦曰扛。”	有人扛到浮浮瘦
65	屐	$giah^8$	木拖鞋；唐·李白《梦游天姥吟留别》诗：“脚著谢公屐，身登青云梯。”	花生脚裤绿屐桃

（续表）

序号	字（词）	读音	词义	例句
66	减	giam^{2}	少；《世说新语·假谲》："王右军年减十岁时，大将军甚爱之。"	是加是减合君买
67	惊	gian^{1}	害怕，作及物动词用。	惊到阿大头瘦龟抽
68	囝	gian^{2}	古闽语词，孩子；唐·顾况《囝》诗："囝生闽方，闽吏得之。"	母亲叫囝来开房
			儿子。	尾囝尾粒纽
			女儿。	嫁囝嫁乞读书家
			指年纪小的人。	娘囝雅雅嫁别家
			动物的崽。	水牛生囝猫牯大
			事物的小者。	恋到石囝浮起来
			词缀，指人，有轻蔑的附加意义。	美国囝，鼻勾勾
69	行	gian^{5}	走路；《墨子·公输》："行十日十夜而至于郢。"	秀才行过拗一枝
70	件件	gian$^{6(7)}$gian^{6}	泛指各种，每一种；《二刻拍案惊奇》卷二十一："一心猜是那个人了，更觉语言行动件件可疑，越辩越像。"	衫裤件件补
71	强	gion^{5}	好，胜过。	姑你十分艰苦亦强闲
72	妗	gim^{6}	舅母；《集韵》去声沁韵："俗谓舅母曰妗"，巨禁切。	大妗搬柴二妗煮
73	篙	go^{1}	原指撑船用的竹竿；唐·李白《涩滩》诗："渔人与舟子，撑折万张篙。"	今日田禾似竹篙
74	豭	go^{1}	猪豭：配种公猪；《说文·豕部》："豭，牡豕。"	来去暹罗牵猪豭

（续表）

序号	字（词）	读音	词义	例句
75	鸡母	goi^{1} bho^{2}	母鸡；张邱建《算经·百鸡题》："鸡母一，值钱三。"	惊走阿老姆只老鸡母
76	𤭛	gong^{2}	用来装水或其他液体的容器；《玉篇·瓦部》："𤭛，居悚切；瓶也。"	点啊点竹𤭛
77	痀	gu^{1}	驼背；《说文·疒部》："腰痀，曲脊也。"	夃腰痀
78	割	guah^{4}	特指买卖猪肉等；陆澹安《戏曲词语汇释》："宋元人称切肉为割"。	猪肉未曾割
79	粿	guê^{2}	用米粉末儿做的各种饼食点心；《玉篇·食部》："粿，古火切；饼子。"字亦作"粿"。	路上尽是担粿人
80	橛	guêh^{8}	一半儿；宋·黄庭坚《跋白兆语后》："伏维烂木一橛，佛与众生不别。"	橛浮橛沉伤人心
81	危	guin^{5}	高；《国语·晋语八》："拱木不生危，松柏不生埤。"	贴哩贴危危
82	僥	ghao^{5}	聪明能干；《广韵》平声豪韵："僥，俊健"，牛刀切。	囝孙代代富雅僥
83	外家	ghua^{7} gê^{1}	娘家；金·刘瞻《春郊》诗："寒食归宁红袖女，外家纸上看蚕生。"	勿去外家说君穷
84	牯	gou^{2}	猪、牛、羊、鹅、鸭等动物的雄性；原指公牛；唐·陆龟蒙《祝牛宫辞》："四牸三牯，中一去乳。"	富人牛牯二三只
85	后生	hao$^{6(7)}$ sên^{1}	年轻人；《论语·子罕》："后生可畏，焉知来者之不如今也。"	后生逃亡他乡去
86	瘕	hê^{1}	《集韵》平声麻韵："瘕，喉病"，虚加切。引申为劳累而气喘不息。	有人扛到浮浮瘕

（续表）

序号	字（词）	读音	词义	例句
87	呬	hi^3	喝[$huah^4$]呬：打呵欠。呬：《广韵》去声至韵："喝呬，息也"，虚器切。	喝呬流目水
88	乡里	$hion^1li^2$	村子，故乡；齐·王琰《冥祥记·赵泰》："（赵泰）精思典籍，有誉乡里。"	乡里堪该衰
89	裘	$hiun^5$	指棉袄或袄，唐·裴铏《传奇·周邯》："有一老人，身衣褐裘，貌甚古朴。"	一群娘团穿红裘
90	戽斗	$hou^{3(5)}$ dao^2	用来戽水的器具；宋·陆游《喜雨》诗："水车罢踏戽斗藏，家家买酒歌时康。"	戽斗好戽鱼
91	埠	$huan^7$	田塍；宋·叶适《庐州钱公墓志铭》："沟埠牛犁，逾月皆具。"	田哩隔埠墘
92	番薯	$hu\hat{e}ng^1$/ $huang^1ze^5$	甘薯，地瓜；明·徐光启《甘薯疏》："闽广藷有二种：……一名番薯，有人自海外得此种。"	食无一顿番薯羹
93	烦恼	$hu\hat{e}ng^{5(7)}$/ $huang^{5(7)}lo^2$	担心、担忧；《古今小说·陈从善梅岭失浑家》："如春酒也不吃，食也不吃，只是烦恼。"	阿妈烦恼瓮无米
94	花娘	$hu\hat{e}^1ni\hat{e}n^5$/ $nion^5$	不正经女人；以"花娘"称妓女，骂人妖娆淫荡为"花娘花艇"，旧时潮汕疍家妇于鱼艇上卖淫的现象，人称花娘，船叫花艇；唐·梅圣俞《花娘歌》："花娘十二能歌舞，籍甚声名居乐府。"	就骂木虱老花娘
95	婓	hui^1	往来兜圈；《汉书·扬雄传》："昔仲尼之去鲁兮，婓婓迟迟而周迈。"	有事冲冲婓

（续表）

序号	字（词）	读音	词义	例句
96	熏	hung^{1}	火烟上冒；《广韵》平声文韵："熏，火气盛貌"，许云切。	新娘举步踏火熏
97	薰	hung^{1}	香烟；原指香草；《说文·艸部》："薰，香艸也。"	薰团食派
98	瞒	hung^{5}	看不大清楚的样子；《集韵》平声文韵："瞒，眩瞒，视不明也"，王芬切。	月娘月瞒瞒
99	核	hug^{8}	水果的核；《玉篇·木部》："核，为革、户骨二切；果实中也。"	圆滑圆滑龙眼核
100	睒	iam^{2}	很快地看一下；《集韵》上声琰韵："睒，暂视貌"，以冉切。	阿爹伸头出来睒
101	腰	iê^{1}/io^{1}	量词；《旧唐书·五行志》："安乐公主造百鸟毛裙两腰。"	红裙铰来十八腰
102	敲	ka^{3}	打、击；《广韵》去声效韵："敲，击也"，苦教也。	老人相拍雷公敲
103	空	kang^{1}	洞，窟窿，《说文·穴部》："空，窍也。"	市中有鱼篮底空
104	乞	keh^{4}	作介词，意为"被"，如《水浒传》第五十二回："李逵乞宋江逼住了。"	乞君骑去海南山
			给，送给；《汉书·朱买臣传》："妻自经死，买臣乞其夫钱，令葬。"	拗乞娘厝团插鬓边
		keg^{4}	乞食：指乞丐，原为动宾词组，意为讨饭、要饭，《左传·僖公二十三年》："（重耳）乞食于野人。"后凝固为一词，再引申而指要饭的人，成了名词。	韩师乞食

（续表）

序号	字（词）	读音	词义	例句
105	攲	ki^1	倾斜；《荀子·宥坐》："孔子观于鲁桓公之庙，有攲器焉。"	攲山攲
106	擎	kia^5	拿；端；《世说新语·纰漏》："婢擎金澡盘盛水，玻璃盛澡豆。"	十指尖尖擎一杯
			用肩膀扛。	所擎大杉桁
107	徛	kia^6	站立；《广韵》上声纸韵："徛，立也"，渠绮切。	徛啊徛，食公社
108	撳	kin^5	用手拉住；《广韵》平声侵韵："撳，急持"，巨金切。	衫裾撳紧无君去
109	洘	ko^2	水浅；《广韵》上声晧韵："洘，水干"，苦浩切。	海水洘灱灱
110	呼	kou^1	呼叫禽畜。	呼猫来上市
111	丘	ku^1	划分田地的量词。古代指地积量词，如《周礼·地官·小司徒》："九夫为井，四井为邑，四邑为丘。"	一丘园团狭狭好种姜
112	宽	$kuan^1$	慢，舒缓，与急、快相对；《史记·匈奴列传》："急则人习骑射，宽则人乐无事。"	君今行紧娘行宽
113	瘸	$ku\hat{e}^5$	手、脚偏废；《广韵·戈韵》："瘸，脚手病。"	后日打妐手着瘸
114	曈昽	$la^{5(7)}\ lang^5$	天欲明，东方露出鱼肚白的样子；《说文·日部》："曈昽，日欲明也。"《广韵》平声东韵。	天曈昽
115	来	lai^5	结构助词，得；唐·杜甫《送长孙九侍御赴武威判官》："银鞍被来好。"	脚缠放来真架势

（续表）

序号	字（词）	读音	词义	例句
116	砻	$lang^5$	磨稻谷去壳的工具；《玉篇·石部》："砻，磨砻也。"	一更搬粟落砻挨
117	鳞	$lang^1$	巴鳞：鱼名，圆鲹的一种。	百钱买巴鳞
118	力	lag^8	勤快；《左传·僖公二十三年》："其从者肃而宽，忠而能力。"	田园着力作
119	闹热	$lao^7riêg^8/riag^8$	热闹；唐·白居易《雪中晏起偶咏所怀》诗："红尘闹热白云冷，好于冷热中间安置身。"	正月人闹热
120	劳	le^5	劳作，劳苦。	骨头劳到散
121	醪	lo^5	指液体的浓浊。	行到海边水醪醪
122	落肚	$loh^{8(4)}\ dou^2$	下肚，意即吃进东西；《金瓶梅词话》第一回："那妇人也有三杯酒落肚，烘动春心。"	食了哥饼甜落肚
123	烙	$luah^4$	把食物放在烧热的锅里煎熟；《儒林外史》第一回："王冕自到厨下烙了一斤面饼。"	好似咸鱼双畔烙
124	攋	$luah^8$	梳理头发，《广韵》入声葉韵："攋，《说文》曰：理持也"，良涉切。	头毛唔梳也唔攋
125	挽	$mang^2$	拔，拉；唐·杜甫《前出塞九首》诗之六："挽弓当挽强，用箭当用长。"	面今挽来团团红
126	目汁	$mag^{8(4)}\ zab^4$	眼泪；《释名·释形体》："汁，涕也"；涕，眼泪。《广韵》《集韵》平声支韵"眵"字条下均释为"目汁凝"。	目汁双双似水流

（续表）

序号	字（词）	读音	词义	例句
127	夜	mên^{5}	夜昏：傍晚，晚上；夜：本为“瞑”；《原化记·陆生》：“老人取水一口噀之，黑雾数里，白昼如瞑。”	夜昏看花花变红
128	矏	min^{1}	藏得严实，看不见；《说文·自部》：“矏，宀宀不见也。”	蚶蚌坫矏难寻觅
129	糜	min^{5}	烂；《孟子·尽心下》：“梁惠王以土地之故，糜烂其民而战之，大败。”	教你煮饭勿啱糜
130	眠床	ming$^{5(7)}$/mêng$^{5(7)}$ ceng^{5}	睡觉的床；《南史·鱼弘传》：“有眠床一张，皆是蹙柏。”	照着眠床脚踏板
131	毛	mo^{5}	头发；《左传·僖公二十二年》：“不禽二毛。”	和尚相拍斗挽毛
132	幔	muan^{1}	遮，用巾或衣物披在人身上或东西上；《广雅·释诂》：“幔，覆也。”	衫长衫短来相幔
133	糜	muê^{5}	稀饭；《释名·释饮食》：“糜，煮米使烂也。”	情愿唔食三日糜
134	物	muêh^{8}	作动词，搞；《庄子·山木》：“物物不物于物”，第一、三个作动词。	一家物到苪呛呛
			作名词，东西；《庄子·山木》：“物物不物于物”，第二、四个作名词。	阮阿公，会买物
135	人客	nang$^{5(7)}$ kêh^{4}	客人；唐·杜甫《遣兴》诗：“骥子好男儿，前年学语时。问知人客姓，诵得老夫诗。”	教你穿衫见人客
136	卵	neng^{6}	禽类的蛋；《庄子·齐物论》：“见卵而求时夜。”	一夜生粒卵

（续表）

序号	字（词）	读音	词义	例句
137	恁	$ning^2/nêng^2$	你们；元曲《墙头马上》第四折：“恁母亲从来狠毒，恁父亲偏生嫉妒。”	恁呀未嫁好风流
138	凝	$ngang^5$	寒冷，冷，凉。	凝哩无被盖
139	挨	oi^1	推；《广韵》平声皆韵：“挨，推也”，乙谐切。	一只船团挨呀挨
140	拍	pah^4	《广韵》入声陌韵：“拍，打也。”	有如好米拍糖枝
141	曝	pag^8	晒，古字作“暴”；《孟子·告子上》：“一日暴之，十日寒之。”	尻脊曝到裂
142	芳	$pang^1$	香；《楚辞·离骚》：“兰芷变而不芳兮……。”	上炉烧香下炉芳
143	破家	$pua^{3(5)}$ $gê^1$	败家，即毁了家庭；汉·王符《潜夫论·忠贵》：“或以背叛横逆不道，或以德薄不称其贵，殭尸破家，覆宗灭族者，皆无功于民氓者也。”	娶个妐来大破家
144	配	$puê^3$	用菜送饭下酒；元·孟汉卿《虎头牌》：“将那暖热的酒快釃，将那配酒的羔快宰”。	配哩鹦哥鲤
145	潘	$pung^1$	洗米水；《说文·水部》：“潘，淅米汁也。”	收恁红酒如鲜潘
146	儿夫	$ri^{5(7)}$ hu^1	指丈夫；元·王实甫《破窑记》第三折：“我这里猛然观，抬头觑，我道是谁家个奸汉，却原来是应举的儿夫。”	儿夫赚钱在外洋
147	趱	$riao^7$	追赶，古义为跑；《汉书·司马相如传》：“腾而狂趭。”	阿伯趭鹅好唱歌
148	热	$ruah^8$	跟“冷”相对。	六月热毒天

（续表）

序号	字（词）	读音	词义	例句
149	酾	sai^{1}	原义是过滤酒；《诗·小雅·伐木》："伐木许许，酾酒有萸。"	危冲下酾
150	使钱	sai$^{2(6)}$ zin^{5}	花钱；元·石君宝《曲江池》第三折："你当初有钱在刘桃花家使，须不曾我家使。"	此月无节免使钱
151	衫裤	san^{1} kou^{3}	衣服；《敦煌变文集·不知名变文》："初定之时无衫裤，大归娘子没沿房。"	衫裤件件补
152	瘖	sang^{2}	瘦；《广韵》上声梗韵："瘖，瘦瘖"，所景切。	旧时瘖地今变宝
153	侪	sê^{5}	同辈，同类的人；《说文·人部》："侪，等辈也。"	夭是昨日打妐侪
154	生理	sêng^{1}li^{2}	生意，买卖；《古今小说·沈小官一鸟害七命》："（张公）不上街做生理，一直奔回家去。"	人人咀阮生理小
155	相贺	siê^{1}/sio^{1} ho^{7}	祝贺、贺喜；唐·杜光庭《虬髯客传》："虬髯客曰：'此后十年，当东南数千里外有异事，是吾得事之秋也。一妹与李郎可沥酒东南相贺。'"此指一妹与李郎向虬髯客祝贺，不是互相庆贺。	田蟹来相贺
156	相拍	siê^{1}/sio^{1} pah^{4}	打架；《晋书·诸葛长民传》："长民富贵之后，常一月中辄十数夜眠中惊起跳踉，如与人相拍。"	麻雀相拍跋落坑
157	小郎	siê^{2}/sio^{2}neng^{5}	小叔子；《宋书·孙棘传》："棘妻许又寄语属棘：'君当门户，岂有委罪小郎？……"	拜存大伯共小郎

（续表）

序号	字（词）	读音	词义	例句
158	上	$siang^6$	最；《红楼梦》第七十七回："但那包人参，固然是上好，只是年代太陈。"	我公上富上有钱
159	肖	$siao^6$	像；《说文·肉部》："肖，骨肉相似也。"	鳙鱼骂伊唔肖人
160	新妇	$sing^1$ bu^6	儿媳妇；《后汉书·周郁妻传》："郁骄淫轻躁，多行无礼。郁父伟谓（郁妻赵）阿曰：'新妇贤者女，当以道匡夫。'"	行孝新妇敬公嫲
161	新人	$sing^1$ $nang^1$	特指新娘子；《警世通言·吕大郎还金完骨肉》："新人若向新郎诉，只怨亲夫不怨天。"	分饭拜别做新人
162	收拾	siu^1sib^8	整理，收聚；汉·王充《论衡·别通》："萧何入秦，收拾文书。"	收拾包裹过暹罗
163	泅	siu^5	游泳；《广韵》平声尤韵："泅，人浮水上"，似由切。	一对鲤鱼水底泅
164	挲	so^1	搓，抚摸；《古乐府·琅琊王歌辞》："新买五尺刀，悬著中梁柱；一日三摩挲，剧于十五女。"	家家处处人挲圆
165	洗浴	$soi^{2(6)}$ $\hat{e}g^8$	洗澡；唐·谷神子《博异志·阴隐客》："门人执之，引工人行至清泉眼，令洗浴及浣衣服。"	洗浴免穿衫
166	筛	tai^1	用竹子篾编成的一种有孔的器具，可把细东西漏下，粗的留下。	米筛算出砻脚米
167	褪	$teng^3$	脱；《红楼梦》第二十四回："宝玉坐在床沿上，褪了鞋。"	裤还未褪

（续表）

序号	字（词）	读音	词义	例句
168	鲦	$tiao^5$	滩涂上的小鱼；《本草纲目·鳞部》："鲦，生江湖中，小鱼也。"	乌鲦生孬卜卜跳
169	塗	tou^5	泥巴，泥土；《韩非子·外储说左上》："以尘为饭，以塗为羹。"	夜哩匆塗下
170	晏	uan^3	迟；《礼记·内则》："孺子早寝晏起。"	晏顿豆浆
171	畏	uin^3	害怕；《老子·第七十四章》："民不畏死，奈何以死惧之？"	惊畏流水无人情
172	搵	ung^3	蘸；唐·李肇《国史补》卷上："（张）旭饮酒辄草书，挥笔而大叫，以头搵水墨中而书之，天下呼为张颠。"	灯芯搵油
173	扱	zah^4	挽起，卷起；《说文·手部》："扱，收也"，楚洽切。	裤脚扱进脚大腿
174	鬃	$zang^1$	指人的发髻；《玉篇·髟部》："鬃，高髻也。"	鬃边头毛做会散
175	栽	zai^1	植物的小苗；唐·杜甫《萧八明府实处觅桃栽》诗："奉乞桃栽一百根，春前马送浣花村。"	娘呀掼水沃花栽
			动物的苗崽；元·郝经《窖池记》："置莲蒲三四本，鱼栽数十针。"	一惨担鱼栽
176	搛	zai^1	缝缀；《金瓶梅词话》第六十七回："一溜搛五道金三川纽扣儿。"	粗衫不可搛银纽
177	走	zao^2	跑；《韩非子·五蠹》："兔走触株。"	惊走阿老姆只老鸡母

（续表）

序号	字（词）	读音	词义	例句
178	早起	zao$^{2(6)}$ ki^{2}	起床；《古今小说·新桥市韩五卖春情》："次日早起，换身好衣服，打扮齐整。"	伶俐新妇会早起
179	灶下	zao$^{3(5)}$ ê^{6}	厨房；晋·陶潜《搜神后记》卷五："（端）于篱外窃窥其家中，见一少女从瓮中出，至灶下燃火。"	入灶下，洗碗碟
180	姿娘	ze^{1}niên^{5}/nion^{5}	女人，本作"珠娘"；南朝·梁·任昉《述异记》："越俗以珠为上宝，生女谓之珠娘，生男谓之珠儿。"	一船姿娘好逿迌
181	趁	zêng^{6}	追赶，驱赶；唐·杜甫《题郑县亭子》诗："巢边野雀欺群燕，花底山峰远趁人。"	你走，我趁
182	只	zi^{2}	这，近指代词；宋·朱熹《寄籍溪胡丈及刘恭父》诗二首之二："浮云一任闲舒卷，万古青山只么青。"	只畔掷过向畔田
183	檐	zin^{5}	临檐：房檐。	月娘光光照临檐
184	者	zia^{2}	近指代词，这；唐·齐已《道林寓居》诗："青嶂者边来已熟，红尘那畔去应疏。"	可恨白党者绝种
185	正	zia^{3}	才；《古今小说钩沉·裴子语林》："孔坦尔时正琐臣耳，何与国家事？"	鳊鱼无鳞正好食
186	尖担	ziam^{1} dan^{1}	一种竹木制的，两头尖的，用来挑柴草的农具；元·关汉卿《救风尘》第三折："若与了一纸休书，那妇人就一道烟去了。这婆娘若是不嫁我呵，可不弄的尖担两头脱？"	尖担骂葵笠
187	饗	zian^{2}	不碱不咸；《玉篇·食部》："饗，子敢切；无味也。"	正苏罐，溪水饗

（续表）

序号	字（词）	读音	词义	例句
188	成	zian^{5}	成了；《醒世恒言·张孝基陈留认舅》："这畜生到底不成人的了。"	唔使媒人也会成
189	情	zian^{5}	人情：情分、情意；元·王实甫《西厢记》第一本第二折："量着穷秀才人情只是半张纸，又没甚七青八黄。"	再好人情也会断
			亲情：亲戚，亲事；《醒世恒言·钱秀才错占凤凰俦》："大尹道：'你既为亲情而往，就不该与那女儿结亲了。'"	北京皇帝我亲情
190	障	ziê^{3}/zio^{3}	这样、这么；《荔镜记》第五出："阮母无分晓，生我一鼻障大。"	做会障唔平
191	掌	ziên^{2}/zion^{2}	看管；《墨子·迎敌祠》："设守门，二人掌右阉，二人掌左阉。"	猫团会掌厝
192	作	zoh^{4}	耕作；晋·陶渊明《桃花源记》："其中往来种作，男女衣着，悉如外人。"	情愿嫁乞作田哥
193	⿰多支	zoi^{7}	《广韵》去声寘韵："⿰多支，多也"，支义切。	你个丝线若⿰多支钱
194	煎	zuan^{1}	熬、煮。	爱食好茶哩来煎
195	水鸡	zui$^{2(6)}$ goi^{1}	青蛙；宋·赵德麟《侯鲭录》卷三："水鸡，蛙也。"	水鸡起厝田埠堤
196	秫	zug^{8}	指糯稻或糯米。	收粘收秫入仓房

说明：

本表收字（词）197个，依据李新魁、林伦伦《潮汕方言词考释》，林伦伦《潮汕方言词续考》，陈伟武《〈潮汕方言词考释〉续貂》及《潮汕方言词选释》等。

二、本书使用部分方言俗字（词）表

序号	字（词）	读音	词义	例句	本字
1	娘	ai5 ·	俗称母亲。	畲到恁诬眠床前	姨
2	谢	bag4	认识；懂、会。本字只作“别”。唐·顾况《山中赠客》诗：“山中好处无人别，涧梅伪作山中雪。”	我君离远我也谢	别
3	迸	bing7	到，及。	衫裤扱迸猫鼠囝	
4	烳	bu5	煮。	阿公哩爱烳	
5	婺	bhoi6	不会、不能，是“无会”的合音字。	糜饭婺食头婺梳	
6	姑	bhou2	俗称妻子。本字是“母”。	别人姑	母
7	吻	bhung1	笑吧吻：微笑。	雅娘摸着笑吧吻	
8	炆	bhung1	用微火炖食物或熬菜。	硗囝有米炆	
9	莿	ci3	莿囝花：野玫瑰。	莿囝花，开一枝	
10	蛴	cih8	梭子蟹。	南澳出名老冬蛴	
11	咊	da1	语助词，无义。	君咊打水给娘揗	
12	咊	dan1	现在，当今。	恁呀未嫁留到咊	
13	呾	dan3	说，讲。	人呾潮城一块好	
14	兜囝	dao1 gian2	“丈夫囝[da1 bou1gian2]”的快读合音，指男孩。	生有兜囝会发家	
15	坫	diam3	躲藏。	蜘蛛食饱坫瓦楣	
16	胀	dion3	把东西往袋子等容器里装；或指吃得多。	新米饭，胀到目	
17	掇	doh8	拾取。	掇龙眼	
18	拺	dua6	缠上。	乌囝豆，拺上棚	
19	摁	en1	指用竹筒卷成纱团。	乞娘好织又好摁	
20	嘤	ên1	牛嘤：牛崽。	牛母娶牛嘤	
21	墘	gin5	边。	我姨主意嫁海墘	
22	球	giu1	成串的水果等的量词；《说文·木部》：“梂，栎实。”	谷箩装了一球球	梂
23	鲑	goih4	乌鲑：海鱼。	乌鲑身上穿乌袄	

（续表）

序号	字（词）	读音	词义	例句	本字
24	掼	guan^{6}	提，携。	君呀掼水去磨墨	
25	鲕	guai^{1}	花鲕：河豚。	花鲕大肚好过家	
26	咄	kah^{4}	过、太。	爱寄凝个又咄早	
27	硗	kiao^{1}	穷。	硗团苦	
28	挈	kioh^{8}	拿。	娘团挈伞去等君	
29	炣	ko^{1}	一种烹调的方法，用文火慢煮。	阿婆哩爱炣	
30	膋	la^{5}	动物的油脂；《诗·小雅·信南山》："执其鸾刀，以启其毛，取其血膋。"	膋饼配药	膋
31	鯠	lai^{3}	鯠哥：鱼名。	鯠哥放屁	
32	擝	lim^{6}	握紧。	擝过手	
33	挍	liu^{2}	挖出。	番葛未曾挍	
34	隬	liu^{5}	隬隍：梅州市丰顺县的一个镇。	福州眠床隬隍席	
35	罗	lo^{5}	绫罗：泛指丝织品。	身穿绫罗食鱼肉	
36	馧	lui^{5}	油馧：糕点。	一油餹，二油馧	
37	唔	m^{6}	不。	唔见君家来拜坟	
38	蠓	mang^{2}	蠓：蚊子。蠓帐：蚊帐。	放落蠓帐绿共青	
39	猛	mên^{2}	快。	保护猛猛来成双	
40	乜	mih^{4}	什么，疑问助词。	你猜乜狮得人惜	
41	孬	mo^{2}	不行，不能，坏。"唔好"的合音字。	命孬好看命	
42	僆	nuan^{3}	鸡僆：尚未生蛋的小母鸡。	二脚鸡僆	
43	妗	nên^{1}	称母亲。	阿妗带你上瑶台	
44	稔	nim^{3}	鸭母稔：一种有馅儿的汤圆。	潮州出名鸭母稔	
45	憨	nga^{3}	愚蠢。	憨钱使委痛	
46	呵恼	o^{1}lo^{2}	表扬、夸奖。	乞君穿去人呵恼	

（续表）

序号	字（词）	读音	词义	例句	本字
47	哙	oi^{6}	用在称谓词语后面，表示感叹语气或祈使语气。	郎君哙	
48	拥	ong^{6}	抱着，拥着小孩哄其入睡。	拥呀拥，拥金公	
49	唪嘎	ong$^{6(7)}$ ên^{1}	知了，蝉。	唪嘎呀唪嘎	
50	冇	pan^{3}	不坚实，虚弱。	菜脯哩冇	奔
51	抨	pên^{1}	拍抨：安排。	统一经营好拍抨	
52	椪	pong^{3}	《玉篇·肉部》：“胖，普江、普降二切，胖，胀也。”	潮州出名椪桶柑	胖
53	诐	puêh^{8}	谈，聊天。	两人诐起亲情事	
54	箣	sa^{1}	箣箕：淘米用的竹器。	九十卖箣箕	
55	蛴蝾	sua^{1} mên^{1}	蜻蜓。	蛴蝾娘，歇在墙	
56	刣	tai^{5}	宰，杀。	底人磨刀底人刣	治
57	眮	tag^{4}	目眮眮：眼睛陷下去。	磨到目眮眮	
58	鮀	tê^{7}	鮀鱼：又叫豆腐鱼，学名龙头鱼，潮州府城叫“佃[doin^{7}]鱼”。	鮀鱼头戴大白帽	
59	遢迌	tig$^{4(8)}$ to^{5}	游玩、玩耍。	唔是风流来遢迌	
60	阮	uen^{2}/ uang^{2}	我；我们。	人人呾阮生理小	
61	媱妐	za^{1} bhou^{2}	女人。	阮是皇帝个媱妐团	
62	唚	zim^{1}	亲嘴。	恁今和好嘴相唚	

说明：

本表共有方言字（词）62个，主要依据林伦伦主编《新编潮州音字典》。本表所列之字或为普通电脑难以拼打的字或已考证出本字的方言俗字或新造方言字等等，还有一些方言俗字没有列进本表。

三、本书使用训读字表

序号	训读字	读音	词义	例句	本字
1	畔	boin^{5}	边。	只畔掷过许畔田	牉
2	穿	cêng^{7}	穿衣物。	一群娘囝穿红裘	衬
3	腥	co^{1}	鱼鲜的腥味，也指鱼鲜。	猫儿无腥唔缀厝	臊
4	歪	cua^{2}	歪斜。	尻仓坐到歪	
5	泼	cuah^{4}	这里指拉稀。	去到门脚屎就泼	
6	觅	cuê^{7}	找，寻求。	觅无乌鸡来补腹	
7	嘴	cui^{3}	嘴巴；如《庄子·徐无鬼》："丘愿有喙三尺。"	开嘴大声掰喉	喙
8	压	dêh^{4}	压花会：一种赌博方法。	花会压得着	
9	涨	din^{6}	涨、满。	细篹涨	
10	块	go^{3}	量词；置名词前表定指，如块形、块钱等；置于代词后表地方，如只块、许块、底块等。	借问小姆底块人	個
11	圈	kou^{1}	目圈：眼眶。	臼头舂米目圈红	箍
12	缶	hui^{5}	陶瓷的统称。	枫溪出名烧雅缶	
13	亦	ia^{7}	也，同样。	亦非家贫，亦非取利	也
14	溶	ion^{5}	在水或其他液体中化开。	食甜圆，甜溶溶	
15	脚	ka^{1}	骹：原指胫部，《说文·骨部》："骹，胫也。"今潮汕话"骹"之所指范围已大于古汉语。	双脚踏尽风尘路	骹
16	内	lai^{6}	房屋，家；清·俞樾平议："纳诸内者，纳诸房也。古谓房室曰内。"	厝内无米又无钱	里
17	勿	mai^{3}	不要；本是"唔爱[m^{6} $^{(7)}$ain^{3}]"两字的合音，"勿"是同义训读字。	一百八十勿磨边	

序号	训读字	读音	词义	例句	本字
18	夜	mên5	晚上。	夜昏看花花变红	暝
19	俺	nang2	咱们。	俺今有福相扶持	
20	人	nang5	人。	恋到两人心花开	侬
21	二	no6	两。	船头二只鸳鸯鸟	两
22	赚	tang3	赚钱。	情愿唔赚三日钱	趁
23	看	toin2	《说文·目部》："睇，目小视也。"	请你十五来看人	睇
24	一	zêg8	一。	我有畲歌一簸箕	蜀

说明：本表收字24个，依据林伦伦《新编潮州音字典》及《潮汕方言训读字研究》。

参考文献

1. 蔡绍彬：《潮汕歌谣集》，香港东方文化中心2003年版。

2. 昌祚、鸣盛：《潮州儿童歌》，《民俗》第48期，1929年2月20日。

3. 陈立夫：《普宁短谣》，《民俗》第48期，1929年2月20日。

4. 陈亿琇：《潮州民歌新集》，香港：南粤出版社1985年版。

5. 陈伟武：《〈潮汕方言词考释〉续貂》，《汕头大学学报》1997年第6期。

6. 陈伟武：《潮汕方言词选释》，《潮学研究》（第14辑），2008年。

7. 黄正经：《音释潮州儿歌撷萃》，新加坡潮州八邑会馆1995年版。

8. 金天民：《潮语畬歌全集》，南大书局1929年版。

9. 李宏新《潮韵》，汕头大学出版社2010年版。

10. 李新魁、林伦伦：《潮汕方言词考释》，广东人民出版社1992年版。

11. 林伦伦：《潮汕方言训读字研究》，《汕头大学学报》1986年第3期。

12. 林伦伦：《潮汕方言熟语辞典》，深圳：海天出版社1993年版。

13. 林伦伦：《关于潮汕方言字典及编写方言字典的一些问题》，《汕头大学学报》1995年第4期。

14. 林伦伦：《潮汕方言词续考》，《潮学研究》（第5辑），

1996年。

15. 林伦伦：《潮汕方言的古语词及其训诂学意义》，《语文研究》1997年第1期。

16. 林伦伦：《新编潮州音字典》，汕头大学出版社1997年版。

17. 林伦伦：《潮汕俗文化丛书——潮汕歌谣新注》，广州：广东高等教育出版社1997年版。

18. 林朝虹：《论潮汕方言歌谣收集整理的原则与方法》，《暨南学报》2012年第5期。

19. 林朝虹、林伦伦：《全本潮汕方言歌谣评注》，广州：花城出版社2012年版。

20. 林朝虹、林伦伦：《客、闽、潮“过番歌”的比较研究》，《文化遗产》2014年第5期。

21. 林朝虹、林伦伦：《潮汕方言歌谣研究》，广州：暨南大学出版社2016年版。

22. 林朝虹：《方言文艺作品的用字实践与研究——以〈全本潮汕方言歌谣评注〉为例》，《潮学研究》2020年第2期。

23. 马风、洪潮：《潮州歌谣选》，新加坡潮州八邑会馆1988年版。

24. 《普宁歌谣》，《洪阳》会刊1927年。

25. 丘玉麟：《潮州歌谣》，1929年。

26. 丘玉麟：《潮汕歌谣集》，广州：广东人民出版社1958年版。

27. 孙淑彦、王云昌：《潮汕歌谣选注》，揭阳县民间文学研究会1987年版。

28. 王嵛：《老爷歌》，香港潮书公司1949年版。

29. 吴显齐：《谈潮州歌谣》，《新中华》（1933年）复刊1948年第6卷第2期。

30. 杨方笙：《潮汕歌谣》，香港：艺苑出版社2001年版。

31. 杨景文：《短篇潮州歌册选》，香港：天马出版有限公司2010年版。

32. 叶春生、林伦伦《潮汕民俗大典》，广州：广东人民出版社2010年版。

33. 中国民间歌谣集成广东卷潮州市资料本，1987年。

34. 中国民间歌谣集成广东卷汕头市资料本，1987年。

35. 中国民间文学三套集成广东卷揭阳资料本，1987年。

36. 中国民间文学三套集成广东卷普宁资料本，1987年。

37. 中国民间文学三套集成广东卷南澳县资料本，1987年。

38. 朱铁素《儿童抗日摇曲》，上海生记书局1932年版。